Utz Rachowski

Red' mir nicht von Minnigerode

Erzählungen Aufsätze

Utz Rachowski

Red' mir nicht von Minnigerode

Erzählungen
Aufsätze

THELEM
2006

Gedruckt mit freundlicher Unterstützung des Sächsichen Landesbeauftragten für die Unterlagen des Staatssicherheitsdienstes der ehemaligen Deutschen Demokratischen Republik

Bibliographische Information der Deutschen Bibliothek
Die Deutsche Bibliothek verzeichnet diese Publikation in der Deutschen Nationalbibliographie; detaillierte bibliographische Daten sind im Internet über <http://dnb.ddb.de> abrufbar.

Bibliographic information published by Die Deutsche Bibliothek
Die Deutsche Bibliothek lists this publication in the Deutsche Nationalbibliographie; detailed bibliographic data is available in the internet at <http://dnb.ddb.de>

ISBN 3-937672-46-X

Eckhard Richter & Co. OHG
Bergstr. 70 | 01069 Dresden

Thelem ist ein Imprint von w. e. b.
Satz und Redaktion: Jörg Bernig, Johanna Koziollek
Umschlagentwurf Thomas Beurich unter Verwendung seines Gemäldes »Grenzfall«

INHALTSVERZEICHNIS

DAS LICHT AUS DEN GÄRTEN
Erzählungen

11 Bauer, geschlagen vom Feld
13 Die einzige Fahne
15 Das Licht aus den Gärten
17 Sieben Gewitter
20 Auf Verlangen vorzeigen!
23 Nachtfalter
24 Lichtkegel meiner Erinnerung
27 Das Ende der großen Ferien
29 Der wilde Jäger
43 Die gläserne Spitze
46 Brotnacht
53 Die Eroberung des Objekts
58 Lektüre bei seitlichem Meerblick
62 Altherrenherbst
64 Red' mir nicht von Minnigerode

NACH FELLBACH REISEN
Essays

71 Der Vater
96 Was ich von Greiz weiß
100 In abgelegener Provinz
106 Die Farben des frühen Fuchs
119 My Huckleberry Friend
134 Ich will Roger Loewig nicht vergessen
137 Die zwölf Stühle des Siegfried Heinrichs
154 Mein Gefängnis
185 Nach Fellbach reisen

»ICH BIN DER HERRSCHER DES TAGSTERNS«
Poetologisches

199 »ich bin der herrscher des tagsterns«
Einführung in die Dresdner Poetik-Dozentur Jiří Grušas
208 Das Wiederfinden der Erdbeben
212 Eduard Mörike, der Ettersberg, ich
und blaue Flügelkartuschen
215 »Kehre nie zu einem Ort deiner Vergangenheit zurück!«
Ein Gespräch
239 »Die Freiheit ist das Recht, nicht zu lügen«
Eine literarische Predigt zum Reformationstag 2002
248 »Die wenigen und die vielen« – Ist alter Mut übertragbar?

Jörg Bernig
257 Leise Schreie aus Leben
Nachwort

Rund sind nicht nur die Jahrestage
von Aufständen,
auch die Steine am Ufer.

Wisława Szymborska, *Es darf ohne Überschrift bleiben*

DAS LICHT AUS DEN GÄRTEN

ERZÄHLUNGEN

BAUER, GESCHLAGEN VOM FELD

Schimpfermanns Frieder, als Schüler runde Nickelbrille, ährenweißes Stoppelhaar, dann Bauer, in seiner leeren Scheune, im letzten Frühjahr, am Balken unterm Dach, hat er sich aufgehängt.

Schimpfermanns Frieder, mein Patenkind im Rechnen, in der Schule, jener, nahe am Rain zu den Feldern seines Vaters, war ein schlechter Rechner.

Ich stand ihm Pate in Russisch, auch Mathematik, auf Geheiß unseres Lehrers, denn Schimpfermanns Frieder war nicht mein Freund. Und ich habe ihm wohl auch versprochen, daß minus mal minus und minus geteilt durch minus immer plus ergibt.

Was ich ihm auf russisch versprach, weiß ich nicht mehr, aber noch immer, daß wir einmal, die Jungen der Klasse, in der großen Scheune seines Vaters, das Heu bis unters Dach, einmal in einem Februar, als der Schnee hüfthoch auf den Feldern und um die Scheune herum lag, daß wir dort bei ihm einen schönen Nachmittag hatten.

Zur Faschingszeit, ich war Indianer mit Federschmuck und einem lippenstift-bemalten Gesicht, Schimpfermanns Frieder Trapper, Fallensteller, mit geklebtem Schnurrbart und Revolvergürtel. Da haben wir aufeinander geschossen, an diesem Nachmittag im Schnee, draußen vor der großen Scheune, mit kleinen blauen Plastikpistolen, Trommelrevolvern, in denen ein Stift den abrollenden Papierstreifen durchschlug. Das gab den Knall. Da mußten wir nicht sterben.

Im folgenden Sommer ging Schimpfermanns Frieder, bis zuletzt mein Patenkind im Rechnen, Russisch hat er nie sprechen gelernt, er glaubte mir einfach nicht, daß eine Sprache andere Buchstaben haben könnte, als die, die er im Dialekt sprach, im vogtländischen; im Sommer ging Schimpfermanns Frieder ab von der Schule.

Er wurde ein reicher Bauer, in einem Land, in dem minus mal minus immer plus ergab, eine einfache Rechnung, wie ich es ihm einst versprochen hatte.

Schimpfermanns Frieder, in diesem Frühjahr, die östlichen neuen

Landesteile seit Jahren wohlfeil, der Boden, der Acker, die Felder, von Satelliten, die die Erde umkreisen, vermessen, in seiner leeren Scheune, am Balken unterm Dach, hat er sich aufgehängt. Schimpfermanns Frieder, der nicht mein Freund war, aber mein Patenkind im Rechnen und Trapper und später ein reicher Bauer, hat sich verrechnet. Meine Versprechungen gingen nicht auf, auch die Russen zogen ab aus den neuen Ländern, und es war nicht mehr wichtig für Schimpfermanns Frieder, welche Buchstaben, die ihre Sprache ausmachten, sie mit sich nach Hause nahmen.

Was geht mich der Tod von Frieder Schimpfermann an, könnte ich sagen, ein Bauer, der sich verrechnet hat, ein kleines Licht vielleicht, das nicht bis zwei zählen konnte, Dialekt sprach und sowieso nicht mein Freund war.

Ich will nicht das eine verwechseln mit dem anderen, den Aufschwung eines Landes nicht mit dem Schwung des Seiles, das Frieder Schimpfermann über den Balken seiner leeren Scheune geworfen hat. Aber ich will sprechen vom Boden, den Feldern, dem Acker, wo im frühen Herbst immer das Getreide stand, ährenweiß zur Ernte wie das Haar von Frieder Schimpfermann, von der Erde, zu der er gehörte, nun zubetoniert, versiegelt der Boden, auf dem im Vogtländischen jetzt die weißen Tempel des Westens wachsen.

Plauener Spitze, Teppiche aus Ölsnitz, die mit dem Halbmond, vogtländische Webstoffe, Reichenbacher Kammgarn: Die Fabriken in den Städten leer, mit blinden Fenstern, Mehl vom Korn des Bauern Schimpfermann gibt es nicht mehr.

Und warum bin ich traurig in den neuen Ländern, ich Glücklicher nach zehn Jahren Exil, und wollte gern, ich hätte Schimpfermanns Frieder einst versprochen, daß Gott ihm jetzt Pate stünde, hier, wohin ich zurückgekehrt bin, in die Landschaft unserer Kindheit, jetzt, wo Frieder vielleicht auch meines nachhelfenden Beistandes wieder bedarf: minus mal minus, haben wir erfahren, ist am Ende, wie Liebe und Tod, nicht erklärt.

5.9./14.9.1994

DIE EINZIGE FAHNE

An diesem Tag fiel ein Regen wie schwarzes Bier, und Großmutter hatte nur ein dünnes blaues Kleid an, mit einer Küchenschürze darüber, sie nahm keinen Regenschirm mit auf den Weg.

Schon früh, früh am Morgen, war die Nachricht gekommen, die Mitteilung, die Botschaft, der Ruf, und hatte sich wie eine Legende verbreitet.

So ist das immer, sagt sie jetzt, erst heißt es, die Russen kommen, und wir sollen ihnen Pfeffer in die Augen streuen, kochendes Wasser bereithalten, sie überschütten und verbrühen, dann klopft eines Tages ein Mann an die Tür, der hinkt, er sagt mir, mein Mann sei gefallen, am Morgen reiten sie in die Schlacht, am Abend kommen die Pferde wieder mit leeren Rücken, die Reiter liegen draußen im Feld. Dann sagen sie, es gibt Melonen, vorn an der Straße, kommt man hin, gibt es keine.

Das merke dir, mein Junge, sagt Großmutter, solchen Nachrichten darfst du keinen Glauben schenken, ohne selbst geprüft zu haben, die erfinden sie, nur um uns zu quälen, das ganze Leben lang. Prüfe die Nachricht, ehe du sie frißt, das mußt du dir merken.

Da geht sie, sie geht ohne Schirm in den schwarzen Regen, so geht sie immer, mit ihrer Küchenschürze darüber, so sehe ich sie, ihr blaues Kleid weht mit allen hundert Zipfeln in meine Kindheit, der Saum schlägt mir den Sinn vor die Stirn, dieses Blau ist die einzige Fahne, auf die ich je schwor. Da geht sie, ich sehe sie, sie geht arbeiten, einkaufen, mit den Leuten reden, Gräber häckeln, von Menschen, die ich nicht kannte, sie mißtraut den Nachrichten ein Leben lang, den guten, den bösen. Die Nachrichten beginnen sich zu verwirren, wenn sie alt wird, die wahren, die erfundenen, quälen sie. Das Land Polen und eine vogtländische Straße trennt sie nicht mehr voneinander. Wenn sie zurückkommt, wischt sie ihre Hände an der Schürze über dem blauen Kleid.

Damals, an diesem Tag, als der schwarze Regen fiel, war sie losgegangen ohne Schirm, weil es hieß, vorn an der Straße, in einem der kleinen Läden, sei englisches Porter eingetroffen. Sie kam zurück mit zwei dunklen Flaschen und wischte die Hände an der Schürze. Sie hatte der Nachricht mißtraut und nun selbst geprüft, eine Flasche kostete einssiebenunddreißig. Wir tranken das Bier sofort, am frühen Vormittag in der Küche, bis auf den letzten Tropfen, ehe das blaue Kleid meiner Großmutter trocken wurde und ich in die Schule mußte.

12. 12. 1994

DAS LICHT AUS DEN GÄRTEN

Der Rubin ist so groß und rund wie die Fallobstäpfel im Gras.

Das Bäumchen im Garten, schon lange ohne Laub, schon seit Wochen, ließ sie fallen zuletzt, im späten Oktober.

Die Gärten haben ihre späten Lichter gelöscht. Jetzt am Tage sieht man genau, wie sie fehlen. Anfänglich noch spürt man das fehlende Licht. Dann, gerade seit heute erst, ist die Siedlung eine schmutzige Ebene ohne Gestalt, bestanden mit schwarzen Häuserdächern, schwarzes Geäst umher, die Farben der Zäune, Gartentore, Holzschuppen sind kein Licht.

Niemand hängt heute seine bunte Wäsche hinaus, über die kleinen grauen Plätze, in die Stille der Gärten, neben die Hecken, die von den Vögeln verlassen wurden, zwischen den Bäumen ist keine Leine gespannt, eingerollt liegt sie im Haus.

Wenn man Ferien hat, so spät im Oktober, braucht man den abfallenden Weg zur Schule hin nicht zu fürchten.

Der Rubin ist eingefaßt wie eine Eichenfrucht, die Halbschale aus Metall glänzt, daran verschraubt eine fingerlange Eisenzunge mit gebohrtem Loch. Wenn man Ferien hat, so spät im Oktober, sind unbedingt nötig ein fallobstgroßer Rubin in Metallfassung mit einer Zunge aus Eisen, gebohrt darin ein Loch, eine zylindrische Schraube ohne Rost, eine Eisenmutter, die paßt. Dann fängt uns der Nebelgeist nie!

Keines der Kinder, die Ferien so spät im Oktober haben, ist heute auf der Straße, auf dem Weg der Siedlung, erst haben sie Angst vor der Schule, dem immerzu abschüssigen Weg, dann gehen sie nicht aus im Oktober, wenn sie Ferien haben, weil es den Nebelgeist gibt. Der hat am Vormittag im gelben müden Gras die letzten faulenden Lichter gelöscht, und jeder ist heute allein. Ich bin der letzte, der noch Licht hat, ich habe den Rubin, ich muß hinaus in den Nebel!

Schnell sind die Schlüssel gedreht, die Tür zum Holzschuppen ist entriegelt, das Gartentor aufgerissen, und der hölzerne Trittroller steht bereit. Die weißen Ballonreifen, schon glänzen sie vor Spannung. Nie darf ihnen die Luft fehlen, dann fängt uns der Nebelgeist nie! Schnell sind Schraube, Mutter aus Eisen in der Hosentasche gefunden, in der Hand den metallgefaßten Rubin, schnell ist die Schraube durch das Loch der eisernen Zunge gesteckt, die Mutter festgezogen mit einer Zange voll Rost.

Ich habe das Licht. Mein Rubin leuchtet vom Lenker des Rollers. Der böse Nebelgeist, sieht er mich so, fängt mich nie!

Ich fuhr auf den Weg der Siedlung, auf die Straße, durchs offene Gartentor hinaus, ich trat den Roller, ich rief immerzu: Habt keine Angst mehr, ich habe den Rubin, das Rücklicht vom Anhänger meines Vaters, eine Lampe voll Wunder, ich habe gerettet das letzte Licht aus den Gärten, es brennt in meinen Händen, der böse Nebelgeist fängt uns nie!

Ich fuhr den Weg hinauf und hinunter. Immerzu rief ich. Ich rief bis in den Mittag hinein. Ich leuchtete, ich strahlte ihnen mit meinem Rubin. Die Gärten waren ohne Licht, und das Gras war schon müde. Aber sie kamen nicht, sie hörten nicht. Und sahen auch nicht.

Da stand ich, auf dem Weg der Siedlung, zwischen den vier glänzenden Wänden des Nebels, mit einer Lampe aus Rubin, ich allein, wie schon in einem neuen Haus, von dem die anderen nie wissen würden. Ich sagte leise: Warum seid ihr denn nicht gekommen, ich habe doch den Rubin, das letzte Licht aus den Gärten gerettet für euch. Nie hätte der Nebelgeist uns gefangen.

Ich war allein im rubinroten Haus des Nebels, und sie kamen auch nicht und waren zu ängstlich zu hören, und sie sahen auch nicht. Und so ist es immer geblieben.

5.12.1994

SIEBEN GEWITTER

Bis gleich, mach's gut, bis gleich, sagte ich zu Ralf. Ich wollte nur Mittagessen und lief den Weg entlang, die ganze Länge der Siedlung.

Am Vormittag, nein, ganz früh, schon vor dem Vormittag, waren Großmutter und ich in die Stadt gegangen, den langen Weg. Ich konnte mir eines aussuchen, es gab rote, grüne und blaue, sie standen beim Händler aneinandergelehnt wie Pferde. Ich nahm ein grünes, metallic-grün, obwohl ich noch nie eines hatte, und treten kann ich auch noch nicht, ich bin zu klein, auch wenn der Sattel ganz niedrig gestellt ist.

Ich habe von Großmutter ein grünes Fahrrad bekommen, eines für Erwachsene, ein 28er. Wenn ich mich anstrenge und Großmutter mich schiebt, immer schiebt sie mich, den langen Weg zurück aus der Stadt bis hierher, kann ich mit meinen Fußspitzen abwechselnd eine Pedale treten, wenn ich nicht umfalle, bevor Großmutter heran ist und mich weiterschiebt.

Bis gleich, mach's gut, bis gleich, habe ich zu Ralf gesagt. Ich wollte nur Mittagessen und lief den Weg, die ganze Länge der Siedlung entlang. Gleich, gleich, zurück werde ich mit dem neuen Fahrrad kommen, das grün ist. Wir werden nachmittags ins Bad fahren, Ralf und ich, und vielleicht ist Mulei auch dort.

Nur Mittagessen werde ich noch, mit den Fußspitzen abwechselnd muß ich in die Pedale treten, damit ich nicht umfalle mit dem neuen Rad, Großmutter wird mich am Gartentor anschieben.

Sie hat Saure Eier gekocht, das ist besser als welche mit Senfsoße und fast meine Lieblingsspeise. Napfkuchen mit Heidelbeeren sind noch besser. Bis gleich, bis gleich. Großmutter sagt, iß nicht so schnell, dann hast du Bauchschmerzen. Mein Fahrrad wartet, der Sattel ist schon eingestellt, ganz niedrig, die Reifen hat der Händler heute früh aufgepumpt. Ich darf mir im Bad die Luftpumpe nicht stehlen lassen, unter meinen Kleidern muß ich sie verstecken. In der

Satteltasche, das Werkzeug, ist auch ganz neu, eingewickelt in einen großen gelben Putzlappen, sowas klauen sie gern.

Bis gleich, bis gleich, iß nicht so schnell. Ein Schloß, nagelneu, habe ich auch, ein stählerner Ring, rot-schwarzer Gummi darüber, den bringt keiner durch, auch wenn er eine Zange hat. Ich darf nicht vergessen, die Speichen mit dem Rahmen und mit dem Fahrradständer zu verbinden, wenn ich es im Bad anschließe, und den Schlüssel darf ich mir nicht klauen lassen oder ihn verlieren, den binde ich an die Schnur der Badehose, wenn die Schnur naß wird, geht der Knoten ganz schwer wieder auf, da muß ich aufpassen.

Bis gleich, bis gleich. Großmutter sagt wieder: Iß nicht so schnell. Bis gleich, bis gleich, ich bin schon fertig, die Sauren Eier waren prima, nächste Woche wünsche ich mir Napfkuchen mit Heidelbeeren, wenn es welche gibt, sonst mit Apfelmus. Mir ist ein bißchen schlecht, bis gleich, bis gleich, jetzt habe ich doch zu schnell gegessen.

Großmutter sagt: Schön hast du aufgegessen, aber viel zu schnell. Die Putzringe, die über die glänzenden Naben laufen, sind genau so rot-schwarz wie der Gummi vom Schloß, darauf haben wir geachtet, für die nasse Badehose muß ich eine Tüte mitnehmen, sonst gibt es am Gepäckträger Rost, ein paar Kekse kann ich hinwärts in die leere Tüte tun.

Bis gleich, mach's gut, jetzt wird Ralf schon warten und vielleicht schon neidisch sein auf mein neues Rad, er hat nur ein gelbes und nicht metallic, nur ein 26er, metallic-grün, wie das Meer klingt das und nicht »elegant«, wie Großmutter meint.

Bis gleich, mach's gut, jetzt gehe ich, jetzt stehe ich vom Tisch auf. Jetzt kannst du natürlich nicht gehen, sagt Großmutter, es regnet.

Am Nachmittag saß der Junge auf den zwei trockenen Stufen vor dem Haus. Es schüttet wie aus Eimern, der Himmel hat seine Schleusen geöffnet, und wenn es Blasen regnet, regnet es lange, und wenn ein Gewitter kommt im Juli, kommen sieben. Warum sagt sie das, so etwas, dachte der Junge. Erst schenkt sie mir das neue Rad, dann sagt sie sowas. Hat sie Verbindung nach oben, in den Himmel, sie weiß als einzige, daß ich nicht richtig treten kann, weil ich ein bißchen zu klein bin und hingefallen wäre, heute vormittag hat sie es gesehen.

Das mit dem Regen ist kein Zufall, dachte der Junge, und sah auf den kleinen Bach, der sich im Hof gebildet hatte, und auf dem Blasen schillernd entlangtrieben, bevor sie zerplatzten.

6.12.1994

AUF VERLANGEN VORZEIGEN!

Wir schlossen am Nachmittag die Räder vorm Freibad an, Ralf sein gelbes, ich mein grünes, und hörten hinter dem Zaun schon das Echo der vielen Stimmen im Wasser und auf den Wiesen.

Wenn man vor dem alten Holzzaun stand, bei den Fahrradständern am Eingang, hörte es sich an, als würde das Freibad kochen, ein Kochen von menschlichen Stimmen, den hellen der Kinder und den Bässen der Erwachsenen. Rufe und Summen, Schimpfen und Jubel, Schreie, Pfiffe und der schiefe Klang von Kofferradios erfüllten die Luft, schwappten über den alten Zaun, der davon sanft vibrierte.

Wir nahmen die Luftpumpen von den Rädern, gingen zum Eingang, und Ralf sagte: Der ist natürlich schon drin.

Ich sah das schwarze alte Damenfahrrad von Mulei, das leicht zu erkennen war an den rotgestrichenen Schutzblechen und der gelben Lampe am Lenker.

Meine Eltern hätten mich nie gelassen, sagte ich, bei mir würde es wochenlang Badeverbot geben.

Ich hätte bestimmt Dresche gekriegt und gleich Hausarrest dazu, sagte Ralf.

Ralf war heute wieder Klassenbester geworden, am Vormittag bei der Zeugnisausgabe. Auch ich hatte nicht schlecht abgeschnitten, kam auf den vierten Platz. Mein Vater zu Hause hielt gleich eine Rede: Na typisch, weder hinten noch vorn, wenn du nicht so faul wärst, könntest du jedes Jahr Erster sein, eine Buchauszeichnung kriegen, und nicht immer nur Ralf. Der hat davon schon eine ganze Bücherei. Aber meinetwegen, ins Bad kannst du gehen, so schlimm ist es dann auch wieder nicht, guter Durchschnitt, überraschend bei deiner ständigen Gammelei.

Wir zahlten an der Kasse vom Bad einen Groschen, erhielten dafür von der großen Rolle eine kleine gelbe Abrißkarte, auf der dickgedruckt AUF VERLANGEN VORZEIGEN stand, gingen weiter über den hellen Kies und auf die Wiesen zu.

Da hörte ich jemanden meinen Namen rufen, ganz deutlich zwischen den anderen Stimmen, und ich hörte sofort, daß es Mulei war, der rief.

Mulei kam voriges Jahr in unsere Klasse, war schon einmal sitzengeblieben und zwei Jahre älter als ich. In diesem letzten Jahr waren wir gute Freunde geworden miteinander, hatten zusammen für die Schule gelernt, fuhren am Wochenende lange Tage in die umliegenden Wälder oder im Winter Schlitten, immer waren wir zusammen, wir banden unsere Schlitten aneinander zum Zweierbob, wir ließen niemand anderen zu, keinen mitfahren, höchstens mal ein Mädchen aus unserer Klasse. An Tagen, wenn Mulei nicht bei mir klingelte, um mich abzuholen, oder ich ihn besuchen wollte, und er war nicht zu Hause, fühlte ich mich plötzlich allein, was sollte ich mit anderen gehen, keiner meiner Freunde war wie Mulei.

Jetzt kam der Sommer, und Mulei war wieder sitzengeblieben, zum zweiten Mal, und mußte nun die Schule verlassen. Heute morgen bei der Zeugnisvergabe hatten wir es erfahren. Ab September sollte er Maurer werden, irgendwo in der Stadt eine Lehre beginnen. Mulei stand jetzt im Bad bis zur Brust in einem der Schwimmbecken, hatte beide Arme nach oben gerissen, winkte und rief meinen Namen.

Willst du dich immer noch abgeben mit dem? fragte Ralf.

Aber er ruft doch meinen Namen, sagte ich, er ist doch auch mein Freund.

Da hast du dir einen schönen Freund gesucht, sagte Ralf, diesen Sitzenbleiber.

Mulei winkte noch immer herüber vom Schwimmbecken, er rief meinen Namen, kreiste mit beiden Armen durch die Luft, er mußte wohl denken, daß wir ihn nicht gesehen hätten, er rief immerfort meinen Namen.

Leck mich fett, sagte ich zu Ralf und ging hinüber zum Becken. Mulei strahlte über das ganze Gesicht, er lachte und sprang im Wasser auf der Stelle. Ich setzte mich an den Rand des Beckens und tauchte die Füße hinein. Mulei schwamm heran mit einem Schmetterlingsschlag und wischte sich die Haare aus den Augen.

Jetzt kann ich dir alles bauen, was du willst, sagte er, wenn ich Maurer bin.

Ich sah sein strahlendes Gesicht, Wassertropfen liefen darüber hinweg, er lachte immerzu.

Ich würde bei denen bleiben, die immer die guten Zeugnisse haben, bei den anderen, das wußte ich jetzt, immer bei den Falschen. Niemals würde ich so glücklich, so voller Glück sein, es nie im Leben so können, wie mein Freund Mulei an diesem Nachmittag.

Januar 1995

NACHTFALTER

Es war Mai und noch dunkel. Sie trugen meinen Vater herein, und ich dachte, er sei tot, als sie ihn am frühen Morgen in die Küche legten.

Männer in braunen Uniformen brachten ihn durch die offene Tür, und ich hörte, daß es draußen noch still war, während mein Vater sich im Lichtkegel der Küchenlampe auf dem Lineoleum des Bodens krümmte.

Einer der braunen Männer schnitt ihm mit unserem Brotmesser den rechten Stiefel und die Uniformhose auf. Dann ließen sie ihn in der Küche liegen und gingen plötzlich hinaus. Draußen sprang ein Motor an.

Wir standen um Vater herum, Großmutter, Mutter, mein Bruder und ich, die Glühbirne der Küchenlampe zirpte wie eine Sommergrille.

Nie hört ihr auf, sagte Großmutter, deinen Vater haben sie über England ins Bein geschossen, aber ihr hört nicht auf. Nie wieder will ich in meiner Küche solche Gesichter sehen, niemand wird mein Haus mehr betreten, der eine Uniform trägt. Auch du nicht, du kannst gehen dorthin, wo du heute Nacht warst, zu deinen Gesellen!

Vater saß am Boden auf dem Lineoleum und rieb sein Bein, bei jeder Bewegung flatterte die aufgeschlitzte Uniformhose wie ein riesiger brauner Nachtfalter über seinem Knie.

Großmutter schien ohne Gnade, nicht ein einziges Mal berührte sie das Bein ihres Sohnes.

Mein Vater lag auf dem Lineoleum unter der Küchenlampe und stöhnte vor Schmerz.

3.–11.1.1995

LICHTKEGEL MEINER ERINNERUNG

Es gibt ein Ziel, aber keinen Weg.
Was wir Weg nennen, ist Zögern.
Franz Kafka

Drei Linien weiß, zwei fortlaufende und eine, unterbrochen, die Augen verfolgen, daß keiner vorzeitig verliere den Weg.

Wer ausfährt zum ersten Mal, das Meer zu sehen, muß damit rechnen, frühzeitig geweckt zu werden und steht mitten in der Nacht oder wenig später unter einem zunehmenden Mond, verschlafen gelehnt an den sein Elternhaus umlaufenden Zaun, der im kalten Licht kalt leuchtet und sich taufeucht anfassen läßt oder nicht.

Wer das Meer sehen möchte, muß damit rechnen, noch Kind zu sein, denn dann ist es Glück.

Wer als Kind, wie es gewöhnlich ist, zu den schlechten Rechnern zählt, hat womöglich nicht mehr bedacht, daß ein Vater ihm angehörig ist, der unter Umständen an Nervosität leidet, und eine Mutter zum Vater zählt und ein Bruder zu Vater und Mutter und ein Kind zu Vater, Mutter und Bruder, wobei die Mutter nervös erscheint. Großmutter kommt hinzu.

Es geschieht dann, daß ein letzter Moment festgesetzt wird, gemeinsam benannt LETZTER MOMENT, nach dessen Eintreffen die Abfahrt als beschlossene Sache erschiene, würde Großmutter nicht unversehens angemerkt haben, das Toilettenpapier sei nun, aber leider, vergessen.

Es kommt zu jenem LETZTEN MOMENT nun ein weiterer, allerdings künftiger, dort, am Ende des die Siedlung teilenden Weges, werde man sich wiedersehen, MUTTER, BRUDER, GROSSMUTTER, KIND, der Vater aber, nervös, das wird jetzt nicht mehr zu leugnen sein, gehe voraus, genau die Hälfte des Weges, öffne die Garage am Ende der Siedlung, am Ende des Weges, schlösse den Wagen auf, werfe den Motor gelassen an, die Tür zu gemächlich, da ja noch Zeit sei, bis

MUTTER, BRUDER, GROßMUTTER, KIND am anderen Ende des Weges zu warten vermögen.

Wegen der Suche nach Papier, wegen der Wege, wegen des LETZTEN MOMENTS und der ansonsten glücklichen Umstände, die den begleiten, der sich entschlossen hat, das Meer zu sehen und in früher Jugend.

Der Vater, der bei laufendem Motor sich anschickt, keiner würde sagen, anstellt, das Garagentor zu schließen, ahnt nicht, daß am anderen Ende das TOILETTENPAPIER schnell gefunden, und MUTTER, BRUDER, GROßMUTTER, KIND sich deshalb entschließen, mittels eiliger Schritte dem Vater zu folgen auf direktem Wege, ohne weitere Zeichen zu hinterlassen mit eventuell sich entrollendem TOILETTENPAPIER in Folge Übermuts von Bruder und Kind.

Alsdann am Ende der Siedlung und in kurzer Zeit vor verschlossenem Garagentor stehen MUTTER, BRUDER, GROßMUTTER, KIND, am Ende der Nervosität sogar, deren Maße eher Bruder und Kind errechnen als wer sonst.

Während der Vater in gleicher Zeit, gehindert durch ein Schild, den Weg zu nehmen, den er gelaufen und dem eben noch folgten MUTTER, BRUDER, GROßMUTTER, KIND, sich entschließt, die Siedlung in mittlerer Geschwindigkeit zu umfahren.

Da der Vater aber steht an dem als LETZTER MOMENT bezeichneten Ort, am Anfang des Weges, den MUTTER, BRUDER, GROßMUTTER, KIND gerade verließen in Erwartung neuer Nervosität und gutgemeint, dem Vater zu folgen auf mittlerem Siedlungsbogen, während der Vater anfährt, dem kurzen Weg sich anschließt, ohne jedoch jetzt laufen zu müssen, darüber hinaus von keinem Schild, Verbot gemahnend, zurückgewiesen, denn beinahe gezwungen, während MUTTER, BRUDER, GROßMUTTER, KIND einen Ort erreichen, vor langer Zeit benannt LETZTER MOMENT.

Später, am Ende der Umwege, vormals benannt DER WEG, wenn der Vater im Wagen und aufgefunden MUTTER, BRUDER, GROßMUTTER, KIND, der Vater sagt, den mittleren Siedlungsbogen jetzt eilig, also angemessen, umsteuernd:

EUCH

FAHRE

ICH

ALLE

AN

DEN

BAUM.

Bruder und Kind zuletzt lachen und am besten. Weil, wer das Meer sehen möchte und früh aufsteht bei zunehmendem Mond, damit rechnen muß, noch Kind zu sein.

Denn dann ist es Glück.

Träumt noch: Drei Linien weiß, zwei fortlaufende und eine, unterbrochen, die Augen verfolgen, daß keiner vorzeitig verliere den Weg. Der niemals ans Meer führt.

Denn am Ende.

1993 / 2005

DAS ENDE DER GROẞEN FERIEN

Nun trink schon, sagte Onkel Herbert, was sollen denn die Leute denken, wenn du nicht trinkst.

Drüben sitzt Salzbrenner, sagte ich, der gibt Englisch und ist, lieber Onkel, blöderweise auch der Stellvertreter unseres Direktors. Wenn du nicht trinkst, bekommst du das Zweimarkstück nicht, sagte mein Onkel.

Der Wirt der *Landschänke* brachte ihm noch einen doppelten Grünbitteren an den Tisch, er trank das Glas sofort leer. Nun jetzt aber! sagte er.

Ich nahm mein Bierglas, das schon eine Weile vor mir stand und in das der Onkel ein Zweimarkstück geworfen hatte, und fing zu trinken an.

Aber auf ex! sagte Onkel Herbert.

Während ich trank, suchte ich mit den Augen nach Salzbrenner drüben am Nebentisch, bei dem ich im nächsten Schuljahr Englisch haben würde, er gab auch Deutsch, und konnte mir in beiden Fächern gefährlich werden, und zwar ab morgen.

Ich trank das Bier in einem Zug aus, ohne Salzbrenner zu sehen, er saß genau hinter dem Boden des Glases, von dessen Grund aus mir das Zweimarkstück entgegenblinkte, umgeben von letztem Schaum. Ich bekam kaum mehr Luft und dachte darüber nach, ob *Der Taucher* von Schiller oder von Goethe war.

Ex jetzt und hopp, sagte Onkel Herbert, geschafft, sagte ich, und stellte mit einem leichten Schlag das Glas auf den Tisch. Jetzt nimm dir die Münze, sie ist dein.

Danke, lieber Onkel Herbert, sagte ich.

Ich sah hinüber zum Nebentisch, zu Salzbrenner, er starrte uns unentwegt an, und hinter der schwarzen Hornbrille schimmerten seine Augen wie zwei Grünbittere.

Englisch braucht man im Leben nur selten, oder was denkst du, sagte Onkel Herbert, ich hab' nie sowas gehabt.

Ich konnte ihm nicht antworten, weil eben jetzt die Tür aufschlug und Onkel Rudi hereinkam mit einem Kasten leerer Bierflaschen, Rudi, der den ganzen schönen Tag, als Onkel Herbert und ich in der *Landschänke* saßen, bei sich zu Hause Holz gehackt und dabei einen Kasten *Silberhals* ausgetrunken hatte, wie jeden Sonntag. Jetzt kam er, um Nachschub zu holen.

Was werden die Leute bloß denken, sagte Onkel Herbert.

Hallo, ihr Zwei! rief Onkel Rudi von der Theke zu uns herüber, ich komme zu Besuch, und pünktlich, wie ihr seht, zum Schulanfang, meine Lieben!

Während der Wirt den Kasten tauschen ging, hatte Onkel Rudi sich schnell ein kleines Gezapftes bestellt und hielt sich mühsam am Tresen fest.

Jetzt kommt der noch hier rüber, sagte Onkel Herbert, was sollen die Leute bloß von uns denken.

Doch Onkel Rudi blieb an der Theke stehen, trank die Pilsnertulpe ruhig aus, nahm dann den vollen Kasten gekonnt mit einer Hand auf und rief im Hinausgehen: How are you, Mr. Salzbrenner?

Salzbrenner, mit verträumten Augen, lächelte herzlich und sagte: *Herr: es ist Zeit. Der Sommer war sehr groß.* I am very well. *Leg deinen Schatten auf die Sonnenuhren.* I'm feeling green. *Und auf den Fluren laß die Winde los.*

Wer jetzt kein Haus hat, baut sich keines mehr, rief Onkel Rudi, und warf die Tür hinter sich zu.

Was kommen die zum Quatschen in die Kneipe, sagte Onkel Herbert, wenn das die Leute gehört hätten!

Aber paß jetzt mal auf, sagte er, du kannst dir heute noch zwei Mark verdienen. Lauf schnell mal nach Hause und hole dein neues Englischbuch und das Luftgewehr, vergiß auch nicht, das Thermometer vom Aquarium mitzubringen. Ich bestell' uns schon mal einen.

15. 12. 1999

DER WILDE JÄGER

(Eine Mitteilung an die halbgebildeten Stände)

Drei Tage lang hatte es geschneit, niemand war jetzt auf der Straße, drei Tage lang hatte ich keinen meiner Freunde am Haus vorüberlaufen gesehen, obwohl die Siedlung bereits den Geschmack von weißem Zuckerguß haben mußte. Die Hütchen auf den Zäunen, die buschigen Kegel über den Beeten wuchsen und wuchsen, das wundersam glitzernde Puder auf dem Schuppendach wurde endlos mehr. Manchmal schlugen die Bäume im Garten schon ungeduldig nach dem Himmel und warfen unwillig ihre weiße Last ab.

Amseln, Fink und Kohlmeise, eine ganze Schar Spatzen saßen auf dem Deckel des Aschekübels, den ich vor einer Stunde mit einem Handbesen vom Schnee freigefegt hatte. Bei jedem ihrer kleinen Sprünge auf dem Blech des Deckels versanken die Krallen der Vögel bereits wieder im Schnee. Ich hatte zu Beginn des Winters einen Pflock neben dem Aschekübel eingeschlagen und ein kleines Futterhaus darauf genagelt, zwei Seiten durch dünne Holzplatten geschützt gegen Verwehungen. Jetzt drängten die Vögel sich um die Kolben, Ringe und Körner mit lautem Geschrei. Als ich vorhin von draußen wieder ins Haus zurückkam, hatte ich deutlich den Geruch von gebratenen Äpfeln und frischgebackenem Kuchen wahrgenommen. Denn es war schon Advent.

Warum eigentlich nicht, dachte ich, wenn ich mir jetzt die Schneeschuhe anschnalle, könnte ich vielleicht einige meiner Freunde treffen, mag sein, auch der eine oder andere von ihnen ist darauf gekommen, bei diesem Schnee hinauszufahren. Aber ein Zeichen, dachte ich, mußt du ihnen mitbringen, etwas aus der Wärme. Ich stand im Wohnzimmer, auch hier roch es nach den Sachen, deren Düfte aus der Küche herübergezogen waren, sah draußen den Pudervorhang vor dem Fenster herabfallen, berührte auf dem Tisch die Nadeln des Adventkranzes, in dem vier dicke rote Kerzen steckten, drei schon einmal entzündet, mit schwarzen Dochten. – Zigarre muß sein, dachte ich, eine Achtziger mindestens, mit gold-roter Bauchbinde.

Ich zog den Schubkasten des Schrankbuffets auf, langte mit geübtem Griff in die Zigarrenkiste, die mehrere verschiedene Sorten füllten, ich wußte gleich, welche, ich brauchte die dunklen Brasil mit gold-roter Bauchbinde, ich suchte nicht, ich kannte mich aus. Denn keiner bei uns rauchte, manchmal, ganz selten, aber mehr schon, um mir eine Freude zu machen, mein Vater. Ich war wie wild danach, nach Zigaretten, Plättchen und den silbernen Tabakdosen, den Farben der Verpackungen und ihren Gerüchen. Ich wußte mit fünf, was eine Meerschaumpfeife ist! Ich kannte sie alle: Cuba, Brasil, Virginia, Stumpen, Zigarillos mit und ohne Filter, Pfeifenbesteck, Reiniger, Rauchverzehrer in Gestalt von Eulen, Katzen und Dackeln, Etuis mit Sprungdeckel, Zigarrenabschneider, Schnupftabak, Zigarettenpapier namens *Gizeh* mit einer Sphinx darauf, Kautabak in drei Stärken, rot, grün, blau die Schachteln, *Bodespitzen* und *Weiße Eule*, *Casino*, *Turf*, *Dubek*, *Salem Gelb* und *Salem Rot*, *Juwel* in Zwölfer und Vierundzwanzigerpackung, *Orient* mit und ohne Mundstück und der Abbildung des Eingangstores in Tausendundeinenacht, vor dem ein Kamel lagert mit seinem Turban-Treiber, nur einen Schritt zur Pforte, später *Stanwell*, *Astor* und *Amphora* für teures Geld, *Pall Mall* mit Kohlefilter, den *Peter Stuyvesant* nicht hat, aber *Peer Export* Korkfilter, greife niemals zur *HB*, und *Marlboro* kommt nicht ins Haus, weil parfümiert, die erste *Lord Extra*, leicht und höllisch gefährlich im Dachfenster unterm Holzgebälk im Hochsommer achtundsechzig, vermischt mit Panzerdiesel, *Sprachlos*, *Krus* und *Schwarzer Krauser* hau'n spurlos ab aus Schwedischen Gardinen, auf grüner Schachtel *Sándor Petőfi* hat Haare wie George Harrison, das muß ich dem Pauker in Geschichte sagen, Grobschnitt, Feinschnitt, Gold- und Silbershag, die schwarze *Carmen* aus Sevilla, Verhängnis am Guadalquivir, Elbe fließ' still, es gibt auf der Welt keine Liebe, so werd' ich meiner Königin berichten, rot-weiß, ich Pole und Europas Retter, schlug die Türken nah' bei Wien, raucht *Jan Sobieski*, das schreib' ich dir! *Cleopatra*, nicht schlecht, aber langweilig, ein Schlangenkraut, nur raffiniert, aber dann *Sweet Afton* mit dem Gedicht von Robert Burns auf der Packung:

»Flow gently, Sweet Afton, among thy green braes, Flow gently, I'll sing thee a song in my praise.« *Papastratos Number 1* muß man auf Atlantis rauchen, am Krater von Santorin, *Finas oval* von Kyriazi Frères am Nil, dunkle *Gitan* im gelben Maispapier, *Karo* gejagt vom Memfis und der Guardia Civil, *Esportazione senza filtro*, in deinen Augen sah ich die grünen Schiffe zieh'n gemächlich nach Arkadien hinauf ohne Hast, *Ligeros* und *Ducados*, das ist süße Nachtluft aus Granadas Gärten, *Romeo y Julieta* – schon kommt Mercutio zum Brunnen, Tybalt wird ihn erschlagen, Romeo muß nach Mantua fliehen – so sieht Veronas Morgenstunde aus, und daß die Leute vor Troja *Achill* und *Helena blondes* rauchten, ist klar, Homer hat nur vergessen, davon zu berichten, am Ende, zum Beweis, qualmte die ganze Stadt.

Es fällt schwer aufzuhören, wenn man einmal anfängt damit, das bleibt wahr, aber wie kann man aufhören zu träumen – denn herrlich ist die Welt – für das rauchende Kind. Schokoladenzigaretten sollen selber essen Vater, Mutter, alle Streber und wer sonst noch will!

Ich stand im Wohnzimmer, schob den Kasten des Schrankbuffets zu und ließ die achtziger Brasil mit Bauchbinde an meiner Haut, über die Brust, meinen Bauch hinab, bis zum Hosenbund gleiten. Die Zigarre legte sich quer über den Gürtel, ein gutes Versteck, weder Mutter würde sie dort finden, noch konnte sie leicht zerbrechen dort, abgepolstert zwischen Körper und Kleidung, der perfekte Ort. Meinen Freunden aber konnte ich sie so mitnehmen nach draußen, ein Zeichen der Wärme, hinaus in die kalte verzuckerte Welt vor dem Fenster.

Ich zog Schuhe und Jacke an, im Holzschuppen standen Schneeschuhe und Stöcke, das Skiwachs nahm ich aus dem Schuhschrank mit. Das würde mir nicht noch einmal passieren, nie mehr im Leben! Vorigen Winter bei der Schulmeisterschaft hatte ich mich völlig blamiert. In meiner Altersklasse war ich auf den letzten Platz gekommen, und mein Sportlehrer hatte entsetzt gerufen: Was ist bloß los! Im Sommer beim Radrennen und Schwimmen holst du dir alle Urkunden, und jetzt machst du den Letzten!

Das war das verfluchte *Goldklister* gewesen. Das war schuld, daß ich zehn Läufer, die nach mir gestartet wurden, vorbeilassen mußte, nachdem sie ihr höhnisches »Spur frei!« gerufen hatten. Jedes Mal trat ich dann mit rotem Kopf aus der Loipe, um sie passieren zu lassen, während der Schnee zentimeterdick an meinen Brettern pappte. Ich hatte mich damals einfach verwachst.

An diesem Nachmittag, bevor wir an den Start mußten, war es in den letzten Stunden plötzlich kälter geworden, ein eisiger Wind brachte einen Hauch neuen Pulverschnee mit, und ich irrte mich mit diesem *Goldklister*, einer zähen, teerähnlichen Masse, mit der man bei kaltem Neuschnee keinen Schritt vorwärts kam. Ich hatte am Mittag nur den Pappschnee gesehen und an den anfänglich steilen Anstieg der Strecke gedacht, *Goldklister* dick aufgetragen, und bei der Abfahrt in der harten überfrorenen Loipe ungefähr die Geschwindigkeit einer Schnecke drauf, während alle, die mich überholten, an mir vorbeischossen mit einem Geräusch von geschliffenen Messern unter ihren Füßen. Sie hatten entweder gar kein Wachs aufgetragen oder, was am besten war, ein bißchen mit einer Haushaltskerze auf ihren Gleitflächen herumgeschabt. *Goldklister* aber hatte ich meinem Bruder zu verdanken, er war damals in die Stadt gegangen und ließ sich dieses Zeug aufschwatzen, und ich war sauer auf ihn, bis im Frühling die Radrennen wieder losgingen.

Das würde mir nicht mehr passieren, im Leben nie, und jetzt im Schuppen trug ich eine hauchdünne grünliche Schicht von knallhartem Paraffin auf, das mein Bruder mir am Anfang des Winters zur endgültigen Versöhnung aus der Stadt mitgebracht hatte, aus einem anderen Laden sogar, wie er mir versicherte.

Ich schnallte die Bretter an und schoß im fallenden Schnee den Weg zwischen den Siedlungshäusern entlang, ich setzte die Stöcke in wechselndem Rhythmus weit voraus und stieß die Bretter in lang ausfallenden Schritten vorwärts, über dem Gürtel, zwischen Kleidung und Bauch spürte ich die Zigarre, sie lag sicher.

Am Ende der Siedlung erreichte ich die Garagen, der Friedhof rechts, das leicht abfallende Feld, wo im Sommer Mais und Roggen wuchsen, dann sah ich die Bahnlinie weiter unten, davor den *Katzenbuckel*, wo sonst immer auch meine Freunde waren und wo ich sie vermutet hatte. Aber heute zog ich die frische, die einzige Spur, ich bemerkte es schon, als das abfallende Feld vor mir lag, und hatte immer noch gehofft, hinter der dichten fallenden Jalousie des Schnees, dann näher heran, doch ein Zeichen von ihnen zu finden. Nur beim *Katzenbuckel*, von der Bahnlinie her, gab es ein paar frische Abdrücke im Schnee, die ein Hase vor kurzem hinterlassen hatte. Keiner meiner Freunde war heute hierher gekommen, keiner von ihnen hatte sich getraut. Jetzt kann ich meine Zigarre allein rauchen, dachte ich, bloß weil die zu feige sind, bei diesem Wetter, und stieg langsam von der Seite her den Hügel hinauf, den wir den *Katzenbuckel* nannten.

Ein Zug fuhr vorbei, er mußte aus Leipzig oder Zwickau kommen, und an den gelben riesigen Lichtern der Dampflokomotive sah ich, wie dicht der Schnee immer noch fiel. Die erleuchteten Fenster der Waggons huschten vorbei als blasse gelbe Flecken, dann zog sich der weiße wehende Vorhang wieder über die Landschaft.

Ich blieb auf dem Hügel noch einen Moment lang stehen, prüfte die Bindungen der Schneeschuhe und fuhr los, die andere Seite, den Steilhang des *Katzenbuckel* hinab. So, an dieser Stelle, fuhren wir immer ab, aber ich hatte nicht bedacht, daß es jetzt keine eingefahrene Spur gab und ich keine Sicht haben würde bis zum Ende des Hügels, wo heute der Auslauf von oben gleich gar nicht mehr zu erkennen war. Und daß ich das Hartparaffin, mattgrünlich, auf den Brettern hatte, das sie bei einer Steilfahrt blitzschnell werden lassen würde, daran dachte ich keine Sekunde mehr.

Zuerst riß mir ein vom Neuschnee geknickter Strauch Rainfarn das linke Brett nach hinten, ich kam aus der vermuteten Spur leicht nach rechts ab, sackte am Ende der Abfahrt in eine Kuhle aus weichem Schnee, fiel beinahe nach hinten um, stand aber noch, als ich über die niedrige Schneeschanze flog, die die kleinen Kinder hier vor einer Woche für ihre Schlitten gebaut hatten, sprang über sie ungewollt ab, überschlug mich und fiel mit dem Rücken in ein Gebüsch, auf einen Stein, ich weiß es nicht, mein Steißbein, mein Rückgrat, mein Hinterkopf schmerzten fürchterlich. Ich war ganz allein. Der Schnee, schien mir, fiel jetzt grau, über mir hoch oben stand ein schwarzes Loch, und als ich zur Seite sah, kamen vier Reiter den Weg übers Feld mit fürchterlichen Gesichtern. Sie ritten genau auf mich zu und hielten Lanzen in ihren Händen. Ich blickte in das riesige schwarze Loch über mir und sah dort plötzlich meine Großmutter stehen, sie hielt einen Finger an die Lippen und flüsterte mir zu: Rufe sie nicht, diese vier dort sind die apokalyptischen Reiter, sprich sie nicht an, dann reiten sie weiter!

Ich hörte von der anderen Seite her ein Geräusch, es zischte plötzlich über mir, und ein kleines Feuer, getragen von einer großen schwarzen Wand, kam auf mich zu. Erst als ich die gelben freundlichen Lichter der Wagen sah, erkannte ich, daß es die Eisenbahn war und ich zwei Meter neben den Schienen lag. Es mußte der Gegenzug aus Bad Brambach sein. Rechts auf dem Weg übers Feld sah ich die Reiter nicht mehr, sie waren offenbar schon am *Katzenbuckel* vorbeigezogen, sie hatten mir nichts getan. Was wäre geschehen, wenn ich sie angesprochen oder um Hilfe gerufen hätte, wenn Großmutter nicht gekommen wäre, um mich zu warnen.

Ich lag noch immer auf dem Rücken und drehte mühsam meinen linken Schuh mit den Händen, um das Brett endlich abzuschnallen, der rechte Schneeschuh war irgendwie in der Luft abgegangen, als ich von der Schanze ausgehoben wurde und mich überschlagen hatte. Ich war ganz allein, zum ersten Mal spürte ich, als sähe ich mich selbst in einem Bild, wie allein ich war, und doch, Großmutter hatte mich im letzten Moment vor den vier Reitern bewahrt, oder es war nur ein Traum gewesen, gestern abend hatte sie mir von den apokalyptischen Reitern erzählt, vielleicht hatte ich die jetzt nur geträumt.

Wieder versuchte ich, mich auf die Seite zu drehen, stützte beide Arme auf, im Rücken stach es, am Hinterkopf fühlte ich eine große Beule, leicht nässend und teerähnlich weich, vielleicht ein Fluch des *Goldklister*, aber heute wäre es besser gewesen, gebremst abzufahren, und noch besser gar nicht, sondern zu Hause zu bleiben, ganz daheim. Aber es gelang mir, auf die Beine zu kommen, einen ersten Schritt zu machen zum Bahndamm hin, wo mein anderer Schneeschuh lag. Mit ein wenig mehr Schwung wäre er auf den Schienen gelandet. Ich hockte mich, wieder fühlte ich den Schmerz im Rücken und schnallte die Bretter an. Langsam, dachte ich, du mußt langsam machen, es ist gleich, ob es bald dunkel wird, im Schnee hättest du ohnehin nicht viel gesehen, du findest den Weg auch im Dunklen, immer würdest du den Weg zurück finden, auch bei Nacht, auch ohne Spur, das ist sicher, aber langsam, ganz langsam mußt du laufen.

Mir fiel jetzt plötzlich ein, daß Großmutter immer sagte: Wenn du einen Schock hast, gibt es ein Geheimrezept, da muß man pinkeln. Mein Gott, dachte ich, ich habe vielleicht den Schock, ich schob die Schneeschuhe etwas auseinander, stützte mich mit einer Hand auf die Stöcke und pinkelte gezielt zwischen die Bretter. Besser fühlte ich mich jetzt nicht, aber den Schock mußte ich irgendwie mit rausgepinkelt haben, wenn Großmutter recht hatte.

Der Weg übers Feld, den die Reiter geritten waren, lag schon wieder voll neuem Schnee, ich fand ihre Spuren nicht mehr, obwohl ihre Pferde tief eingesunken sein mußten. Der Weg schien mir jetzt steiler, als ich es je empfunden hatte, ich stieß ein Brett vor, zog das andere mechanisch nach, ich warf meine Füße beinahe nach vorn, um so im Rücken den Schmerz weniger zu spüren, der kalte Schnee, der beständig auf meinen Kopf fiel, tat meiner Beule gut, meine Mütze hatte ich irgendwo beim Sturz am *Katzenbuckel* eingebüßt.

Es wurde bereits dunkel, und ich hatte eine Ewigkeit gebraucht, bis vor mir schemenhaft der Friedhof und dann auch die Garagen sichtbar wurden. Ich kam auf den Siedlungsweg, hier konnte mir schon nichts mehr passieren, von keinem, dachte ich, und das mit den Reitern war vielleicht sowieso gesponnen, ich hatte den Schock und ihn rausgepinkelt, solche Reiter gibt's bestimmt gar nicht, Großmutter muß es spaßig finden, mir solche Gruselmärchen zu erzählen.

Als ich unser rotes Gartentor sah, den grauen Zaun mit den weißen Mützchen, die weißverkappten Büsche im Garten, über denen die ungeduldigen Zweige der Bäume wippten, dachte ich nicht mehr an eine Landschaft aus Zucker, sondern daran, daß es klüger ist, bei solchem Schnee zu Hause zu bleiben, daheim im Geruch von gebratenen Äpfeln und frischem Kuchen und vielleicht eine Wunschliste zu schreiben für Weihnachten nächste Woche.

Den Rücken verstaucht, das Steißbein geprellt, den Kopf verbeult und die Stirn blutig, sagte meine Mutter, als ich in die Küche trat, das hat man davon, wenn man verrückt ist.

Aber da hilft ein Bad mit Kräutern drin, sagte Großmutter.

Auf dem Kohleherd hatten sie immer heißes Wasser stehen, in einem großen grauen Emailletopf, manchmal kochte es stundenlang vor sich hin, keiner brauchte ständig heißes Wasser, das schwarze Ofenrohr glühte unsichtbar unterm Ruß, und Vater sagte immer: So eine Verschwendung!

Man kann aber nie wissen, antwortete ihm Großmutter dann jedes Mal.

Jetzt begannen sie, heißes Wasser aus dem Topf abzuschöpfen und in eine große Sitzbadewanne aus Zink mit hoher Lehne zu füllen. Dann gossen sie kaltes Wasser in die Wanne nach.

Ausziehen, die Klamotten, sagte Großmutter, du bist ja vor Kälte ganz durch und durch.

Ich zog meine dicken Socken aus, die Hose und den Pullover, Großmutter sagte:

Steig schnell hinein, warme Füße sind alles, sonst wirst du noch krank.

Mit einer schnellen Bewegung streifte ich die Unterhose ab, tat einen großen Schritt über den Wannenrand und stand noch im Hemd bis zu den Knien im Wasser, das grüngelb schimmerte von Kräutern und einem Badesalz. Ich knöpfte mein Hemd auf, und plötzlich fiel die Zigarre, die Achtziger Brasil aus meinem Unterhemd, klatschte aufs Wasser und schwamm, in der Mitte deutlich zerbrochen, auf der Oberfläche, die gold-rote Bauchbinde leuchtete bunt und grell auf den sanften Farben des Wassers. Ich bückte mich blitzschnell, glitt in die Wanne mit angezogenen Beinen und drückte die gebrochene Zigarre mit einer Hand unter den Wasserpegel. Die hatte ich vollkommen vergessen! Wie man vergißt, daß man noch sterben muß, *Goldklister*, *Katzenbuckel* und meine Freunde nie, aber eben so was.

Was ist eigentlich passiert, sag mal, fragte meine Mutter, die das Wasser auf dem Küchenherd nachfüllte für alle Fälle.

Ich bin gestürzt, sagte ich, weil mich die apokalyptischen Reiter gejagt haben, richtig getrieben.

Jetzt spinnst du wieder, sagte meine Mutter, gibt's ja gar nicht.

Was? Jetzt erzähl' aber mal, sagte Großmutter.

Also, das war so…, sagte ich und dachte fieberhaft daran, wie ich um Himmelswillen aus der Wanne kommen könnte, um die Zigarre, die sich in meiner Hand langsam aufzulösen begann, unbemerkt aus der Welt zu schaffen, die ersten Tabakblätter trieben bereits olivgrün um meine Knie.

Das gibt's ja gar nicht! rief meine Mutter wieder, aber Großmuter sagte:

Mal sehen, laß' ihn doch erzählen.

Als ich ihnen davon berichtete, wie ich einem Reiter mit dem abgeschnallten Brett die lange Silberlanze zerschlug und die drei anderen mit den Spitzen der Stöcke angriff und einen dabei ins Bein stach, sagte Großmutter: Heutzutage kann man sich nicht mehr vor die Tür trauen, früher wäre das nicht passiert – aber jetzt hole ich den Großen Brockhaus.

Und bring' gleich noch einen Nervenarzt mit, sagte Mutter.

Großmutter mußte im Haus nach oben, zum Bücherschrank, sie hatte ich für einen Moment los, und was ich brauchte, war nur ein Moment, um zu handeln.

Sieh mal, ich habe den Beweis, sagte ich zu meiner Mutter, am Hinterkopf, die Beule stammt vom Huf des Sleipner, Wotans Pferd, frag' doch Großmutter, die heißen so und sind gefährlich, mit dem Teufel im Bunde, geh' ruhig zu ihr hoch und sieh' selbst mit nach, woher auch sollst du das alles wissen.

Aber ich hörte Großmutter schon die hölzerne Treppe wieder herunterkommen, mit ungewöhnlicher Eile, einem Affenzahn ihrer Schritte, ihre alten Hauspantoffeln machten auf den Stufen ein Geräusch wie von einer Sprungschanze.

Seht ihr, rief sie, schon in der Tür, der Junge hat recht! Sie hatte ihre Brille auf der Nase und auch den Brockhaus bereits aufgeschlagen.

Laß' alle Hoffnung fahren, dachte ich, die dort eintritt, ist deine Großmutter und wird sich austun mit dem dicken Buch in ihrer Hand. Ergib' dich einfach, Familie ist schlimmer als Wotans Reiter, die zieht nie ab.

Die Zigarre unter dem Wasser in meiner Hand fühlte sich aufgequollen jetzt an wie ein ausgereifter Maiskolben im September mit Blättern dran und schien noch immer zu wachsen.

Also, wie ich gestern abend schon sagte, Großmutter schlug das Buch auf, gibt's da den Wotan, genannt auch *Der wilde Jäger*, mit seinem achtfüßigen Roß Sleipner.

Hab' ich gesehn', sagte ich, aber bei mir hatten die Pferde nur vier Füße.

Siehst du, das waren vielleicht andere, sagte Großmutter, die mit vier Beinen sind nicht so gefährlich.

Vielleicht war der Sleipner krank, sagte ich, bei dem Wetter.

Also weiter jetzt. Großmutter setzte sich auf die Eckbank am runden Küchentisch und legte das schwere Buch auf die Tischplatte.

An seiner Seite hat Wotan zwei jaulende Wölfe, Geri und Friki, die Raben Hugin – der Gedanke – und Munin – das Gedächtnis.

Hab' ich schon gehört, aber die waren heute auch nicht dabei, vielleicht haben die sich im Schneesturm verirrt.

Ihr spinnt ja beide, sagte meine Mutter, kurz vor Weihnachten geht's hier zu wie in einem Irrenhaus.

Laßt mich doch mal weiterlesen, sagte Großmutter. Dem einäugigen Gotte folgt die brüllende und tobende Schar, die tollen Reiter, das *Wotisheer* oder auch *Wutheer*, dahinter eine Meute bellender bissiger Hunde, die von den Reitern unaufhörlich gehetzt werden mit Rufen wie »Hede, hede, hafte« oder »Hoho, hoho, he, wuthe, wuthe, wutsche, wutsche!«

Genau so war's, ziemlich laut schrieen die rum auf dem Feld.

Aber wer es wagte, den Blick zu erheben, wurde zu Tode geschlagen.

Hab' ich doch gleich gesagt, gefährliche Truppe.

Wer jedoch den Huf eines der Wilden Reiter findet, heftet das Glück an sich.

Muß ich nächste Woche noch mal gucken, nach meinem Sturz hab' ich drauf verzichtet, noch lange zu suchen.

Unterbrich mich doch nicht immer, Großmutter schlug ungeduldig mit dem Handrücken auf den Tisch, beim letzten Ernteschnitt ließ man auf den Kornfeldern südlich und nördlich der Waldsäume drei Ähren für Wode stehen, die *Wotansknoten*.

Bin ich wahrscheinlich drübergeflogen, bevor's mich hingehauen hat.

Aha, sagte meine Mutter, ich dachte, die Reiter hätten dich gejagt.

Natürliche Folge ihrer Treibjagd nach mir, dieser Sturz dann.

Natürlich, sagte meine Mutter.

Ruhe jetzt, ich bin gleich zu Ende: dagegen, gegen diesen Brauch, waren die christlichen Mönche machtlos. Im Gefolge Wotans aber reitet auch die Bewahrerin des Todes, Frau Holle, mit, deren Höhle im Hörselberg nach der Christianisierung der Germanen bewußt zum Eingang des Fegefeuers umgefälscht wurde.

Kenn' ich vom Ferienlager, sagte ich.

Die Frau Holle? fragte Großmutter und blickte jetzt zum ersten Mal wieder auf, schloß das Buch mit einem schweren Knall und nahm ihre Brille von der Nase.

Quatsch, sagte ich, den Hörselberg, der ist bei Eisenach.

Du sollst nicht »Quatsch« zu deiner Großmutter sagen, auch wenn sie welchen redet, zur Zeit ist's wieder mal ganz schlimm. Mutter preßte die Lippen und schwieg.

Eisenach ist dort, wo Onkel Rudi seinen Wartburg abgeholt hat, sagte ich, und zwar persönlich, um zu sehen, ob er dicht ist, na ja, der Wagen, wegen dem Regen und so, leider war's dann ein herrlicher Sonnentag und außerdem Sonntag, und die Tante hat ihm die Schallplatte von Mireille Mathieu solange auf den Kopf gehauen, bis sie in tausend Stücke gesprungen ist, obwohl sie aus Vinyl war, die zerbrechen eigentlich nicht.

Was redet der Junge da? fragte Großmutter besorgt.

Weil die Tante dachte, daß Rudi eine Freundin mitgenommen hat zur Jungfernfahrt.

Diese Mireille Maddjöh? fragte Großmutter.

Nein, das ist nur so eine Sängerin, eine Französin, die Platte hieß *Rendezvous mit Mireille*, die Tante muß irgendwas verwechselt haben, aber Onkel Rudi steht auf Französisch, das hab' ich selbst gesehen.

Was redest du da, sagte meine Mutter, du gehst jetzt sofort ins Bett!

Wieso denn, sagte ich, Verlag Enzyklopädie Leipzig, *Französisch für Anfänger,* ich sag' doch, ich hab's selbst gesehen.

Ach so, sagte meine Mutter.

Die Tante muß aber irgendwas gewittert haben, als sie die Rechnung für ein Doppelzimmer der Pension *Johann Sebastian* in seinem Jackett fand und die vom Restaurant *Zum Sängerwettstreit* mit elf kleinen Budweisern drauf und zwei Flaschen *Klostergeflüster*, aber Onkel Rudi hat behauptet, alles allein getrunken zu haben und hat auch die beiden Steaks *à la Vogelweide* und *Wolfram von Eschenbach* aufgegessen und noch die zwei Aperitifs *Martin Luther* gehabt auf die Schnelle, vor der Verdauung, der verdaut nämlich immer gut, wie's in der Überlieferung heißt.

Frag' jetzt bloß nicht, wer von beiden, meine Mutter warf einen strengen Blick auf Großmutter, die aber dachte einen Moment lang nach und sagte: Einer von denen, die dort übernachtet haben, ist womöglich der Kerl von dieser Holle, da hab' ich Sachen im Radio gehört, *Der Tod und das Mädchen* hieß das und *Frau Welt, ich hab' von dir getrunken*, glaub' ich, trau' ich dem Rudi zu, der trinkt noch mal die ganze Welt aus mit seinem Durst.

Oma, sagte meine Mutter resigniert, hör' jetzt sofort auf, der Junge ist durch deine ewigen Verdrehereien schon ganz meschugge im Kopf.

Wenn da mal bloß nicht doch diese Maddjöh mit war, zum Sängerwettstreit, sagte Großmutter, könnt' ich 'nen Besen fressen.

Diese Mireille scheint aber genau Onkel Rudis Typ zu sein, aktuell, sagte ich, weil die Tante dann so draufhaute.

Wahrscheinlich wieder so eine Messebekanntschaft von ihm, nehm' ich Gift drauf, sagte Großmutter.

Sehr nett, die kleine Französin, dachte ich, aber nicht gerade mein Typ, ich stand mehr auf Judith, die dem Holofernes den Kopf abgehauen hat, in Dresden bei einer Klassenfahrt in der Galerie hatte ich ihre Riesentitten gesehen und mir gleich eine kolorierte Postkarte gekauft noch am Ausgang. Als Mutter sie unter meinem Kopfkissen fand und schrie, woher ich dieses »Wichsbild« hätte, erklärte ich ihr, daß ich Kunstgeschichte studieren werde. Und Gunter Schicho war sogar noch mal mit seinen Eltern dort und berichtete vom Wochenende, der ganze Semper-Flügel hinge voll nackter Weiber, das hatte ich damals bei meinem Besuch verpaßt, weil ich nach den Niederländern und Franzosen, wegen der trockenen Luft dort, mit Mulei Bier trinken ging ins *Italienische Dörfchen*. – Oder Charlotte Corday, denn Französinnen sollen scharf sein, die dem armen Marat in den Rükken gestochen hat, als er in seiner Badewanne saß, blond zwar, aber ihre Titten waren die reine Sahne, so ein Frau-Holle-Typ, Goldmarie und Pechmarie hatte ich leider noch nicht oben ohne gesehen, auch Schneeweißchen und Rosenrot standen noch aus. Aber die besten Dinger hatte ohne Zweifel die Freundin des Helden aus *Orinoko*, diese schöne Mulattin vom Amazonas, pralle runde Birnentitten, mein Kumpel Reinhard Krause stand auch auf sie und war der Meinung, sie hätte unsere ganze Generation aufgerichtet, diese Zeichnung im *Orinoko*-Buch.

Charlotte Corday war auch Französin, aus Cannes, glaube ich, aber bei Judith wußte ich nicht recht, woher sie kam, irgendwo aus der Bibel, und eigentlich könnte ich sie jetzt alle gebrauchen, dachte ich, und spürte ein angenehmes Ziehen zwischen den Beinen, am liebsten aber doch eine Französin, dachte ich, die kann sogar Französisch, und Onkel Rudi war, wie immer, bei jedem Wetter, auf dem richtigen Weg.

Herrgott, was reden wir hier, rief Großmutter, das Wasser wird schon ganz kalt sein!

Nein, keinesfalls, rief ich, es ist noch nicht einmal lau!

Ich hatte jetzt zwei Gründe, nicht aus dem Wasser zu können, einen Zigarrenkolben in der Hand und einen eigenen.

Der Junge braucht neues Wasser, und dann ab ins Bett, rief Großmutter.

Mutter ging zum Kohleherd und schöpfte mit einem kleinen Aluminiumtopf etwas Wasser ab, ging auf mich zu, als Großmutter schon schrie: Herr Jesus, guck mal, er hat sich eingeschissen.

Nein, nein, rief ich, das ist…

Das ist vom Schock, du armer Junge, das muß ja ein schlimmer Sturz gewesen sein, und wir quatschen hier rum.

Du meine Güte, sagte meine Mutter, daß wir das nicht gleich gesehen haben, aber du mußt dir nichts draus machen, das kann passieren, zuerst dein Unfall und dann hier in der Wärme...

Nein, das war schon vorher, sagte ich, und begriff die Chance, vielleicht davonzukommen.

Herrgott im Himmel, rief Großmutter, und fischte mit zwei Fingern eines der aufgelösten Tabakblätter heraus, ein Deckblatt, die jetzt überall auf der Oberfläche trieben.

Dich hat's ganz schön erwischt, sagte sie nachdenklich, nicht mal der Stuhlgang ist mehr normal. Sofort neues Wasser und raus aus der Wanne!

Ich hatte jetzt die begründete Hoffnung, anders als Marat doch noch ungestraft aus der Wanne zu kommen, stellte erleichtert fest, daß auch mein zweiter Kolben sich aufgelöst hatte, und ließ mich ungerührt von Mutter und Großmutter im Stehen abwaschen und endlos lang von beiden Seiten mit warmen Wasser übergießen.

Unser Held, sagte Mutter, der wilde Jäger, aber demnächst bleibst du zu Hause bei solchem Wetter.

Unser Apoll, sagte Großmutter, nimmt's mit jedem auf, sogar mit dem einäugigen Wotan.

Da haust du wieder mal was durcheinander, typisch, sagte meine Mutter.

Demnächst unbedingt, dachte ich, als Großmutter und Mutter begannen, mich mit rauhsanften Handtüchern trockenzureiben, muß ich diese Judith finden, rauskriegen, wo's die überhaupt gibt, mal sehen, ob ich bei der was landen kann, diese Kopfabschneiderei werd' ich ihr mit der Zeit schon abgewöhnen, oder doch, Vision meiner Generation, lieber die friedliche Freundin am Amazonas, die Birnen vom Orinoko, wo's übrigens auch die herrlichsten Tabakplantagen gibt. Zwei Fliegen mit einer Klappe, mal sehn', dachte ich.

Dezember 1994–März 2005

DIE GLÄSERNE SPITZE

Draußen auf den kleinen Vorplatz des Hauses, den Mittelweg, auf die Sträucher und Bäume, die Wiese, war die ganze Nacht lang Schnee gefallen.

Jetzt am Mittag war es nicht kalt, so daß sich über der Schneedecke ein dichter Dunst gebildet hatte, der schon das gegenüberliegende Haus verschleierte und wie in Nebel hüllte. Der Rauch aus den Schornsteinen der kleinen Siedlungshäuser rutschte die dunkelgrauen Dächer hinunter und fiel dann beinahe senkrecht an den Häuserwänden herab, legte sich über den frisch gefallenen Schnee der Gärten und Vorplätze und blieb dort in gelben Schwaden liegen, ohne sich bis zum Abend aufzulösen.

Es schien, als würde Vater Zigarre rauchen, Vater, der manchmal Zigarre rauchte, als würde der Rauch aus seinem Mund quellen, herab auf die Brust fallen und dort auf seinem dicken Norweger-Pullover haften bleiben in grauen kreisenden Schwaden und Schleiern, aus denen die gestrickten Hirsche und Rentiere mit ihren weißen Geweihen hervorblickten.

Der Junge saß im Zimmer und betrachtete noch immer voll Mißmut seine Weihnachtsgeschenke. Keines gefiel ihm. Am schlimmsten war es mit der Planierraupe, die hatte er sich am wenigsten gewünscht. Und seine Mutter sagte, als sie sein enttäuschtes Gesicht sah: Der Junge unserer Reinemachfrau im Betrieb hätte sich bestimmt gefreut, ich kann sie ja auch wieder mitnehmen und der Frau geben.

Das war so ein Satz der Mutter, den sie gesagt hatte, in ihrer Art, und er sollte auch heißen, daß die Planierraupe teuer gewesen war.

Die Raupe fuhr auf Ketten aus schwarzem Gummi, im Motorblock konnte man die Kolben auf- und niedergehen sehen, eine Rundumleuchte flackerte auf dem Fahrerdach, warf orangene Lichtkegel, es gab einen Vorwärts- und einen Rückwärtsgang, Scheinwerfer hinten und vorn, und mit einem Hebel konnte man das Planierschild zum Schieben in verschiedene Höhen versetzen. Sie war bestimmt teuer gewesen. – Der Junge war erschrocken, etwas ängstlich geworden bei den Worten der Mutter, die eine Strafe androhten, eigentlich für nichts, und deren Ton, die Art und Weise, wie seine Mutter gesprochen hatte, waren selbst schon Strafe gewesen. Denn so hatte es der Junge nicht gemeint mit seinem unwilligen Gesicht, als er die Raupe unter dem Weihnachtsbaum sah, dieses Geschenk hatte er nicht erwartet, es gefiel ihm auch nicht besonders, und er war nicht erfreut und gar nicht überrascht, aber er hätte in dem Moment auch nicht sagen können, was er sich lieber gewünscht, was ihn überrascht haben würde an diesem Weihnachtsabend. Auch deshalb, weil er eigentlich ganz wunschlos gewesen war irgendwelchen Dingen gegenüber, hatte der Satz der Mutter für ihn wie eine Strafe geklungen. Gewünscht hatte er sich am meisten und schon seit dem gestrigen Nachmittag, daß Vater doch noch herunterkommen und mit der Mutter und ihm gemeinsam neben den Geschenken und dem Weihnachtsbaum sitzen würde, wie in allen Jahren zuvor. Und als gestern abend im Fernsehen eine Oper begann, die *Entführung aus dem Serail* hieß, war der Junge doch noch einmal die Treppe hinaufgegangen und hatte leise an die Schlafzimmertür geklopft, und nach einem geflüsterten Wort des Vaters war er eingetreten, aber Vater hatte gesagt, er solle nur wieder hinuntergehen, denn er sei krank, das wäre der Grund, daß er hier schon seit Nachmittag zu Bett liegen würde. Aber der Junge glaubte es nicht, denn er war ja selbst dabei gewesen, als sie den Christbaum gemeinsam mit Vater schmückten, zuerst bunte Kugeln, dann Äpfel und gezuckerte Schokoladenkringel an die wippenden Tannenäste hängten, danach Lametta-Fäden lose über die kleineren Ästchen legten. Dann wollten sie die bunte gläserne Baumspitze aus geblasenem Glas aufstecken, und dann ist es passiert. Immerzu saß sie schief. Vater holte die Leiter aus dem Keller und sägte oben ein Stück vom Baum ab, jetzt stand die Glasspitze schräg, er und die Mutter lachten, Vater preßte die Spitze mit Gewalt auf den Baum, sie fiel herunter, alle hörten, wie sie zerbrach. Keiner lachte. Vater stieg mit einem weißen Gesicht von der Leiter, klappte sie zusammen, brachte sie in den Keller und ging ins Bett. Dort lag er seit einem Tag. Auch die Nachricht, daß es im Fernsehen *Die Entführung aus dem Serail* gab, hatte ihn gestern abend nicht zum Aufstehen bewegen können. Es wäre lächerlich, all das, wenn nicht Weihnachten gewesen wäre. Lachen hätte man können. Bei ihnen aber nicht, immer, in jedem Jahr, stritten die Eltern, Weihnachten war etwas für andere Leute, und Opern von Mozart waren für seine Familie nicht gemacht, dachte der Junge im Zimmer, *Entführung aus dem Serail* war für die anderen, wie alle Feste nicht für sie bestimmt.

Er wußte an diesem Tag noch nicht, daß dieses das letzte Weihnachten gemeinsam mit Vater und Mutter und in diesem Haus war, im Sommer, im Juli, würden die Eltern sich scheiden lassen, aber das konnte der Junge, der jetzt unter dem abgesägten Weihnachtsbaum saß, dem die gläserne Spitze fehlte, nicht wissen. Aber weil es jetzt zu dunkeln begann, zeitig am Weihnachtstag, zum Nachmittag hin, und Mutter wohl vergessen hatte, die Kerzen am Baum noch einmal anzuzünden, lief er hinüber in die Küche, um nach Hölzern zu sehen oder einem Feuerzeug, denn im Licht des Baumes, dachte der Junge, würde auch die Planierraupe, würden auch ihre Lichter und Scheinwerfer schön sein.

Dezember 1994

BROTNACHT

Sie stopfen der Wahrheit das Maul mit Brot.
Und was wird bleiben vom Brot?
Daß es gegessen wurde.
Wolf Biermann

In unserer Nachbarschaft, ein paar Kilometer entfernt, im Erzgebirge, gibt es eine seltsame Sage. Einst soll auf der Schneeberger Grube »Orschel« ein Junge eingefahren sein, der so schwächlich und klein war, daß er zu allen anderen Arbeiten geeignet gewesen wäre, nur gerade nicht für das Bergwerk.

Dem erschien eines Tages der böse Berggeist. Der sagte dem Jungen, er werde ihn töten, würde er nicht jeden Tag eine frischgebackene Semmel mit hinunter in die Grube bringen. Und weil der Junge niemand etwas von dieser Abmachung sagen durfte, wunderten sich die alten Bergleute jeden Tag mehr, warum der schwächliche Kleine die mitgebrachte Semmel nicht selber aß.

Das ging eine Zeitlang so fort. Doch eines Tages verschlief der Junge und konnte an diesem Morgen keine Semmel mehr besorgen, kam zur Arbeit aber gerade noch zurecht. Als die Schicht wechselte, fanden ihn die alten Bergleute erdrosselt neben einem Kohlenkorb liegen, und sie wußten sich nicht zu erklären, wie dies geschehen sein konnte. Denn ringsherum um den Korb lagen verstreut viele verschimmelte Semmeln, daß man damit hätte ein Schwein füttern können.

Brot habe ich nie beschrieben, aber gegessen, und als ich das große Sagenbuch in den Schrank meiner Großmutter zurückstellte, war die Nacht über der Siedlung schon aufgegangen mit einem Himmel aus trockenem Schwarzbrot, die verschneiten Wege entlang der Häuser streckten sich wie flaumige Weißbrote, daneben, lichtbeschienen aus den gläsernen Haustüren, die goldene Kegel auf den frischen Schnee warfen, lagen die Vorplätze aufgereiht wie neubackene Semmeln. Die Dinge schwiegen, denn bald war Weihnachten. Nur die Nachbarinnen redeten jetzt laut. Sie waren in den kleinen Laden meiner Großmutter gekommen und warteten auf das Brot. Manchmal verstummten sie plötzlich, mit einem Schlag, alle Münder geöffnet, und lauschten in die Nacht, ob das Brot käme. Dann konnte man hören, wie aus dem metallglänzenden Hahn des weißen Keramikfäßchens, das auf dem Ladentisch stand, der Senf fiel in gelben Tropfen. Aber das sahen sie nicht; Nachbarinnen, Frauen, die nach Brot anstanden, lauschten mit ihren Lippen und offenen Mündern und sahen nicht, daß der Senf gelb aus dem Hahn des Keramikfäßchens auf das Holz des Ladentisches tropfte, Nachbarinnen, Frauen, standen und atmeten und lauschten und hörten das Brot.

Doch sie rochen es nicht und konnten es nicht greifen. Nicht alle Frauen waren in den Laden meiner Großmutter gekommen, nur die, die wenige Schritte durch den frischen Schnee zu gehen hatten, die Nachbarsfrauen, die Vorboten, waren jetzt hier und standen an, während der Senf in gelben Tropfen aus dem Hahn des Fasses fiel, und lauschten auf das Brot. Aber sie konnten es nicht greifen.

Ich saß auf einem halbvollen Sack Erbsen in einer Ecke des Ladens und lehnte mit dem Rücken an einem Stapel leerer Kisten, auf dem ein angebrochenes Paket mit Feueranzündern lag. Die einzige Lampe im Laden, ein gelblichweißer Glasballon, der über dem Ladentisch hing – dahinter stand meine Großmutter und rieb ihre Handflächen immer wieder an ihrer blauen Schürze, als gelte es, sofort und gleich Brote über den Ladentisch zu reichen –, die Ballonlampe schüttete gelbes Licht wie Senf über die Regale, auf den Fußboden und über die Gesichter der wartenden Frauen, über das Gesicht meiner Großmutter. Nur die Ecke, in der ich saß, konnten die matten senffarbenen Ballonstrahlen nicht mehr erreichen und ausleuchten. Ich allein saß im Dunkeln und war unter ihnen, den Dingen des Ladens und den wartenden Frauen, den Nachbarinnen, neben meiner Großmutter, die ebenfalls wartete. Ich habe alles gesehen und gehört.

Was die alte Frau aus dem Haus gegenüber sagte: Im Keller sind sie gestorben, in der Stadt, obwohl sie genügend Brot mit nach unten genommen hatten, aber die Bombe verschüttete sie, und ausgegraben hat sie die Feuerwehr erst drei Tage später, weil Gas in den Keller geströmt war, aber da waren sie tot. Da hat ihnen das Brot nichts genützt, aber als wir es aßen, schmeckte es immer mehr nach Gas… die kleinen Flugzeuge tauchten ganz plötzlich hinter den Häusern auf und schossen sofort in unsere Warteschlange, sagte jetzt Frau Melle, deren Mann ein großes Kohlenauto fuhr und immer zehn Schnitten zum Abendbrot aß, ich sah, sagte sie, wie sie einem Jungen drüben auf der anderen Straßenseite aus der Luft ein Kastenbrot aus den Händen schossen, dann blieb der Junge neben dem Brot liegen, wir hatten die ganze Nacht angestanden… dreihundert Gramm für jeden Tag, das sagte die Frau, die den Garten neben uns hatte und im Sommer immer im Küchenfenster saß und ihre Stachelbeerbüsche bewachte, und nur Wasser dazu, schrieb mein Mann in seinem letzten Brief, er ist ja dort geblieben…

Da sagte meine Großmutter, die noch immer bewegungslos hinter dem Ladentisch stand, nur hin und wieder mit den Händen über ihre Schürze strich: Ja, wir alle haben viel zu lange das Brot des Bösen gegessen. Als hätten wir nicht gewußt, was davon bleiben wird. Da sahen die Frauen meine Großmutter einen Moment verwundert an, die Nachbarinnen, die gekommen waren, um auf das Brot zu warten, und sagten jetzt nichts mehr.

Denn sie wußten es, und alle wußten es, die Frauen und Kinder, die Männer, die ganze Siedlung: Heute abend war kein Brot gekommen. Nur die Nacht war gekommen und zu früh und so kalt, daß der Schnee geknirscht hatte, auf dem kurzen Weg, unter den Schuhen der Nachbarinnen, bei den wenigen Schritten. Denn das Brot war heute abend nicht gekommen, und die frühe kalte Nacht knirschte den Frauen wie trockenes Schwarzbrot in ihren offenen Mündern, aber es war nur der Schnee gewesen unter den Schuhen auf ihren kurzen Wegen.

Über der Erde lag die Nacht wie flaumiges Weißbrot auf den Wegen, und der Himmel war ein großes schwarzes Brot, durch die gläserne Haustür des Ladens meiner Großmutter fiel ein semmelgoldener Kegel Licht auf den frisch gefallenen Schnee des Vorplatzes, der kleine glänzende Sterne hoch in die Nacht warf. Ich habe alles gesehen und gehört.

Dann schmeckte die Nacht noch immer wie trockenes Brot, und der Mond war ein blinkendes Hefemesser und machte, daß die Nacht aufging. Da kamen auf dem flaumigen Weißbrotweg zwei goldkeglige Semmellichter und machten, daß die Wünsche der Frauen, der Nachbarinnen und die meiner Großmutter aufgingen und sich erfüllten. Großmutter rief: Das Brotauto!

Und wenn ich mich richtig erinnere, entluden Männer in weißen Bäckeranzügen das Auto mit langen hölzernen Brotschiebern wie einen richtigen Backofen, und auf die Brote, die schwarzen, die weißen, fielen ein paar letzte, spärliche Sterne aus Schnee, und als der Laden meiner Großmutter voll war von Broten und das Backofenauto der weißen Männer leer, tauten auch die letzten senfgelben Falten in den Gesichtern der Frauen, der Nachbarinnen. Die ganze Siedlung knirschte jetzt von den Schritten der Frauen, sie verließen die Vorplätze ihrer kleinen Häuser, kamen heran, liefen die Wege, die kurzen, die langen, und daß sie aufging heute abend, die Nacht, schnitt der Mond winzige Hefeschnitte ins große Schwarzbrot.

Das war der Abend, als das Brot zu spät ankam. Ich habe alles gesehen und gehört und das Brot gegessen, schwarzes und weißes und goldknusprige Semmeln, denn es war schon Friede, und die Frauen hatten nur Geschichten erzählt.

Aber warum hatte der Berggeist die Semmeln des kleinen Jungen nicht gegessen? Und hatten die alten Bergleute ihre Schweine gefüttert, mit Brot, das das Böse liegengelassen hatte? Und warum werden, erzählt man eine Geschichte, immer so viele daraus?

Mai 1993

Du schöner Junge,
hat man ihn ermuntert,
du hast ja noch gar keinen Flaum,
so stell dich mal an diesen Baum
und zähle brav bis hundert!
Doch als er aufhob sein Gesicht,
war es von Tränen blind,
denn die einen hatten das Weite gesucht
und die anderen Weib und Kind.

Jean Cocteau, *Armer Jean*

DIE EROBERUNG DES OBJEKTS

Das wird gewesen sein, wenn die Sonne schon auf die Mauer gesunken ist, um die schwarze Schneise zu brennen.

Das wird geschehen sein, wenn wir ankommen über den Steinen und alle Sterne glühen.

Aus der Ferne sahen wir keinen Weg, aber die zerschlagenen Fenster vor den zerquälten Gesichtern, die eine nie wieder gefundene Abendsonne aus jedem Stein schnitt. Der Angriff dauerte etwa die Zeit unseres Vormarsches. Die Bäume schienen uns ihre Borke leihen zu wollen, so traf uns der grelle Blitz der ersten Außenmauer und erinnerte an jene Häuser, die wir aus Papier, Bändern und Streifen als Kinder unter den Bänken gefertigt hatten. Einige warfen sich nieder und schrieen, während andere sich feuchtes Moos auf die Augen legten oder ihre Nägel an niedrigen Bäumen schürften.

Der Punkt unserer asymptotischen Näherung und die Vermutung, wir zögen um das Objekt nur Kreise, waren bestätigt, und wenige Sekunden später zerschnitt, am äußeren Rand jäh zerbrochen von Licht, sich jedoch wieder und wieder zusammenfügend, je mehr sie gegen die Erde trieb, so auch den immer als logisch und formal folgenden nächsten Punkt in seiner Widerlegung schon vorwegnehmend, die Sonne die letzte Außenmauer und den ihr verhafteten, dreifachen Elektrozaun.

Die Folge war Panik. Ein Mauerträger, den wir nicht sahen, jedoch seine Mütze, die blau mit Litze und Silber als Offiziersrang sich auch von einem noch weiter entfernten Standort aus hätte mühelos erkennen lassen, trieb, hinter einem gewaltigen Mauerstück Deckung suchend, dabei die Sonnenschneise geschickt nutzend, gegen unsere Linien vor. Wir jedoch waren ihm schon nahe genug, um zu erkennen, welche Absicht ihn zu solch einem Weg veranlaßt haben mochte.

Aus dem Mauerfetzen vor seinem Körper schwangen Eisenkreuze und zu Klumpen verbranntes Metall, das einen hätte kurz zu der Vermutung verleiten können, dies wären die einzigen Orden, die ihr Träger je erhalten.

Ganz zuletzt erst sahen wir die auf dem Mauerstück unbeholfen mit Kohle gekennzeichnete weiße Taube.

Einer von uns ging ihm den letzten Schritt entgegen und sagte: Lange haben wir schon von dir gehört, oft gezögert und immer noch Zeit gewährt. Aber jetzt sind wir gekommen, um dich unter die Hufe dieses Lammes zu treten!

Bei diesen Worten war es schon Nacht. Die Verhöre begannen am nächsten Tag, sobald sich das erste Licht in den zerschlagenen Augen des Objekts zu sammeln begann.

Und sie begannen mit Uneinigkeit unserer Wege. Einige wollten die Offiziere des Sicherheitszentrums ohne ein Wort hinrichten, andere, darunter die Vertrauten unserer Gruppe, bärtige Gesellen mit Brillen und voll von den Ansprüchen der Liebe, warfen zornig mit Resten verkohlter Türen um sich, den eigenen Reihen nicht wenig Verwunderung abtrotzend. Schrecklich hinterließen ihre Wurfobjekte die Aufschlagstellen des ohnehin schon einem Trümmerfeld gleichenden Umkreises des Objekts. Mitgeführte Sachverständige schwärmten sofort nach allen Richtungen aus, um sieben Intensitätszonen bezüglich der Peripherie des Objekts abzustecken und somit Rückschlüsse auf die verbliebenen Energiereserven (Arme, Beine, Herzmuskulatur) unserer Reihen zu ziehen. All das jedoch konnte nur Nebenwerk sein, ein sich selbst unaufhörlich entzündender Dilettantismus, dem sein Ohr zu leihen kaum ratsam schien, so daß der Streit erneut aufloderte, als es daranging, die Verhöre einzuleiten.

Die Vertrauten unserer Gruppe wehrten sich gegen das Wort »Verhör«, indem sie in Eile modellierte Erdkugeln ihren Vordermännern, die sie für die Vorschläge verantwortlich hielten, auf die Stirnen drückten. Dies wiederum blieb ohne sofortige Wirkung, zumal eine Handvoll Beauftragter der Nachrichtenabteilung mit ersten Ergebnissen hinzutrat, die nun erst recht die Anwesenden von einer ganz anderen Seite her erschütterten und von ihren ersten, nur vage benannten und betretenen Wegen endgültig abtrieben.

Die Nachricht war ein uns alle schlagendes Mißverständnis: Die Bewohner des Objekts hielten uns für Menschen.

Sofort stellten wir eine bewegliche Einsatzgruppe zusammen, die in Annäherung an die Sprache der Insassen des Objekts »Propagandaabteilung« genannt wurde; ein Mißverständnis unsererseits, basierend auf einseitiger Information und einer Störung in der zentralen Austauschzone, das wir später noch bereuen sollten.

Die Gruppe begann unverzüglich mit der Befragung der Insassen, um die Gründe ihres Irrtums über uns in ihren Verhältnissen und Geschichten zu suchen.

Zuerst wurde ein alter Mann mit weißen Haaren vorgeführt. (Es folgen jetzt die Daten aus dem Speichersystem, das uns aus Gründen, die noch zu beschreiben sein werden, kurz vor der Rückkehr teilweise verlorenging.)

Bei diesen Worten wiederum brach plötzlich der grüne Zelthimmel zusammen, der Scheinwerfer am Mittelpfosten schlug auf den Boden, zersplitterte und erlosch, während die Wände langsam herabzusinken begannen.

Wir erschraken zuerst, für Sekunden drohte eine Panik auszubrechen, aber eigentlich war nichts Schlimmes geschehen. Die Bewohner hatten die Leinen des Zeltes durchschnitten und trieben uns, nachdem wir unter Planen kriechend den Ausgang erreicht hatten, mit Knüppeln und Fäusten drohend, über die in Stücken liegende Objektmauer auf das offene Feld.

Dies könnte der Zeitpunkt gewesen sein, als unserer Aufklärungsabteilung einige ihrer schon bespielten, jedoch noch nicht magazinierten Tonträger abhanden gekommen sein mußten. Oft noch, als wir unseren Ausgangspunkt wieder erreicht hatten, war dies ein Anlaß für Streit und für mancherlei, in Methode und Inhalt, zweifelhafte Anschuldigungen. Zwei Meinungen hielten sich von Anfang an und hatten neuen Streit zur Folge. Die erste besagte, zwei Mitglieder des Tontrupps hätten mit gut einem halben Dutzend der Objektbewohner während des Verhörs unmäßig getrunken und zuletzt die Tonträger den Vernommenen ausgehändigt, die sie sofort entrollten, um sie über das Gebälk des Zeltes zu werfen oder sich um die Hälse zu legen und dann in wildeste Tänze zu verfallen.

Beweiskräftig waren vom Kontrollkommando erstellte Tonaufnahmen mit Geräuschen glucksender Flüssigkeiten und johlenden Singens. Wortfetzen wie »Freiheit« und »Brüder« waren keine Entschuldigung.

Die Grundlage zur zweiten Theorie über den Verlust der Tonträger bildete eine vom botanischen Spezialisten PRH Lucas erwähnte Feldblume, deren Einmaligkeit wegen er, nach seinen Aussagen, ein Band (mittlerer Länge) gelöscht hatte, das er unter dem zusammenbrechenden Zelt geborgen, um es in einer von Wasser überspülten Ackerfurche lediglich deshalb neu zu bespielen, um die glanzvolle Schönheit dieser Pflanze in Lobesgesängen zu preisen. Strafmildernd für PRH Lucas wirkte sich jedoch seine Aussage aus, daß er solch eine Krönung botanischer Existenz nicht einmal im Paradies vermutet hätte und außerdem eine Kopfbeule vorwies, die er sich durch den Faustschlag eines Verfolgers zugezogen hatte, der PRH Lucas daran hindern wollte, die von ihm besungene Blume abzureißen, um ihn mit Anfällen von Nieswurz seine Flucht fortsetzen zu lassen. PRH Lucas floh nicht, sondern warf sich schützend über die Blume, worauf sein Verfolger einmal, aber kräftig, mit der Faust zuschlug und »Freiheitsblume« rief.

Dies alles dokumentiert jenes Band, das PRH Lucas nicht mehr vermochte, rechtzeitig auszuschalten, was sich jedoch als überragender Glücksfall erwies, als wir an die Auswertung der beschriebenen Vorfälle gingen. Nach dem Blumenhymnus des eher stimmbrüchigen PRH Lucas folgten das aufgezeichnete Schnaufen und Stampfen der wütenden Verfolger, der Fall Lucas' über die Blume und schließlich das so bedeutende und weiterführende Wort, gesprochen zwischen Verfolgung und Errettung, einmalig registriert in Tonqualität und Tiefenschärfe, kurz, ein Wort, das ausschließlich an dieser inzwischen historisch gewordenen Stelle seine Bedeutung erlangen konnte und nur dort am Platze war: KOPFNUß.

PRH Lucas hatte, ohne es zu ahnen, ein Dokument höchster Bedeutung von der Vertreibung unserer Gruppierungen vom Objekt weg über offenes Feld bis zu unserer Transportstaffel geschaffen.

Am Ende aller Tonspiele wurde deutlich: Auch der Grund unserer Vertreibung und der plötzliche Zorn der Bewohner gegen uns hatten ihren Grund in einem Mißverständnis. Die letzten, uns nachgeschleuderten Worte hat PRH Lucas' Band beinahe überdeutlich fixiert. Sie lauten: »Das machen wir selber.«

»Nie wieder.«

»Euch kennen wir schon« und »Haut bloß ab«.

Dies hatten die Bewohner des Objektes zeitgleich hinter uns hergerufen. Allem Anschein nach hielten sie uns zu diesem Zeitpunkt noch immer für Menschen. Und wir waren das Jüngste Gericht.

1983 / 1999

LEKTÜRE BEI SEITLICHEM MEERBLICK

1

Aus: *Erotische Weltrekorde.* Kataloghefl zum 50. Jahr des Bestehens des Beate-Uhse-Verlages, Hamburg 1996:

»Tiberius war bisexuell. Er liebte schöne Frauen ebenso wie stramme Knaben. Sein Palast auf Capri wurde zum Schauplatz unglaublicher Lustpraktiken. Wenn er in seiner Therme schwamm, mußten ausgesuchte Knaben an seinem Glied lutschen. Junge Sklavinnen wurden vor seinen Augen ausgepeitscht, bevor es der Kaiser mit ihnen trieb, wobei er sich an ihren blutigen Wunden labte. Paare mußten schon am frühen Morgen in seinem großen Bett koitieren, während Tiberius frühstückte... Ehemänner mußten mit ansehen, wie der Kaiser sich mit ihren Frauen vergnügte, Mütter mußten ihre Kinder in seinem Schlafgemach abliefern, denn Tiberius war auch ein Kinderschänder. Immerzu waren seine Häscher auf der Suche nach jungen Menschen. Sie wurden ihren Eltern unter allerlei Vorwänden weggenommen. Im Inselpalast stand ihm eine gefügige Gruppe an Lustknaben und Freudenmädchen zur Verfügung. Sie waren dressiert und abgestumpft wie Tiere. Der ›unanständigste Kaiser‹, wie Suetonius ihn nannte, wurde im Jahre 37 nach Christi von seinem Nachfolger Caligula mit einem Kissen erstickt. Da ging ein Aufatmen durch das Römische Reich...«

2

Aber Axel Munthe (1857–1949), der schwedische Arzt und Capri-Kenner, schreibt in seinen Memoiren *Das Buch von San Michele*:

»Ich sagte dem Botschafter, die Geschichte von dem unterirdischen Gang, den Tiberius benutzt haben soll, um mit den Knaben und Mädchen in der Grotte zu spielen, bevor er sie erwürgte, sei ebensolcher Unsinn wie das übrige schmutzige Geschwätz des

Sueton; der Tunnel war kein Werk von Menschenhänden, sondern durch langsames Eindringen von Seewasser in den Felsen entstanden. Ich war über siebzig Meter weit hineingekrochen und hatte mich unter Lebensgefahr überzeugt, daß er blind endete. Daß die Grotte den Römern bekannt war, bewiesen zahlreiche Spuren römischer Mauerwerke... Tacitus war ein glänzender Schriftsteller, aber seine Annalen sind historische Novellen, nicht Geschichte. Es bietet keine Schwierigkeiten, die mehr als verdächtige Quelle ausfindig zu machen, aus der er diese üblen Gerüchte schöpfte... Daß Tacitus selbst nicht an die Capri-Orgien glaubte, ist schon daraus ersichtlich, daß seine Darstellung in keiner Weise mit dem, was er sonst über Tiberius schreibt, in Einklang zu bringen ist. Er schildert ihn als einen großen Kaiser und großen Mann: ›bewundernswert als Charakter und in hohem Ansehen‹. Selbst sein weit unbedeutenderer Nachfolger Sueton leitet seine schmutzigen Geschichten mit dem Bemerken ein, daß es ›kaum statthaft sei, sie zu erzählen, und noch weniger, sie zu glauben‹. Vor dem Erscheinen der Annalen – achtzig Jahre nach dem Tod des Tiberius – gab es in Rom keinen Mann des öffentlichen Lebens, der im Ruf edleren und untadeligeren Lebenswandels stand als der alte Kaiser... Selbst der klatschsüchtige Juvenal spricht von dem ›ruhigen Alter‹ des Kaisers in seiner Inselheimat, umgeben von Freunden und Astronomen. Plutarch, der strenge Moralist, spricht von der würdigen Einsamkeit des alten Mannes während seiner letzten Lebensjahre... Auch die Version krankhafter Geistesstörung als Folge von Altersschwäche ist unhaltbar, weil alle Geschichtsschreiber sich darin einig sind, daß der Kaiser bis zu seinem Tode – er starb mit neunundsiebzig Jahren – geistig vollkommen gesund war...«

3

Der Himmel wie das Meer. Die Finger des Meeres leicht gekrümmt. Marina Grande, Monte Solaro verschwommen, Anacapri ein weißer Fleck. Die Sirene schläft.

Punta Campanella. Es schlägt noch die verlorene Glocke unter dem Wasser, unhörbar wie Geröll. Massa Lubrense, die Langobardensiedlung, in den Bergen Sant' Agata sui due Golfi. Der Sattel von Sorrent. Die beiden Kraterspitzen des Vulkans, Monte Somma niedriger und auf Neapel zu. Ein wenig noch die beiden Molen, die Zitadelle Maschio Angioino, die Autofähre von Pozzuoli her. Cuma, Baia, Cabo Miseno von Procida schon verdeckt.

Die Bucht von Carta Romana. Michelangeloturm. Castello Aragonese. Aenaria versunken am Sant-Anna-Felsen. Das Hotel. Der Patio, Palmen, ein Bananenbaum, Hibiskus und Oleander. Der Balkon. Der Nachbar. Der Nachbar auf dem Balkon. Es schlägt noch mein Herz unhörbar wie Geröll. Ich schließe die Augen.

An diesem Nachmittag verläßt Michelangelo mit einem Bund weißen Oleanders und einem neuen Sonett in der Brusttasche den Renaissance-Turm und steigt langsam die Böschung zum Hafen hinab. Der Himmel wie das Meer. Die Finger des Meeres leicht gekrümmt. Er geht über den Ponte, den Damm aus aufgeschütteten Steinen, hinüber zum Kastell.

Heute besucht er sie. Die schöne Dichterin Vittoria Colonna, die Adressatin seiner Sonette, die einsame Frau. Ferrante d'Avalos, der Marchese von Pescara seit zehn Jahren tot. Der Feldherr des Kaisers, der Sieger von Pavia. Was wären die Jahre, die Verse, Strophen, Schreie, käme Michelangelo heute nicht zu Besuch. An diesem Nachmittag.

Es pfeift. Es pfeift immerzu. Michelangelo überschreitet den Ponte. Er klopft an das Tor des Kastells. Vittoria Colonna öffnet. Der Oleander ist weiß. Es pfeift. Es pfeift immerzu. »Spaniens Himmel breitet seine Sterne. Über unsere Schützengräben aus.« Ich schlage die Augen auf.

Die Sirene schläft. Der Himmel wie das Meer. Die Finger des Meeres leicht gekrümmt. Der Sattel von Sorrent. Vesuv. Neapel. Michelangelo ist eingetreten ins Kastell. Vittoria Colonna hat gewartet. Ich muß nur die Augen schließen. Immer kommt er am Nachmittag.

Am Nachmittag sitzt der Nachbar auf seinem Balkon. In einem weißen Stuhl. Er ist mein Balkonnachbar. Er pfeift. Er schneidet sich die Nägel. Er pfeift »Spaniens Himmel breitet seine Sterne«. Nie spricht er mit anderen Gästen. Seine Frau ist sehr freundlich. Er spricht sanft mit seinen Kindern beim Abendbrot. Er hat das Gesicht eines Mörders. Gestern habe ich ihn gehört. Er spricht sächsisch. Oder kommt aus Thüringen. Spaniens Himmel. Wie sieht das Gesicht eines Mörders aus. Ich kenne das Lied. Ich weiß, wer es pfeift. Ich weiß, wie es verkam. Nicht der Mohn und nicht die Jarama-Schlacht. In Sachsen und Thüringen sind sie marschiert und haben es gegrölt. Wohin eigentlich sind die Bewaffneten Organe auseinandergelaufen? Mit ihren Liedern. Und ihren Familien. Mein Nachbar pfeift und schneidet die Nägel. Ich muß nicht die Augen schließen, an diesem Nachmittag, um die Stiefel zu sehen, den Schatten des Helms in seinem Gesicht. Ich muß mir nicht vorstellen, was ich weiß. Michelangelo kam zu Besuch. Vittoria Colonna hat schon gewartet. Der Oleander ist weiß. Mein Nachbar macht Urlaub. Hier. Spaniens Himmel. Der Himmel ist falsch. Der Nachbar hat geschossen oder nicht. Dort. Marschiert ist er. Er pfeift alle Strophen. Von hinten. In den Rücken eines Flüchtlings. Darf ich denken, was ich sehe, bei geschlossenen Augen, was ich sehe, denken, sagen, was ich weiß. Ins eigene Fleisch. Der Oleander ist weiß. Schnitt sich nie mein Nachbar.

Unter mir die Felsen von Sant' Anna, die Bucht von Carta Romana. Es schlägt noch die Glocke unter dem Wasser unhörbar wie Geröll. Seitlicher Meerblick. Aenaria versunken. Die Finger des Meeres leicht gekrümmt. Am Horizont, die Sirene, schweigt.

26.–30.9.1996

ALTHERRENHERBST

(Eine Anekdote zum Ausgang des Jahrtausends, folgend der Arbeitsmethode Heinrich von Kleists, auf Grundlage dreier Presseberichte, gefunden in *Die Welt*, *Der Tagesspiegel* und der *Berliner Zeitung*)

Dr. Dr. Horst Böttger, praktizierender Facharzt für Psychiatrie und Neurologie in Berlin-Hohenschönhausen, steht vor Gericht. Angeklagt von Familie Krüger. Böttger habe sie, sagen die Eheleute, als früherer Gefängnispsychiater in der Untersuchungshaftanstalt des Ministeriums für Staatssicherheit in Hohenschönhausen, mit Tabletten und Spritzen zwangsbehandelt, die schwere psychische Störungen auslösten, gegen ihren ausdrücklichen Willen, mit lebenslangen Folgen.

Einmal gab er mir mitten im Verhör eine Spritze, sagt Herr Krüger, aber nach unserem Befinden hat er sich nie erkundigt. Er habe sie jedoch während der Behandlungen nach ihren Ausreiseanträgen befragt wie ein Vernehmer.

Nach ihrem Freikauf seien sie im Westen noch lange orientierungslos und verstört gewesen, wußten nicht mehr, wo sie wohnten, wer zu ihrer Familie gehörte, wo der Kaufmarkt sich befand oder der Briefkasten.

Den ersten »Doktor« machte Böttger im Auftrag des Ministeriums für Staatssicherheit im Anschluß an sein Medizinstudium, den zweiten an der juristischen Hochschule dieses Ministeriums und promovierte über *Die Optimierung von Zersetzungsmaßnahmen gegenüber Andersdenkenden.*

Herr Osterloh aber ist Rechtsanwalt und hat eben dort seine juristische Ausbildung erhalten, war dann selbst Vernehmer, Dienstgrad Oberstleutnant. Herr Osterloh ist der Verteidiger von Dr. Dr. Böttger heute. Während der Gerichtsverhandlung wird Frau Krüger von Rechtsanwalt Osterloh nach ihrem Suizid-Versuch in der Haftanstalt befragt. Als sie redet und zu beschreiben anfängt, schreit Osterloh mit schneidender Stimme, in solch einem sicheren Gefängnis sei überhaupt kein Selbstmord möglich gewesen.

Der Prozeß endet mit Freispruch »mangels Beweisen«. Die zahlreich anwesenden Offiziere des alten Ministeriums jubeln im Saal, einer ruft: Das Gericht hat geprüft – und freigesprochen! Ab Oktober sind ihre Täten verjährt.

Dr. Dr. Böttger selbst gibt der Presse ein Interview, sagt, die Justiz habe nun endlich »ihr Stalingrad-Syndrom« überwunden.

Familie Krüger aber soll auf den Fluren des Gerichts noch lange umhergeirrt sein und unhaltbare Dinge gerufen haben.

September 2000

Diese, verfolgte Freunde, sagen wir Minnigerode, für Eingeweihte, Menschenrecht, sagen wir *Gesellschaft für Menschenrechte*, Pfarrer Weidig erschlagen in seiner Zelle. Diese gibt es.

Neues Forum, Widerstand gewaltlos, sagen wir Bürger-Recht, Matthias Domaschk erhängt in seiner Zelle, Gefängnis Gera, Thüringen, Amthordurchgang. Endstation Tod. Diese gibt es.

Die Flucht aus Darmstadt, des anderen, gelang. Die Leiter ans Stubenfenster gelehnt, nachts zum Garten hinaus, Endstation Zürich. Der Verfolgte, Freund von Weidig und Minnigerode, bis zu seinem Tod im Exil.

Im Sommer neunzehnhundertneunundneunzig besetzen Bürger-Rechtler, diese gibt es, ein leeres Gefängnis in Gera, Thüringen, Amthordurchgang. Vor dem Abriß, bevor es ein Kaufhaus werden kann, stehen Verfolgte am Gitter in einiger Zahl. Einig in einigen Absichten, sagen wir, das vergeßliche Wegreißen einer Erinnerung. Da sind diese dagegen.

Die Zeitung dieses Tages schreibt: »Aber was werden wir unseren Enkeln eines Tages erklären, wenn sie nach Spuren der deutschen Diktaturen fragen? – Wir können sie einkaufen schicken.«

Die Lastwagen mit Bauschutt fahren in Zentimeterabstand vorbei. Die Fahrer lächeln spöttisch und sind gehorsam. Durch die Gruppe der Verfolgten hindurch. Pfarrer Geipel hält beide Hände um einen Gitterstab, von innen, wie ein Pilger, als würde er wandern in einer Mission. Der Besetzer hält die Erinnerung fest, besetzt sie mit seinen Händen, auf die einzige Weise, wie Erinnerung sich festhalten läßt, als Erfahrung.

Dahinter, ein anderer, hinter den Gitterstäben, ist Geo-Physiker, früher auf Arktisexpeditionen, jetzt an diesem Punkt, mit seinem Wissen um die Erde, sieht er Gefahr. Er berichtet den Verfolgten, draußen in einiger Zahl, vom Bestehen, der Existenz nicht erklärter Erscheinungen, von morphischen Feldern. Unsichtbares um Plätze,

Gegenden, Orte, die ihre Erinnerung behalten an ein Geschehnis. Schlachtfelder oder eine Stelle, an der einst ein Mord geschah, die gemieden bleibt und verwunschen für lange Zeit. Im Bewußtsein der Menschen manchmal Jahrhunderte, hinweg über Generationen, bis Gedächtnis und Gedenken ausbleichen, die Gefahr, die Spannung, die Strahlung verwehen.

Hier wüteten Gestapo und Stasi, der Geheimdienst der Russen. Von hier aus gingen die thüringischen Juden in den Tod, nach Auschwitz und Buchenwald. Sagt der Geo-Physiker Reiprich durch die Gitterstäbe des leeren Gefängnisses Gera, einer, der die Gesetze der Erde studierte.

Diese, Verfolgte, Freunde, die auf Gedächtnis bestehen und erneut, haben ihre Prüfungen einst schon bestanden, für Eingeweihte sagen wir *Über Schädelnerven* in Zürich, sagen wir Minnigerode, nennen wir Weidig, Pfarrer in Butzbach, Domaschk, Elektriker aus Jena. Es gibt diese.

Die bestanden haben, bestehen, erneut bricht die Verfolgung über sie herein. Jetzt bestehen diese die neuen Verfolgungen. Die neuen Verfolgungen aber kommen lautlos daher. Einer wird nur verwarnt. Unter vier Augen, er schlägt seinen Blick zu Boden. Das andere Augenpaar gehört seinem Vorgesetzten, der ihn rügt. Das können wir uns nicht erlauben. Er ist im Recht, juristisch, nach Lage der Sache, der Besetzer, mit den Augen am Boden, ist es nicht, sein Unrecht zeigt sein Blick. Auch hat er Familie.

Ein anderer, der solche Reden führte, sagen wir, für Eingeweihte, über morphische Felder, hört leise die Klappe des Briefkastens schlagen, mitten am Tag, nur dieses Geräusch, lautlos entfernt sich der Postbote. Er bekommt die Arbeit nicht, die zugesagte, versprochen von höherer Stelle, wegen seiner besonderen Qualifikation. Er hat die Klappe nicht gehalten, er wird arbeitslos bleiben, jetzt an diesem stillen Mittag bekommt er sein neues Urteil.

Eine, eine Besetzerin, ist unbelehrbar, wie sich zeigt, nicht mehr zu strafen, sie lebt in Armut, sowieso, die Beihilfen sind festgeschrieben, für alle Fälle, für ihren Fall, bei Bedarf gibt es auf jeden Fall die festen Sätze. Sprachlos, reiht man sie aneinander, verstummen, zählt man zusammen, was bleibt, werden ein Haushaltsvorstand weiblich und vier Kinder. Ungehört, ohne Geräusch, lautlos beinahe, kommen die neuen Urteile daher. Von niemandem wahrgenommen, als von den Verfolgten selbst. Diese gibt es.

Jene aber fehlen. Jene aber, gelangweilt von diesen, den alten Namen der Verfolgten und den neuen, bist du, der schon alles weiß, klug genug, wie du es sagst, her von früher. Red' mir nicht von Minnigerode und diesen anderen, deren Namen keiner kennt. Was mit Büchner war, hatten wir hier vor der Haustür.

15. 5.–25. 9. 2000

NACH FELLBACH REISEN

ESSAYS

Sie hatten seinerzeit so viele solcher Geschichten gehört, daß sie sich, wenn sie ihnen heute noch aufgetischt wurden und dabei vielleicht gerade die Uhr vom Kastell an das Mittag- oder Abendessen mahnte, ehrlich gesagt, einer gewissen Langeweile und Ungläubigkeit nicht ganz erwehren konnten.
Und schließlich: als ob es genügte, sich eine Lederjacke anzuziehen und eine Pelzmütze auf den Kopf zu stülpen, um seine Zuhörer zu ernsthafterer Aufmerksamkeit zu veranlassen!

Giorgio Bassani, *Eine Gedenktafel in der Via Mazzini*

DER VATER

Der Vater,
blaß
vor
Wut
und
rasend
rosenrot.
Schlug auf
den Tisch, da
brach des
wilden Vogels
Flügel fast
im Käfig
die Familie
saß zuckend
wenn die Tür
zuschlug
(mag sein, es
fehlte Salz
im Essen).
Und kam nie
an und
wandte sich
ich weiß nicht
wie
mit schönem Haar
bis hin zur
Einsamkeit.

Vater ist tot

Vater ist gestorben, und ich weiß nicht, wer Vater war. Mein Vater. Auch ich hatte nur einen Vater. Erinnerungen an ihn aus der Kinderzeit, einige verschwommene Bilder in meinem Kopf, dort auch eine imaginär anmutende Liste mit Titeln zum Teil verschollener Bücher, eine Bibel in meiner Hand, mit Anstreichungen in Rot, das Judentum betreffend, die Akte aus amerikanischer Kriegsgefangenschaft, Notizen zu seiner Flucht von dort, ein Brief, in dem er diese einem Oberst gegenüber begründet, ist, was mir von Vater blieb.

Auch ich hatte nur einen Vater. Aber Vater ist gestorben, ohne daß ich weiß, wer Vater war. Ein Vater, der nichts von sich wissen ließ, bis er starb, ist mein Vater. Selbst sein Schweigen nahm er mit ins Grab. Mein Vater. Mein Vater ist tot.

Die Bibel meines Vaters

Im großen Wohnzimmerschrank, hinter einer Glasscheibe, bei uns zu Hause, standen folgende Dinge: vier Aschenbecher aus brauner Keramik in verschiedener Form: Herz, Karo, Pik, Kreuz; ein Bowle-Service aus geschliffenem Glas, der Schliff ein mattes Grau; in einem Holzständer zwölf gläserne Nadeln zum Aufspießen der Bowle-Früchte, mit Köpfen aus farbigem Glas, von Orange bis Rot bis hin zum Schwarz, die verschiedene Vogeltiere darstellten, Ente, Möwe oder Amsel; ein hölzernes Fäßchen mit Zahnstochern; ein kleiner Engel aus bemaltem Holz, mit gelbem Haar und goldenen Flügeln, das Kleid weiß, der in eine winzige goldene Trompete blies; ein Schornsteinfeger, ringfingerhoch, aus schwarzem Pappmaché, der eine Leiter aus goldenem Papier über der Schulter trug; fünf bauchige Römer, zwei blau, drei grün, zwei in Kelchform, weinrot und smaragd, ebenfalls mit Glasschliff; einer, von Mutter zerschlagen, fehlte; sechs Obstmesser mit spitzen Metallheften und hellen hölzernen Griffen, auch sie in einem Ständer aus Holz, naturfarben, lasiert.

Das waren die Dinge. Sie nahmen, auf einer dicken schweren

Glasplatte stehend, den oberen Teil der gläsernen Vitrine unseres Wohnzimmerschrankes ein. Verschlossen, abgedichtet gegen Außen, als könnten sie Stimmen haben, durch zwei Glasschiebetüren, mit jeweils einer eingeschliffenen Mulde, drei Finger breit, fingernageltief; zum Öffnen und Schließen der Vitrine. Aber den kleinen Engel in seinem weißen Kleidchen habe ich auf seiner goldenen Trompete nie zum Jüngsten Gericht blasen hören.

Das waren die Dinge. Unter den Dingen, hinter den gläsernen Türen, als könnten sie singen mit den Stimmen und mit den Rücken sprechen, standen die Bücher. Über ihnen die schwere Glasplatte, die die Dinge zu tragen hatte. Auf allem kein Körnchen Staub. Wir draußen, und die verschiedenfarbigen Vogeltiere in der Vitrine drinnen, auch der Schornsteinfeger, wir wurden vom Engel nicht erlöst.

Die Bücher im Wohnzimmerschrank, über denen die Dinge aus Glas, Holz, Metall, Keramik und Pappmaché standen, trugen folgende Titel:

Insel ohne Leuchtfeuer
Brand in der Polarnacht
Grundlagen der Maschinenkunde
Mir gehört die Frau!
Das russische Wunder

49 STORIES, dieses Buch, geschenkt von Tante und Onkel aus Leipzig, der Friseurs-Familie, gehörte meinem Bruder und gelangte erst Ende der sechziger Jahre in den Schrank. Durch eine nachlässige Auskunft meines Bruders nahm ich an, der Titel bedeute 49 STUNDEN, und ich war sehr interessiert, was das wohl für neunundvierzig Stunden wären, in diesem Buch las ich nie, bis es, als ich achtzehn war, lange Jahre mein Lieblingsbuch wurde, beinahe eine Bibel.

Fortsetzung der Bücherliste:

Reisende ohne Kompaß
Weltall Erde Mensch, das jeder Vierzehnjährige zur sozialistischen Ju-

gendweihe geschenkt bekam, mit einem Vorspruch von Walter Ulbricht.
Jürg Jenatsch/Angela Borgia
Es glimmt ein einsam Segel
Das Kommunistische Manifest, ein Lesefehler beim flüchtigen Hinsehen, ich las immer Das Kommunistische Maienfest, was eines Tages bei meiner Familie große Heiterkeit auslöste.
Brehms Tierleben
Totanka Yotanka
Die schwarze Bärin
Der Brockhaus
Störtebecker, mit Widmung meines Vaters an Mutter: »Ein Buch gegen Bürger und Pfaffen. So richtig für unsere Zeit! Januar 1944«
Wie der Stahl gehärtet wurde
Ditte Menschenkind
Orinoko
Amboß oder Hammer
El Hakim
Schuhmacher und Poet dazu
Die schwarzen und die weißen Lämmer

Das war die erste, die vordere Reihe, bis heute von mir im Gedächtnis bewahrt, wahrscheinlich, weil ich die Buchrücken ganze Nachmittage lang studierte, still darüber träumte, die Zeit mit ihnen füllte, bis meine Eltern von der Arbeit heimkehrten und ich mich an die Hausaufgaben machte, um ihnen gegenüber als fleißig zu erscheinen. Eine imaginär anmutende Liste teils verschollener Bücher, die nur noch in meinem Gedächtnis existiert, eine Bücherfront, die ich einsehen, eine Mauer und Wand, die man überwinden, hinter die man dringen konnte. Eine Einladung, geschrieben auf jeden einzelnen Buchrücken. Die Mauer brach, lichtete sich nach der Scheidung meiner Eltern, Vater nahm seinen, Mutter behielt ihren Teil. Bücher aus der zweiten, der hinteren Reihe, rückten vor und füllten die Lücken, ohne sie wirklich auszufüllen, rückten nicht vor in mein Gedächtnis. An ein Buch, einen Titel, der plötzlich in der ersten Reihe erschien, erinnere ich mich: *Ingeborg*. Nie gelesen. Was ist das: *Ingeborg*, gegen *Totanka Yotanka* oder *Mir gehört die Frau*!?

Dazwischen, in der zweiten Reihe, unter den vergessenen Rücken, von mir unbeachtet lange Zeit, Einband und Rücken schwarz, wie das Pappmaché des Schornsteinfegers aus dem oberen Stockwerk der Dinge, der Glück bringen sollte, wenn man ihn berührte, wie ein richtiger, ein lebendiger Schornsteinfeger, und eines fernen Silvesterabends aus einem durch mich gezündeten Tischfeuerwerk gesprungen war, wie ein Teufel, in mattem Schwarz, wie die Schornsteinfeger-Uniform, die Schrift, zwei Worte, eingeschnitten in den Buchrücken, in Gold, der Farbe von des Schornsteinfegers Leiter: *Die Bibel.* Taschenausgabe 1930. Erscheinungsort Stuttgart. Privileg. (Punkt) Württembergische Bibelanstalt. Neu durchgesehen nach dem vom Deutschen Evangelischen Kirchenausschuß genehmigten Text. »Die Bibel oder die ganze Heilige Schrift des Alten und Neuen Testaments nach der deutschen Übersetzung D. Martin Luthers.«

D. Martin Luther, alias Junker Jörg, Verfolgter seiner Kirchenoberen, Ketzer, Flüchtling, Versteckter. Eines fernen Abends, einer der Abende, als er den griechischen Text der Heiligen Schrift ins Deutsche brachte, unvergleichlich und zum ersten Male, beginnend mit dem Neuen Testament, in seinem Turmzimmerchen auf der Wartburg, warf er das Tintenfaß nach dem Teufel, der irgendwoher und plötzlich hervorgesprungen war. Ich habe den Fleck noch an der Wand gesehen, zerkratzt von unzähligen Touristenfingern, bevor der Raum mittels eines Seiles abgesperrt wurde, eine Mulde im Mauerwerk tat sich auf, als ich zwölf war und Tourist in Eisenach, geleitet von Tante und Onkel, der Friseurs-Familie aus Leipzig. Nach der Wartburg, sie war in ihrem Programm erster Punkt, Bach-Haus mit Instrumenten-Probe, Cello und Violine, Töne, gesetzt gegen den Teufel, im Garten ein Brunnen, die Münze, die im klaren Wasser auf den Grund sinkt und neben dem vielen Westgeld liegenbleibt. Wie kommt man nachts in den Garten? Danach Burschenschaftsdenkmal. Die deutsche Einheit. Studenten verbrannten 1817 Soldatenzopf und Prügelstock. Und Bücher. »Wo man Bücher verbrannt, werden bald auch Menschen brennen«, schrieb Heinrich Heine, und nicht irgendwo, sondern genau in diesem Zusammenhang, zu diesen Studenten. Vielleicht haben sie nur das Kind mit dem Bade ausgeschüttet, denke ich, vielleicht war es mehr, ein dunkler Reflex in die Zukunft, eine erste grausame Vision. Turnvater Jahn, denke ich, der liebe und dumme, und sporttreibende, Bücher werden brennen, dann Menschen, von Menschen verbrannt, nach genauen Plänen und den gegebenen technischen Möglichkeiten: zuerst die polnischen Juden, dann die holländischen. Eine Zeit bringt ihre Pläne hervor, gegen die ein Tintenfaß keine Waffe ist.

Die körperertüchtigten Studenten werden tapfere Soldaten im Krieg sein, aber vorher ist noch Olympiade in Berlin. Einige lassen ihr Turnzeug im Schrank, Medizinstudenten aus München, und sterben, weil sie »Weiße Rose« heißen. Wenn ich in die Schule komme, siebzehn Jahre später, spricht meine Deutsch- und Turnlehrerin mit glänzenden Augen vom Deutschen Turn- und Sportfest in Leipzig, dann werde ich Soldat, aber vorher sind noch Weltfestspiele der Jugend und Studenten in Berlin, mit sportlichen Einlagen, und ich lasse mein Turnzeug und das blaue Hemd mit der aufgehenden Sonne am Ärmel im Schrank und die ganze freie deutsche Jugend, und bin schon nicht mehr dabei. Es gelten andere Gesetze, noch, ich bin Medizinstudent in Leipzig, ich muß nicht sterben wegen ein paar Flugblättern oder meinen Gedichten, ich komme nur ins Gefängnis und werde in ein anderes Land verkauft.

Vielleicht gibt es auf der Welt gar nicht so viele Tintenfässer wie unbedingt nötig, um sie allen Teufeln an den Kopf zu werfen, die einem an den Hals wollen. Ein paar Gläser habe ich, Ökonomie der Seele und des eigenen Halses, gutverteilt auf Papier ausgeschüttet. Das Beispiel steckt an.

Schornsteinfeger. Junker Jörg. Stummer Trompetenengel. Johann Sebastian Bach. Heinrich Heine. 1817. Die Bibel meines Vaters im Wohnzimmerschrank der Eltern. Taschenausgabe 1930. Neu durchgesehen nach dem vom... genehmigten Text. Neu durchgesehen auch das 1. Buch Mose, Anfang der dreißiger Jahre, 20. Jahrhundert, bearbeitet und stellenweise mit Rotstift angestrichen von meinem Vater. Die Anstreichungen meines Vaters von mir neu durchgesehen und zitiert im Frühjahr 1992. Nach dem von Vater nicht genehmigten Text.

Das 1. Buch Mose. Jetzt greife ich nach dem Tintenfaß. Das Beispiel steckt an.

»Und der Herr roch den lieblichen Geruch und sprach in seinem Herzen: Ich will hinfort nicht mehr die Erde verfluchen um der Menschen willen; denn das Dichten des menschlichen Herzens ist böse von Jugend auf. Und ich will hinfort nicht mehr schlagen alles, was da lebt, wie ich getan habe.« (1. Mose 8:21)

»Meinen Bogen habe ich gesetzt in die Wolken; der soll das Zeichen sein des Bundes zwischen mir und der Erde. Und wenn es kommt, daß ich Wolken über die Erde führe, so soll man meinen Bogen sehen in den Wolken. Alsdann will ich gedenken an meinen Bund zwischen mir und euch und allen lebendigen Seelen in allerlei Fleisch, daß nicht mehr hinfort eine Sintflut komme, die alles Fleisch verderbe. Darum soll mein Bogen in den Wolken sein, daß ich ihn ansehe und gedenke an den ewigen Bund zwischen Gott und allen lebendigen Seelen in allem Fleisch, das auf Erden ist.« (1. Mose 9:13–16)

»Und da er nahe an Ägypten kam, sprach er zu seinem Weibe Sara: Siehe, ich weiß, daß du ein schönes Weib von Angesicht bist. Wenn dich nun die Ägypter sehen werden, so werden sie sagen; Das ist sein Weib, – und werden mich erwürgen, und dich leben lassen. So sage doch, du seist meine Schwester, auf das mir's wohl gehe um deinetwillen und meine Seele am Leben bleibe um deinetwillen. Da rief Pharao Abram zu sich und sprach zu ihm: Warum hast du mir das getan? Warum sagtest du mir's nicht, daß es dein Weib wäre? Warum sprachst du denn, sie wäre deine Schwester? Derhalben ich sie mir zum Weibe nehmen wollte. Und nun siehe, da hast du dein Weib; nimm sie und ziehe hin.« (1. Mose 12:11–13 und 18 u. 19)

»Sara, Abrams Weib, gebar ihm kein Kind. Sie hatte aber eine ägyptische Magd, die hieß Hagar. Und sie sprach zu Abram: Siehe, der Herr hat mich verschlossen, daß ich nicht gebären kann. Gehe doch zu meiner Magd, ob ich vielleicht aus ihr mich aufbauen möge. Und Abram gehorchte der Stimme Saras. Da nahm Sara, Abrams Weib, ihre ägyptische Magd, Hagar, und gab sie Abram, ihrem Mann, zum Weibe, nachdem sie zehn Jahre im Lande Kanaan gewohnt hatten.

Und er ging zu Hagar, die ward schwanger. Und als sie *schwanger war, achtete sie ihre* Frau gering gegen sich.« (1. Mose 16:1–4) Alle unterstrichenen Stellen durch meinen Vater.

»*Alles,* was *männlich ist unter euch, soll beschnitten werden.* Ihr sollt aber die Vorhaut an *eurem Fleisch* beschneiden. Ein jegliches Knäblein, wenn's *acht Tage alt ist, sollt ihr beschneiden* bei euren Nachkommen. Desgleichen auch alles Gesinde, das daheim geboren oder erkauft ist von allerlei Fremden, die nicht eures Samen sind. Beschnitten soll werden alles Gesinde, das dir daheim geboren oder erkauft ist. Und also soll mein Bund an eurem Fleisch sein zum ewigen Bund. Und wo ein Mannsbild nicht wird beschnitten an der Vorhaut seines Fleisches, des Seele soll ausgerottet werden aus seinem Volk, darum daß es meinen Bund unterlassen hat.« (1. Mose 17:10–14)

»Da nahm Abraham seinen Sohn Ismael und alle Knechte, die daheim geboren, und alle, die erkauft, und alles, was männlich war in seinem Hause, und beschnitt die Vorhaut an ihrem Fleisch ebendesselben Tages, wie ihm Gott gesagt hatte. Und Abraham war neunundneunzig Jahre alt, da er die Vorhaut an seinem Fleische beschnitt. Ismael aber, sein Sohn, war dreizehn Jahre alt, da seines Fleisches Vorhaut beschnitten ward. Eben auf einen Tag wurden sie alle beschnitten, Abraham, sein Sohn Ismael. Und was männlich in seinem Hause war, daheim geboren und erkauft von Fremden; es ward alles mit ihm beschnitten.« (1. Mose 17:23–27)

»... *daß es Sara nicht mehr ging nach* der Weiber Weise.... soll ich *noch Wollust* pflegen, und mein *Herr* ist auch alt?« (1. Mose 18:11 und 12)

»Siehe, ich habe zwei Töchter, die haben noch keinen Mann erkannt, die will ich herausgeben unter euch, und *tut mit ihnen, was euch gefällt*; allein diesen Männern tut nichts, denn darum sind sie unter den Schatten meines Daches eingegangen.« (1. Mose 19:8)

»So komm, laß uns unserm Vater Wein zu trinken geben und bei ihm *schlafen, daß wir Samen von unserm Vater erhalten.* Also gaben sie ihrem Vater Wein zu trinken, in derselben Nacht. Und die erste ging hinein und legte sich zu ihrem Vater; und er ward's nicht gewahr, da sie sich legte noch da sie aufstand. Des Morgens sprach die ältere zu der jüngeren: Siehe, ich habe gestern bei meinem Vater gelegen. Laß uns ihm diese Nacht auch Wein zu trinken geben, daß du hineingehst und legest dich zu ihm, daß wir Samen von unserm Vater erhalten. Also gaben sie ihrem Vater die Nacht auch Wein zu trinken. Und die jüngere machte sich auch auf und legte sich zu ihm; und er ward's nicht gewahr, da sie sich legte noch da sie aufstand. Also wurden die beiden Töchter Lots schwanger von ihrem Vater. Und die ältere gebar einen Sohn, den hieß sie Moab. Von dem kommen her die Moabiter bis auf den heutigen Tag. Und die jüngere gebar auch einen Sohn, den hieß sie das Kind Ammi. Von dem kommen die Kinder Ammon bis auf den heutigen Tag.« (1. Mose 19:32–38)

An den linken Rand der folgenden, gegenüberliegenden Seite hat mein Vater geschrieben, ebenfalls mit Rotstift: ist jüdisch.

»Und der Herr suchte heim Sara, wie er geredet hatte, und tat mit ihr, wie er geredet hatte. Und Sara ward schwanger und gebar Abraham einen Sohn in seinem Alter um die Zeit, von der ihm Gott geredet halte. Und Abraham hieß seinen Sohn, der ihm geboren war, Isaak, den ihm Sara gebar, und beschnitt ihn am achten Tage, wie ihm Gott geboten hatte.« (1. Mose 21:1–4)

»Da stand Abraham des Morgens früh auf und nahm Brot und einen Schlauch mit Wasser und legte es Hagar auf ihre Schulter und den Knaben mit und ließ sie von sich. Da zog sie hin und ging in der Wüste irre bei Beer-Seba. Da nun das Wasser in dem Schlauch aus war, warf sie den Knaben unter einen Strauch.« (1. Mose 21:14 und 15)

»Ber Jakob sprach: Verkaufe mir heute meine Erstgeburt. Esau antwortete: Siehe, ich muß doch sterben; was soll mir denn die Erstgeburt? Jakob sprach: So schwöre mir heute. Und er schwur ihm und verkaufte also Jakob seine Erstgeburt.« (1. Mose 25:31–33)

»Und wenn die Leute an demselben Ort fragten nach seinem Weibe, so sprach er: Sie ist meine Schwester. Denn er *fürchtete* sich zu sagen: Sie ist mein Weib; sie möchten mich erwürgen um Rebekkas willen, denn sie war schön von Angesicht.« (1. Mose 26:7) – Langsam und unmerklich werden die Anstreichungen in Rot jetzt unkonzentrierter, ungenaue Strichlängen, dicke, nervös gemalte, beinahe möchte man sagen, hingeschmierte Striche häufen sich.

Die letzte Anstreichung findet sich im Kapitel 41, Vers 45, des 1. Buch Mose: »Und nannte ihn den heimlichen Rat und gab ihm ein Weib, Asnath, die Tochter Potipheras, des Priesters zu On. Also zog Joseph aus, das Land Ägypten zu besehen.«

Hier enden die Anstreichungen meines Vaters in Rot, auf Seite 49. Inhalt und Tendenz seiner Hervorhebungen sind klar: Wollust und Hurerei. Inzest. Vielweiberei. Furcht und Feigheit. List und Lüge, Betrug. Hemmungslose Vermehrung mit allen Mitteln. Ermordung und Plünderung von Fremden, die die Beschneidung verweigern.

Der Versuch eines jungen Nationalsozialisten also, die öffentlich propagierte Verwerflichkeit und Minderwertigkeit des Volkes der Juden für sich selbst aus der Bibel zu begründen. Eine eigenständige Zuarbeit zur öffentlichen Meinung des Dritten Reiches, von niemandem verlangt. Schließlich die Verwerfung der Bibel selbst. Als »unsittliches« Buch. In einer Zeit, deren Herrscher und Propagandisten tief auf Gott herabsehen. Meine Mutter hat mir davon berichtet.

Mein Vater, 1918 in Sdunska Wola geboren, aufgewachsen im katholischen Polen, in einem von Deutschstämmigen bewohnten Dorf, die deutsche Namen trugen (der Mädchenname meiner Großmutter war Franke), kam er mit seinen Eltern in den zwanziger Jahren nach Deutschland. Der Grund: Mein Großvater, sein Vater, entzog sich so, durch Flucht, dem Dienst in der polnischen Armee. Die Familie wurde jedoch staatenlos.

1933, als in Deutschland Hitler an die Macht kam, war mein Vater 15 Jahre. Am 1.1.1934 trat er der Hitler-Jugend bei, er war sechzehn, und trat natürlich aus der Kirche aus, wie es verlangt wurde und wie es sein Rotstift vorzeichnet, offensichtlich ganz aus eigener, innerer Überzeugung. Später konnte, wer als Staatenloser der Waffen-SS beitrat, ein Deutscher werden. Knapp vier Wochen nach Kriegsbeginn, am 26. September 1939, wurde mein Vater Deutscher, indem er den Dienstgrad eines SS-Anwärters erhielt und annahm.

Um dem polnischen Armeedienst zu entkommen, war mein Großvater aus seinem Geburtsland geflohen und nach Deutschland gegangen, in dem es in den zwanziger Jahren keine Wehrpflicht gab. Nun zog sein Sohn, mein Vater, ein Deutscher durch Beitritt zur Waffen-SS, gegen Polen in den Krieg, Väter und Söhne, in schicksalhafter Verknüpfung. Vielleicht. Die Verachtung der Bibel im Kopf meines Vaters. Die Anstreichungen in Rot. Ein »unsittliches« Buch. Die Juden als verworfenes Volk. Aber Polen war das Zentrum des osteuropäischen Judentums. Mit seiner einmaligen Kultur, seinem Schtetl. Dorthin war mein Vater jetzt unterwegs. Hätte er damals weitergelesen in diesem Buch, das er mit Rotstift bearbeitet hat und jetzt so verachtete, weiter als bis Seite neunundvierzig, vielleicht, womöglich, hätte ihn dieses Buch vor sich selbst gewarnt und bewahrt. Vor seinen mörderischen und selbstmörderischen Irrtümern. Vielleicht hätte ihn das auf der Welt von ihm am meisten verachtete Buch, am meisten geheilt für diese Welt; und von der mörderischen Welt seiner Zeit und seines Landes.

Hätte er weitergelesen, lange genug, wäre er auf das Buch Esther gestoßen und das Buch Daniel, und er hätte vielleicht zu diesem Preis kein Deutscher mehr werden mögen, zu dem Preis, den unweigerlich zahlt, der dem Denken des Antisemitismus verfällt oder sich ihm, gedankenlos, anschließt. Der Preis ist Mord.

Benny Peiser schrieb in seinem Essay *Zur Frühgeschichte des Judenhasses*: »In erster Linie entstand der Judenhaß dort, wo monotheistisch-opferlose Juden auf eine polytheistisch-opfernde Bevölkerung stießen, d. h. in der Diaspora. Die offenbar im Persien der Achaimenidenzeit (-5. Jh.) drohende Ausrottung der Juden durch den persischen Großkönig Ahasveros, den wir unter seinem griechischen Namen Xerxes (-485 bis -465) kennen, belegt das rein religiöse Motiv der Vernichtungsabsicht: ›Da sprach Hamann zum König Achaschwerosch: Da ist ein Volk, zerstreut und versprengt unter die Völker, durch alle Landschaften deines Königreichs, deren Gesetze unterschieden sind von denen jeglichen Volkes; aber nach den Gesetzen des Königs tun sie nicht, und dem König bringt es nichts ein, wenn er sie läßt. Wenn es dem König gefällt, werde ausgeschrieben sie zu vernichten‹. (Esther 3:8–9)

Das Buch Esther, das vermutlich im -2. Jh. niedergeschrieben wurde, überliefert keine Pogrome aufgehetzter Massen; es hält, der künftigen Judenheit zur Mahnung und Erinnerung, den ersten historischen Versuch einer Endlösung der Judenfrage fest:

›Und geschickt wurden Briefe durch die Eilboten in alle Landschaften des Königs, zu vertilgen, zu würgen und zu vernichten alle Jehudim, von jung bis alt, Kinder und Weiber an einem Tage, am dreizehnten des zwölften Monats, das ist der Monat Adar, und ihre Habe zu plündern. Eine Abschrift des Schreibens, auszugeben als Gesetz in jeglicher Landschaft, ward allen Völkern bekannt gemacht, daß sie gerüstet seien auf diesen Tag‹. (Esther 3:13–14)

Ungeachtet der Tatsache, daß das Buch Esther schon frühzeitig von christlicher Seite auf heftige Abneigung stieß und dessen Historizität auch von modernen Historikern immer wieder angezweifelt wird, manifestiert sich in ihm eine unbestreitbare Tatsache jüdischen Lebens: die Angst der Juden vor einer totalen, d.h. staatlich geduldeten oder sogar verordneten, Ausrottung findet über das Buch Esther Eingang in die Bibel.«

Im oben genannten Essay, zitiert aus dem Buch Daniel 3:12–15: »Es sind da Männer, Jehudim, welche du bestellt hast über die Dienstverwaltung der Landschaft Babel: Schadrach, Meschach und Abed Nego; diese Männer haben nicht gerichtet auf dich, o König, ihren Sinn, deinen Göttern dienen sie nicht, und vor dem goldnen Bilde, welches du aufgestellt, beten sie nicht an (…) Nebukadnezar hob an und sprach zu ihnen: Ist es Verhöhnung, Schadrach, Meschach und Abed Nego? Meinem Gotte dient ihr nicht, und vor meinem goldenen Bilde, das ich aufgestellt, betet ihr nicht an. (…) Wenn ihr es nicht anbetet, so sollt ihr in der selben Stunde hineingeworfen werden in den Ofen brennenden Feuers; und wer ist Gott, der euch retten könnte aus meinen Händen?«

Und weiter in den Makkabäer-Büchern:

»Die Aufgeschriebenen aber seien zu kennzeichnen und zwar mit dem in den Körper eingebrannten Zeichen des Dionysos, einem

Epheublatt; auch seien sie in die beschränkte rechtliche Stellung von ehedem zu versetzen.« (3. Makk. 2:29)

Weiter im Essay von Benny Peiser:

»Die apokalyptische Vision des Nationalsozialismus, ein für alle Mal die Menschheit von den nur schwer zu erfüllenden Geboten der jüdischen Ethik zu befreien, bedrohte aber auch diejenigen Nichtjuden mit dem Tod, die sich dieser Absicht in den Weg stellten. Ungeachtet aller Differenzen gleicht sich der Antijudaismus aller Zeiten, von der Frühantike bis zur Neuzeit, von Haman bis zu Hitler, in einem wesentlichen Punkt: Immer und immer wieder stellt der Judenhaß die Heiligkeit des Lebens in Frage, welche das jüdische Gesetz zum höchsten aller menschlichen Werte erhoben hat.«

»Jeder Ort aber, wo überhaupt ein versteckt gehaltener Jude ertappt wird, soll verwüstet und verbrannt werden und jedem sterblichen Wesen für alle Zeilen als schlechthin unbrauchbar gelten.« (3. Makk. 3:24–29) Und damit, ein erstes Zeichen, daß auch bald wieder Menschen brennen werden, beginnt es:

»Im 145. Jahr, am fünfzehnten Tag des Monats Chislev, ließ der König Antiochus den Greul der Verwüstung (einen Altar für den olympischen Zeus) auf Gottes Altar setzen und ließ in allen Städten Judas Altäre aufrichten, daß man öffentlich in den Gassen und ein jeder vor seinem Hause räucherte und opferte; und ließ die Bücher des Gesetzes Gottes zerreißen und verbrennen und alle, bei denen man die Bücher des Bundes Gottes fand, und alle, so Gottes Gesetz hielten, totschlagen.« (1. Makk. 1:57–60)

»Die Weiber, welche ihre Kinder beschnitten, wurden getötet, wie Antiochus geboten hatte. Die Eltern wurden in ihren Häusern erwürgt und die Kinder drinnen aufgehängt. Aber viele vom Volk Israel waren beständig und wollten nichts Unreines essen und ließen sich lieber töten, denn daß sie sich verunreinigten und wollten nicht vom heiligen Gesetz Gottes abfallen, darum wurden sie getötet.« (1. Makk. 1:63–67)

1951 beging der polnische Schriftsteller Tadeusz Borowski in Warschau Selbstmord. Er war von 1943 an Häftling in Auschwitz und überlebte. Mehr noch als seine Erzählungen über Auschwitz hat mich eine Erzählung aus dem »zivilen« Leben, weil für mich eher vorstellbar, erschüttert. Der Schluß von *Abschied von Maria*: »Sie stand auf einem der Lastwagen, eingeklemmt in der Menge, dicht neben einem Gendarm. Wie eine Blinde sah sie in einen der Scheinwerfer hinein, und ich hatte das Gefühl, als blickte sie direkt in mein Gesicht. Ihre Lippen bewegten sich, vielleicht wollten sie noch etwas sagen, vielleicht wollte sie mich rufen. Sie schwankte, beinahe wäre sie gefallen. Dann erzitterte der Wagen, knurrte wie ein böses, gereiztes Tier und zog mit einem Ruck an. Ich wußte überhaupt nicht mehr, was ich tun sollte... Erst später erfuhr ich, daß Maria in ein berüchtigtes Lager am Meer gebracht worden war. Sie war Mischling. Man hat sie vergast. Und vielleicht zu Seife verkocht.«

Aber Vater hat die Bibel nicht weitergelesen. Und hörte auf mit seinen Anstreichungen auf Seite 49. Und wurde nicht geheilt von seinen Irrtümern. Und zog mit zwanzig als SS-Anwärter und Schütze in den Krieg gegen Polen, sein Geburtsland, aus dem sein Vater zehn Jahre vorher geflohen war, um nicht Soldat werden zu müssen.

Er war fünfeinhalb Jahre im Krieg. Als Angehöriger der »Kampfgruppe Böhmen« begab er sich am 9. Mai 1945 bei Pfarrkirchen in Gefangenschaft. Einen Tag nach Kriegsende. Darüber und über seine amerikanische Gefangenschaft besitze ich die Akte, aus der auch seine Dienstgrade und Dienststellungen hervorgehen:

Datum	Einheit	Verwendung	Dienstgrad
26.9.39 – 9.10.39	4./E-I.SSAH	Schütze	SS-Anwärter
10.10.39 – 14.10.39	4./E-SS »DF«		
15.10.39 – 9.8.40	4./E-SS »D«		
1.7.40			SS-Sturmmann

10.8.40 – 30.11.42	1. San.Kp.SS-Div. »Reich«	Krankenträger	
1.9.41			SS-Rottenführer
1.4.42		Rechnungsführer	SS-Unterscharführer
1.12.42	Verw. Vorbereitungs-Lehr-Kp.	Lehrgangsteilnehmer	
1.2.43 – 20.4.43	Junkerschule Braunschweig		
21.4.43	E.-Btl. der Verwaltungsdienste	Ausbilder	
1.7.43 – 14.7.43	2./SS-San. Abt. 13	Hauptfeldwebel	
1.11.43			SS-Oberscharführer
1.4.44			SS-Hauptscharführer
15.7.44 – 20.2.45	31. SS-Div. Stab IVb	Adjutant IVb	
21.2.45 – 10.3.45	SS-San. A. u. E. Btl.		
11.3.45 – 6.4.45	Pz. Gren. Schule Kienschlag	Lehrgangsteilnehmer	
7.4.45 – 28.4.45	I./ Kampfgruppe Böhmen	Zugführer	

29.4.45 – 8.5.45	HVP's, Kr.S. Stellen Amerik. Kriegsgef. Lager Pfarrkirchen/ Bay.	Verwundet	

Bataillon D

Garmisch, den 29. Dezember 1946

An den
amerikanischen Lagerkommandanten
Herrn Oberst NOBLE
Garmisch

Am 29. Dezember 1946, mittags, wurde festgestellt, dass der Oberfeldwebel Edmund RACHOWSKI, Btl.D
geb. 9. Dezember 1918
31G-6329 869
Entlassungsanschrift: (13b) Amberg/Oberpfalz
Heimatanschrift: Plauen/Vogtl. (Thüringen) Russ.
Zo.
nicht mehr im Lager anwesend war.

R. hatte sich am 28.12.46, vormittags, zum Camp-Hospital abgemeldet, um sich im Lazarett einer Operation zu unterziehen. Rachowski selbst wurde mit Decken und Taschen gesehen, als er die Unterkunft des Blocks 13 verlassen hat.

Zeuge ist der Ofw. Kurt AUGSTEIN, 13. Kp.

Weiter wurde Rachowski noch zu dieser Zeit von Ufw. Max Enzer und Ofw. Hilmar Schamberger, beide 13. Kp., gesehen.

Die Abmeldung des Rachowski diente vermutlich dazu, um seine Flucht zu verschleiern. Da bei einer Ueberprüfung der Reviermeldungen die Aufnahme des R. nicht gemeldet wurde, ergab die Nachforschung die Abwesenheit des Rachowski.

An Sachen sind von Rachowski nur etwas Briefpapier, ein Liederbuch, Essbesteck und ein Kochgeschirr zurückgelassen worden. -

– unleserlich, evtl. (Weber) –

Generalleutnant

Darunter, links unten, mit Bleistift und unterstrichen: seen 15.20. Die Stunden im Arbeitszettel für 1946/47 (Sept.–Jan.) waren schon bis zum 2. Januar 1947 vorgetragen (jeweils eine 8), später mit Nullen übermalt worden (Kopierstift). Der Kriegsgefangene Rachowski und der Kompanieführer hatten schon unterschrieben, die Unterschrift des deutschen Lager-Kommandanten war noch offen. Ab 3. Januar führt durch die gesamte Monatsspalte ein waagerechter Strich mit Kopierstift: Die Flucht meines Vaters war offensichtlich gelungen.

Jetzt lese ich die Anzeige seiner Flucht noch einmal im amerikanischen Original: Das zurückgelassene Eßbesteck bestand aus knife, fork and spoon, und das Liederbuch war ein mess-kit, ein kirchliches Gesangsbuch. Da wundert es mich, daß er dieses Buch zurückließ, nicht.

Aus seiner Arbeit, den genau aufgeführten Stunden, stehen ihm noch 421 amerikanische Dollar zu, das sind zu dieser Zeit 1403,50 Mark, er erhält sie ausgezahlt am 15.3.48.

Dann dieser Brief meines Vaters; er schrieb ihn am 31. Oktober 1951 an das Berliner Stadtkontor Bezirksbank Wilmersdorf.

»Am 15. März 1948 erhielt ich gegen Vorlage der entsprechenden Bescheinigung in Ihrer Bank das Geld ausgezahlt, welches ich während meiner amerikanischen Kriegsgefangenschaft verdient hatte.

Ich hoffe, dass Sie diesen Vorgang noch nachprüfen können, da ich Sie bitten möchte, mir meinen Dienstgrad, der auf dieser Bescheinigung, die nunmehr in Ihren Händen ist, angegeben war, zu bestätigen. Auf dem Entlassungsschein ist der Dienstgrad leider nicht angegeben, sodass mich dieser Schein, der noch in meinen Händen ist, nichts nützt.

Diese Bescheinigung über meinen Dienstgrad ist aber für mich von größter Bedeutung, da ich diesen Nachweis einer hiesigen Behörde vorzulegen habe.

Ich bitte Sie deshalb sehr, mir in dieser Angelegenheit behilflich zu sein und danke Ihnen für Ihre Bemühungen. Hochachtungsvoll!«

Schon am 8. November 1952 schreibt die Berliner Bank (Grundkapital 10 Millionen DM, Rücklagen 2 Millionen DM lese ich im Briefkopf) an das Enemy Prisoner of War Information Bureau, Office of the Provost Marshal General Camp Holabird, Baltimore 19, Maryland (USA).

Am 16. April 1953 kommt die Antwort, der Direktor des Information Bureau unterschreibt selbst (Joseph O.C. Ducharme): »... that former prisoner of war Rachowski, Edmund, 31G-6329869, born 9 December 1918, held the rank of SS Hauptscharfuehrer at the time of his capture by United States forces. It is futher indicated that his Certificate of Credit Balance, which he encashed on Collective List Bs 1571C 46, listed his rank as Schuetze. Sincerly yours.«

Mein Vater ist also wieder Schütze. Arsch im letzten Glied, sagt man wohl. Für jemanden, der in der russischen Zone zu Hause ist, die seit 1949 Deutsche Demokratische Republik heißt, ist so ein Schreiben sicherlich eine Hilfe. Lieber Schütze als SS-Hauptscharführer. Und fünf Jahre in Sibirien. Jetzt könnte ich die Akte meines Vaters schließen und meine Betrachtungen beenden, vielleicht noch ein paar Details veräußern, z. B., er hat Blutgruppe A, er floh in dark pants and jacket, für seine Flucht nobody responsible, der lokale CIC und die Militärpolizei wurden benachrichtigt von seiner Flucht am 28. 12. 46, aber erst einen Tag später, die Wachen wurden zu mehr Wachsamkeit ermahnt gegenüber Fluchtabsichten von Kriegsgefangenen, es wurden keine Disziplinarmaßnahmen gegen die Wachen eingeleitet. Wäre da nicht noch ein Brief.

Geschrieben von meinem Vater am 28. 12. 1946, datiert auf den Tag seiner Flucht:

»Herr Oberst!

Entschuldigen Sie bitte, wenn ich Ihre kostbare Zeit in Anspruch nehme und Sie bitte, diesen Brief zu lesen. Dieser Brief wird Ihnen kurz nach meiner Flucht vorgelegt werden.

Nachdem auch Weihnachten nichts Neues in Bezug auf Entlassungen gebracht hat, habe ich mich gezwungen gesehen, zu flüchten. Vielleicht wird es Ihnen unverständlich erscheinen, dass ein Kriegsgefangener, dem es, nach allen äusseren Merkmalen beurteilt, doch eigentlich gut geht, flüchtet. Aus diesen Gründen möchte ich Ihnen einige Aufklärungen geben.

Ich war bei allen meinen Kameraden dafür bekannt, jeder Flucht ablehnend gegenüberzustehen. Wenn ich mich jetzt trotzdem dazu entschlossen habe, so zwingt mich in der Hauptsache ein Grund dazu: die Verantwortung für meine Frau.

Ich kann es nicht länger vor meinem Gewissen verantworten, dass ich selbst hier im Lager jeder äußeren Sorge (Essen, Kleidung, Wohnung usw.) enthoben bin, während meine Frau mit ihrer schwerkranken Mutter in einer ausgebombten, also halbzerstörten Wohnung vegetiert. Durch die Pflegenotwendigkeit ihrer schwerkranken Mutter ist meine Frau nicht in der Lage, einer ganztägigen Beschäftigung nachzugehen, sodass sie lediglich Heimarbeit annehmen konnte und durch diese Heimarbeit 30–40,- RM monatlich(!) verdient. Auch Sie, Herr Oberst, werden beurteilen können, dass damit 2 Frauen nicht leben können. Wie Sie weiterhin wissen werden, sind alle Konten in der russischen Zone gesperrt, sodass sie nicht einmal auf das in jahrelanger, mühsamer Arbeit erworbene und gesparte Geld zurückgreifen kann.

Sie, Herr Oberst, als Soldat und Offizier werden mir rechtgeben, wenn ich feststelle, dass ein derartiger Zustand nicht normal ist und dass ich deshalb gezwungen war, das Schicksal meiner Frau wieder selbst in die Hand zu nehmen.

Meine Kameraden und ich warten nun seit 1 3/4 Jahr auf die Entlassung. Trotz vieler Versprechungen in dieser oder jener Richtung ist bis jetzt noch nichts geschehen; ja, wir wissen noch nicht einmal, wie lange dieser Zustand noch andauern soll. Jeder von uns hat sich selbst innerlich immer und immer wieder beruhigt und sich gesagt, dass es doch einmal soweit sein müsste. Auch zum diesjährigen Weihnachtsfest wurden uns wieder einige Beruhigungspillen zum Schlucken gegeben (Jugendamnestie, Urlaub). Bei genauer Nachprüfung hat sich jedoch ergeben, dass für uns nichts in Frage kommt, wir also weiterhin warten können. Wie lange noch?! Herr Oberst! Ich sitze im eigenen deutschen Vaterland seit 1 3/4 Jahr gefangen, obwohl ich nicht einmal Kriegsgefangener, also Gefangener bei einer Kriegshandlung, bin, denn sowohl die meisten meiner Kameraden als auch ich gingen auf Grund der Versprechungen von amerikanischen Offizieren *freiwillig* in die Gefangenenlager, man soll nicht immer in der Vergangenheit leben und ich will deshalb die finsteren Vorgänge in den verschiedensten Gefangenenlagern, die fast jeder von uns durchgemacht hat (Schläge – Diebstahl – Hunger usw.!) nicht wieder aufwärmen. Wenn wir damals wirklich ein schlechtes Gewissen gehabt hätten, dann hätten wir uns nicht *freiwillig* in Ihre Macht begeben. Nun wandern wir von einem Lager zum anderen und obwohl wir uns innerlich nichts vorzuwerfen haben, findet man es nicht einmal für notwendig, uns wenigstens vor einen Richter zu stellen, was aber sogar jeder Verbrecher in einem Rechtsstaat verlangen kann.

In Nürnberg wurde beschworen, dass nicht mehr als 150 Personen Mitwisser von den Judenausrottungen sind. Hunderttausende aber sitzen wegen dieser Anschuldigung! Der weitaus größte Teil von uns weiß von diesen schwer zu verurteilenden Vorkommnissen nichts! (Ich denke und hoffe, er meint hier: schwer zu beurteilenden; Anmerk. U. R.) Wenn ich nachweisbar von 5 1/2 Kriegsjahren 4 1/2 Jahre bei Feldeinheiten war, die andere Zeit aber ebenfalls nachweisbar auf Schulen, Lehrgängen und bei Ersatztruppenteilen befehlsgemäss oder wegen Verwundung zubringen musste, so kann ich schon rein rechnungsmässig von diesen Vorgängen in den KZ's nichts wissen.

Herr Oberst! In Nürnberg wurde von der Anklage eines der wichtigsten Verteidigungsargumente, die Berufung auf den Befehl eines Höheren, als nichtig abgelehnt. Vor kurzem las ich auf der Titelseite der »Süddeutschen Zeitung«, eine der grössten Münchener Zeitungen, folgendes: der damals noch gewesene Ministerpräsident Dr. Högner sprach in einer Versammlung und berichtete auch darüber, dass ihm wegen seines Beiseins bei der Hinrichtung der Verurteilten von Nürnberg zahlreiche Drohbriefe zugegangen wären. Das Blatt tritt nun für Dr. Högner mit folgender Entschuldigung ein: Dr. Högner hätte an dieser Hinrichtung auf *Befehl* der Amerikanischen Militärregierung teilgenommen und es wäre deshalb seine *Pflicht* gewesen. Hält man uns wirklich für so dumm, dass wir nichts merken würden? Jeder Einzelne von uns hat auch die ganzen Jahre über eben *Befehle* erhalten und damit seine *Pflicht* getan. Ist nun ein Befehl noch ein Befehl oder ist es bei Dr. Högner etwas anderes? Weiterhin las ich vor einiger Zeit den Artikel eines amerikanischen Journalisten, der etwa folgendes schreibt: ›Bei der Rückfahrt von amerikanischen Soldaten von Europa nach Amerika befragte ich auf dem Transportschiff viele Soldaten nach ihrer Meinung über Deutschland. Fast alle waren der Ansicht, dass wir vieles falsch gemacht hätten und noch vieles falsch machen würden. Vor allem aber sagte mir fast jeder: ›Unrecht gegen Unrecht gibt noch kein Recht!‹

Vielleicht, Herr Oberst, ist diese Meinung ihrer Soldaten der springende Punkt überhaupt. Das Urteil darüber überlasse ich aber anderen, da es mir vorläufig doch nicht zusteht.

Herr Oberst!

Ich wollte Ihnen noch melden, dass kein Posten an meiner Flucht schuldig ist, weder ein amerikanischer noch ein polnischer.

Am Ende meines Briefes möchte ich mich bei Ihnen, Herr Oberst, als dem Lagerkommandanten und damit Verantwortlichen für das Lager Garmisch für die grosszügige und gute Behandlung während meiner Zugehörigkeit zum Lager Garmisch bedanken.

Gestatten Sie mir bitte weiterhin Ihnen persönlich, Herr Oberst, und Ihren Mitarbeitern im Lager Garmisch zum Jahreswechsel meine besten Wünsche übermitteln zu dürfen.

Für mich nehme ich das Wort in Anspruch: FORTES FORTUNA ADJUVAT!

– Unterschrift meines Vaters –
Edmund Rachowski
ehemaliger SS-Hauptscharführer der Waffen-SS 31G-6329 869.«

Es scheint so: Den Tapferen hilft das Glück. Den ewigen Kriegern, SS-Anwärtern, Sturmmännern und Hauptscharführern.

Sie wünschen noch einen schönen Jahreswechsel und kehren nach Hause und zu ihren Familien zurück. Das feige Volk aber, diese Juden, deren Männer aus Angst ihre Frauen für ihre Schwestern ausgeben, kehren nirgendwohin mehr zurück. Sie sind Asche zum Jahreswechsel 1946. Das europäische Judentum ist tot. Adolf Hitler resümiert und reklamiert es für sich in einer seiner letzten Stunden im Führungsbunker als sein persönliches, bleibendes Verdienst. Die Überlebenden des Volkes der Juden gehen in ihre Länder zurück, ihre Seelen Asche, vereinzelt und einsam wie nie zuvor, um in etwas zu leben, was man eigentlich schon keine Diaspora mehr nennen kann; so wenige sind sie: Spurenelemente im Gestein der menschlichen Rasse. Im tauben Gestein. Die wenigen Zeugen unter den Überlebenden, jene, denen noch etwas an Sprache, etwas von der Möglichkeit zu sprechen, angesichts des Geschauten, geblieben ist, finden keinen Glauben, werden einige Jahrzehnte nicht gehört.

Die deutsche Herrenrasse entwickelt plötzlich ganz neue, andere Spezifika: Nie etwas gewußt, gehört und gesehen zu haben werden ihre neuen Attribute. Den Tapferen aber hilft das Glück. Im Westen kommt die »Entnazifizierung«. Der Publizist Ralph Giordano spricht davon als von einer »zweiten Schuld«. Mein Vater wird, nach der deutschen Teilung, in der DDR Mitglied beinahe aller möglichen Vereine und Organisationen: Kampfgruppe der »volkseigenen« Betriebe, Freier Deutscher Gewerkschaftsbund, Deutsch-Sowjetische Freundschaft, Kammer der Technik, Elternbeiratsvorsitzender in der Oberschule, die mein Bruder besucht (der dortige Direktor war HJ-Führer und in der DDR, bis sie aufgelöst wurden, Schüler an einer Kadettenschule). Nur die Einheitspartei nimmt meinen Vater nicht auf, obwohl er sich mehrmals und hartnäckig um die Mitgliedschaft bemüht: Jemand aus seiner Umgebung weiß von seiner SS-Karriere.

Zu Hause, meiner Mutter, meinem Bruder und mir gegenüber ist er ein jähzorniger, kaum berechenbarer Tyrann. Schreien, auch Schläge, sind an der Tagesordnung. Vor der Nachtruhe verfügt er allgemeines Schuheputzen. Mit Akribie überwacht er unsere Haus- und Schularbeiten. Ich schreibe dies nicht, oder nicht nur, aus unmittelbarer, persönlicher Verletzung heraus. Ich habe mit vielen Menschen meiner Generation gesprochen: über ihre Väter und deren Vergangenheit. Die meisten wurden stille Büroangestellte, aber scharfe Aufseher über ihre Familien, häusliche Tyrannen, die ihre einstige historische und jetzige gesellschaftliche Niederlage (der letzte Begriff ist mit Vorsicht zu gebrauchen, weil er eben nur halb stimmt), ihren Frust über die verlorene Zugehörigkeit zu einer Herrenrasse im Privaten austobten. Aber auch: Diese Generation, unsere Väter, die seit ihrer Jugend in Diktaturen lebten, hatten kaum Möglichkeiten, sich als Individuum frei zu entscheiden. Gehorsam und die Philosophie des »Dienst ist Dienst« blieben die einzigen Maßstäbe, von denen sie je erfuhren. Nach dem Zusammenbruch der DDR standen sie wie Kinder in der Welt herum. Aber nicht unschuldig. Was jetzt anfangen, wo es diese Heimat, die Diktatur, nicht mehr gibt? Und sie gaben sich schnellstens dem nächsten, wie immer väterlich daherkommenden Staat, der Bundesrepublik, hin. In der einst alle Schuld ihrer Generation einbetoniert worden war. Aus deren Rissen im Fundament heraus es geradezu stinkt. Die zweite Schuld.

Und dieses falsche und immer feige taktierende Väterchen will nun zu Gericht sitzen über die neue, die dritte Schuld der östlichen Diktatur. Aber nur gelegentlich, nur, wenn der Anlaß auch der rechte ist und keine Verletzungen der eigenen Haut zu befürchten sind. Die Kinder der »Tapferen«, denen das Glück hilft, haben mit etwas Glück und unter sehr günstigen politischen Konstellationen die DDR-Diktatur friedlich hinweggefegt. Sie werden, wie ich hoffe, keine vierte, keine erneute Schuld der Verdrängung zulassen. Das neue, verlogene Väterchen hat allen Grund, diese Generation zu fürchten, aus der die Bürgerbewegung hervorgegangen ist. Es steht nämlich zu befürchten, daß sie ihren Vätern und dem Väterchen Staat in ihre stinkenden Soldatenstiefel und staubfreien Wohnzimmerschränke guckt. Dann wird den »Tapferen« kein Glück mehr helfen, sondern nur das längst überfällige Bekenntnis zu ihrer Schuld. Dies Pflichtteil steht den Kindern zu.

beendet am 15. 4. 1992

Postskriptum

Jetzt ist schon Mai, das Wetter wird langsam schön, vorige Woche war ich in Vilnius, in Litauen, dem Land des Regens (lietus = der Regen). Es gibt in Litauen eine Stelle, einen Ort, wo neuntausend Juden in wenigen Stunden wie Gras umgemäht wurden. Wehrmacht, SS und litauische Truppen saßen hinter den Maschinengewehren.

Und jetzt gebe ich der Versuchung nach, eine Versuchung, die schon seit diesem 27. Februar dieses Jahres 1992 besteht, den Brief, den ich damals las und zur Kenntnis nehmen durfte, doch abzuschreiben und damit vielleicht öffentlich zu machen, einen Brief, der an meinen Freund Hannes Stein gerichtet ist, einen Juden, der heute in Hamburg lebt und 27 Jahre alt ist.

XY 27. 2. 92

7XXX XXXXXXXXXH1

Sehr geehrter Herr Stein,
zu Ihrem Literaturartikel »Fun di ghettos un lagern« in der FAZ vom 26. 2. einige Bemerkungen:

Über tausende von Filmen, Büchern, Dokumentationen, Theaterstücken und »Lyriken« wird Auschwitz nach Prof. Wolffsohn instrumentalisiert und für »gottlose Juden zum Religionsersatz« – Nach Zwi Rix' Ausspruch »Auschwitz werden uns die Deutschen nie verzeihen« wird dieses traurige Kapitel offenbar auch unter merkantilen Aspekten betrachtet. Es wäre zwar klug, aber genau so frech und verkommen, wenn einer an einen Boom von Ausschwitz-Aktien dächte.

Dabei müßte man – vielleicht Sie – für hieb- und stichfeste Fakten sorgen, wenn Sie von »aggressiver Gleichgültigkeit gegenüber den Opfern« schreiben. Wissen Sie etwa, wer wann 1945 in Dachau die gas chambers baute? Und wie steht es damit, wenn Prof. Bauer in der Allgemeinen jüdischen Wochenzeitung vom 29. 9. 89 die Zahl der Auschwitzopfer von 4 Millionen auf etwa 1 Million reduzierte, was eine dpa-Meldung vom 17.7.90 aus Warschau noch deutlicher wiederholte?

Die Weltgeschichte mit der ihr innewohnenden Abklärung von vergangenen Geschehen hätte ihren Sinn verloren, wenn einerseits dem Bombergeneral Harris nach 50 Jahren für die Ermordung und Verbrennung von 350 000 Bürgern der Kunststadt Dresden ein Denkmal errichtet wird, andererseits gegen jegliches Rechtsempfinden Sippenhaft (möglichst in Bargeld) für Urenkel und künftige Generationen gefordert wird. Ich erlaube mir dieses kritische Urteil, da ich selbst in einem US-»Vernichtungslager« (Bad Kreuznach) als Nicht-Offizier und Nicht-SS-Mann 1945 war und weiß wie da gestorben wird. Ohne Baracke, Zelt, Bett, Tisch oder Stuhl verstarben in wenigen Wochen allein hier 26 000 Mann an Ruhr, wie es hieß. Der Kanadier James BACQUE hat in seinem »OTHER LOSSES« darüber berichtet. Sonst niemand.

Mit freundlichen Grüßen
XY

Der Adressat, der Jude Hannes Stein, hat mir dazu folgendes geschrieben:

Lieber Utz, solche Briefe, grad' die plumpen Hiebe treffen immer am besten... Zahlenspiele mit Millionen. Was für ein Feigling, er versteckt sich hinter prominenten Juden und Ausländern, um einem Juden eins reinzuwürgen. Das ist ihm glänzend gelungen. Auch so ein Briefschreiber gehört ja zur menschlichen Gattung, dieser Gedanke macht mich fertig. Das Herz ist ein merkwürdiger kleiner Muskel.
Dein Hannes.
11.3.92

WAS ICH VON GREIZ WEIß

Von Greiz weiß ich, was ich erinnere: Sonnentage. Gemeinsam mit der Großmutter im Bus über Friesen zu einer fernen Verwandten, die im Oberen Schloß wohnte. Der Blick von dort aus dem Fenster über den Park hinweg und die spiegelnde Teichfläche. Pflaumenkuchen auf dem sonnenüberfluteten Tisch; Kaffeetrinken, für mich Kakao, die beiden alten Damen vergnügt, stießen an mit einem Glas dunklen Likörs. Dann hinunter in den Park, die Blumenuhr, aber ich erinnere eine Sonnenuhr mit einem wandernden Schatten, der auf gelbe und blaue Veilchen fiel, hier, lasse ich mir sagen, trügt meine Erinnerung. Ein paar Schritte auf den Parkwegen, ich stecke den Kopf durch die Gitter eines Pavillons aus ergrautem Stein, menschenvergessen, ungepflegt, und atme die modrige Luft des runden Raumes. Hier lebt ein Mann auf den Knien, einen Stahlhelm auf seinem Kopf. »Er fällt gerade«, sagt meine Großmutter und zieht mich weg vom Gitter. »Warum?« frage ich. »Viele sind gefallen«, sagt sie. Mit einer Wendung stehe ich wieder inmitten der Sonnenwelt.

Weiter dem Teich zu, Grün um Grün, am Ufer die Wurzeln der Bäume, wie erdbewohnende Koboldsköpfe, lustig, gutartig, keine irrlichternden Gnome und böse, wie an den Mooren. Erdbewohner würden später immer diese verspielten Wurzeln sein, die Gegenwelt der Menschen, der Erdenbewohner.

Das Entenhaus auf dem Wasser, eine vollständig gelungene Illusion, mit gemalten Fenstern, sogar Gardinen angedeutet, gelungen so sehr, daß ich dort einziehen will, mein Traumhaus. Als ich, vielleicht dreißig Jahre später, davon zehn Jahre Einreiseverbot, wieder davorstehe, bleibt mein Eindruck erhalten, auch mein Wunsch und mein Traum. Inzwischen etwas kurzsichtig, sehe ich wohl das Entenhaus, schwebend auf dem Wasser, aber nicht die *gemalten* Fenster und Türen, möchte auch heute dort wohnen, die Illusion bleibt vollkommen. Nicht im Schloß, dessen Bild stetig durch die hohen Parkbäume zitterte, dort unten am Teich wollte ich leben. Und an diesem durchsonnten Kindernachmittag, erinnere ich mich ungetrübt, kaufte mir die ferne Verwandte der Großmutter in einem Blumenladen nahe am Park noch etwas, was ich unbedingt besitzen wollte: einen kleinen goldenen Drachen aus Metall, an dem wie eine Ampel ein chinesischer Lampion hing, um den eine Temperaturskala lief, ein Wandthermometer. Später habe ich das gläserne Thermometerröhrchen zerstört, in dem ich ein brennendes Streichholz daran hielt, weil ich beobachten wollte, wie es ist, wenn die Temperaturanzeige über fünfzig Grad hinausgeht. Es machte nur einen winzigen Klick, und das Thermometer um den chinesischen Lampion war zerstört und gebrochen.

Viele Jahre später war M. Buchhändlerin in Greiz, in der Hirschsteingasse, und besaß eine kleine Wohnung im Oberen Schloß mit Küche, Kachelofen und einem Dachgarten, auf dem Beete angelegt waren. Die Fenster gingen zum Schloßhof hinaus.

Eines Tages, an einem Freitag im September 1979, war M. verschwunden. Am Montag darauf fuhr ich nach Greiz, um eine Freundin von M. zu suchen, Barbara, die in der anderen Buchhandlung der Stadt, am Markt, arbeitete. Ich traf sie jedoch nicht an, weil sie gerade beim Zahnarzt war, und ging in ein Geschäft gegenüber, Sämereien und Gartenbedarf, um Geld zu wechseln für ein Telefongespräch. Vier Männer mit kleinen Täschchen am Unterarm und unauffällig-gleichförmigen hellgrauen Übergangsjacken folgten mir, verteilten sich in meiner Nähe, lasen Prospekte über Gartenbau und drehten an Ständern mit Tütchen für Blumen- und Gemüsesamen. Da verstand ich. Ich ließ mein Geld wechseln und ging in eine Telefonzelle gegenüber dem Laden, um einen Freund anzurufen, Buchhändler in Reichenbach. Dieses Gespräch besitze ich schriftlich, jedes Wort, abgehört, aufgeschrieben, abgelegt, bis wir uns, wiederum viele Jahre später, unsere Gespräche, Briefe und Fotos unserer Jugend von den unauffälligen Herren wiederholten. M. war an diesem Freitag im September an der Busstation am Markt in Greiz verhaftet worden, in ihrer Tasche Bücher von Reiner Kunze und Alexander Scholschenizyn, in ihrer Wohnung, noch eingespannt in der Schreibmaschine, eine Seite der Abschrift des Buches *Die wunderbaren Jahre*, Gedichte von mir daneben auf dem Schreibtisch. Ein Lehrer aus Mylau hatte alles vorher erkundet, die grauen Herren wußten schon, was sie finden würden, Überraschungen waren nur für uns vorgesehen.

Eine Woche später wurde auch ich verhaftet, wegen meiner Gedichte, angeklagt und verurteilt zu 27 Monaten Gefängnis. Aber für M. geschah ein Wunder, noch immer inhaftiert, stellte sich heraus, daß sie von mir schwanger war. Wieder entlassen, wohnte sie im Oberen Schloß, hier wuchs unsere Tochter auf, bis beide mir nach Westberlin folgen durften im März 1981, da war unsere Tochter beinahe schon ein Jahr alt. Für mich im Gefängnis, in den Jahren ohne Sonne, war Greiz und dieses kleine Zimmer im Schloß das Bild meiner Familie, von Heimat, Wärme, obwohl ich selbst nie in dieser Stadt wohnte. Kurz vor meiner Verhaftung aber hatte ich mich wochenlang mit dem Gedanken getragen, M.s wegen von Leipzig nach Greiz zu ziehen, und dort als Elektriker (ich hatte diesen Beruf gelernt) am städtischen Theater anzufangen.

Dem kleinen goldenen Sonnendrachen aus meiner Kinderzeit war ich jedoch schon vorher wieder begegnet: in den Gedichten Reiner Kunzes. 1974 hatte ich ihn erstmals besucht in der Franz-Feustel-Straße 10.

Damals erzählte ich Kunze meine Geschichte vom Rausschmiß aus der Oberschule in Reichenbach, er hat sie unter dem Titel *Fahnenappell* in *Die wunderbaren Jahre* aufgenommen. Als Kunze schon im Westen war, setzte er sich mit all seinen Kräften für meine Freilassung und besonders auch für unsere Familienzusammenführung ein.

Daß Günter Ullmann damals nur wenige Meter von Kunze entfernt wohnte, erfuhr ich erst in Westberlin, von Jürgen Fuchs, und las dort die Gedichte von Günter, einer der ersten Menschen, die ich nach der »Wende«, in dem mir zehn Jahre verbotenen Land, besuchte. – Wie immer, der Bus über Friesen, eine Runde im Park, die Blumenuhr, der runde Pavillon, die knorrigen Kobolde am Uferweg, mein sonniges Traumhaus über dem Wasser, das durch's Grün winkende Schloß. Dann oben am Berg, Beethovenstraße 54, fand ich meinen goldenen Drachen aus der Kindheit nochmals wieder, mit einem warmen Lachen, der rauchende Günter Ullmann, dem ich zum ersten Mal leibhaftig gegenüberstand, die Glut-Pyramide an seiner Zigarette war das Zeichen, an diesem frühen Sonnentag im März 1990, Freundschaft sofort und für immer.

Barbara, die Freundin von M., leitet jetzt einen Buchladen in der Nähe des Marktes, kürzlich kaufte ich Bücher von Elsa Morante und Peter Härtling bei ihr.

Gern würde ich an einem Sonntag wieder einmal meine Runde durch den Park ziehen, mit einem Blick zum Schloß hinauf. Aber an Sonnentagen, an *meinen* Tagen, Sonn-Tags, gibt es keinen Bus mehr, der von Reichenbach kommend, über Friesen, die schöne Stadt Greiz erreicht.

Und von ihr eingeladen zu werden, als Schriftsteller mit meinen Büchern, wie nach Vilnius oder Lissabon, an einem Sonnentag versteht sich, scheint unmöglich, weil Greiz nichts von mir wissen will, da ich von Greiz zu wenig weiß, oder sie fürchten vielleicht, ich bezöge wahrhaftig ihr schönes Entenhaus über dem Wasser im Park.

19.–22. 10. 1999

IN ABGELEGENER PROVINZ

In abgelegener Provinz ist der Titel eines kurzen Prosa-Textes von Hans-Joachim Schädlich, und der Text geht so zu Ende:

»Was schreien sie?

Daß sie, was sie sollen, nicht wollen. Und sagen frech, weil der Gouverneur Schweigen verlange, müsse geredet werden.

Worüber?

Daß die Gründe des Gouverneurs die Gründe des Gouverneurs seien.

Der Gouverneur springt auf, das Frühstück ist übrig.

Was ist zu tun? fragt der Ratgeber.

Was zu tun ist? sagt der Gouverneur. Einige füttere ich, daß sie mir vorpfeifen. Für andere stampfe ich mit dem Fuß auf. Den dritten zertrete ich den Kopf.« (*Versuchte Nähe*, Rowohlt, 1978)

Viele Jahre später, als ich 1992 die mich betreffenden Stasi-Akten einsehen konnte, fand ich einen anderen Text, ein Gespräch in abgelegener Provinz, in Reichenbach im Vogtland, zwischen dem Major Siegwald Kummer der dortigen Kreisdienststelle und einem Hauptmann der Bezirksverwaltung des MfS in Karl-Marx-Stadt. Ich gebe auch diesen Text wieder, erscheint er mir doch wie eine mögliche Matrize zu dem vorangestellten von Hans-Joachim Schädlich:

»Aktennotiz
über eine durchgeführte Aussprache mit dem Leiter der Abteilung IX am 13.8.1975.

Gen. Major wurde von Unterzeichneten davon in Kenntnis gesetzt, daß wir mit der Entscheidung der Abt. IX vom 1.8.1975, Rachowski, Utz, in einer OPK (operative Personenkontrolle – U.R.) zu bearbeiten, nicht einverstanden sind.

Gen. Major begründete die Entscheidung der Abt. IX wie folgt:

Seitens der HA IX gibt es die Orientierung, gegenwärtig keine Personen, die durch revisionistische Tendenzen, sogenannte ›Biermann-Anhänger‹ u. a. zu inhaftieren. Dieser Entscheidung liegen politische Beweggründe zugrunde, bekanntlich wurde Biermann selbst auch nicht inhaftiert.

Solche u. ä. Kontakte, wie im konkreten Fall, wie Rachowski, müssen auf alle Fälle vom MfS kontrolliert werden.

In der OPK ist vor allem der Beweis anzutreten, ob eine Zielstellung gem. § 106 (staatsfeindliche Hetze) StGB vorliegt. In einem solchen Fall ist die Abteilung IX mit der Bearbeitung des R. in einem OVL (Operativvorlauf – U.R.) einverstanden.

Eine Aussprache mit der Abteilung XX (spezielle, zentrale Abteilung zur Überwachung und Verfolgung von Schriftstellern und Künstlern – U.R.) wird seitens der Abt. IX für zweckmäßig erachtet, da dort eine Reihe analoger Materialien vorliegen.

Es sollte darüber hinaus geprüft werden, inwieweit es zweckmäßig ist, offen gegen Rachowski vorzugehen.

Ausgehend von den Darlegungen des Gen. Major wurde die Entscheidung der Abt. IX akzeptiert. Gegen R. ist eine OPK einzuleiten, mit der vorrangigen Zielstellung, die Zielrichtung und die Motive des Handelns des R. konkret und beweiskräftig herauszuarbeiten«.

Ich war 21 Jahre alt, und dieses Gespräch hieß für mich, ohne daß ich etwas darüber wußte, mein Kopf wird noch nicht zertreten, nur ausgeforscht, die sind sich nicht ganz einig, was sie mit einem machen sollen 1975, der systematisch Biermann-Texte weitergibt und vervielfältigt, und Biermann ist ja frei, nicht im Gefängnis, noch nicht ausgebürgert, sie spielen Gott im stinkigen Olymp einer beschlagnahmten Villa am Stadtrand von Reichenbach, und ich darf noch vier Jahre DDR-Freiheit genießen. Der »Gouverneur« ließ sein Frühstück nicht stehen und blieb noch auf dem Stuhl sitzen.

Zum ersten Mal waren diese Herren zu mir gekommen im Juni 1970, ich war 16 Jahre und Schüler an der Oberschule, das Zimmer des stellvertretenden Direktors wurde zum Verhörraum, sie wollten alles über meine Freundschaft zu Jürgen Fuchs wissen, so stur, sagten sie, in Auswertung des immerhin vier Stunden währenden »Gesprächs«, hätten sie noch keinen »jungen Menschen« in diesem Alter erlebt. Ich bekam die Quittung und flog einige Monate später von der Schule. Bei diesem Verhör wußte ich aber schon, daß es um meinen Kopf ging, zu Hause lagen, sorgsam mit Schreibmaschine vervielfältigt, Gedichte von Wolf Biermann, als »junger Mensch« schien mir in dieser Situation ein wenig Sturheit angeraten, keinen Fehler machen, fast nicht mit ihnen reden, den Maulfaulen spielen in diesem Zimmer. Eine Haussuchung hätte mir den Kopf zertreten.

Fünf Jahre später dann dieses Gespräch der beiden Stasi-Offiziere, bis dahin hatte ich eher instinktiv als berechnend möglichst oft die Orte meines Aufenthaltes in der DDR gewechselt, brachte es zum Elektromonteur, dann zum Abitur auf dem zweiten Bildungsweg, zu einem Studienplatz der Humanmedizin in Leipzig und – was ich nicht wußte – zu einiger Verwirrung bei den besagten Herren, die mehrmals vermerkten, » – daß wir nicht wissen, wo der Rachowski zur Zeit abgeblieben ist«.

Auch für mich unglaublich, aber so steht es in den Akten.

Wolf Biermann besuchte ich im Herbst 1975 zum ersten Mal (mein Freund Jürgen Fuchs hatte vermittelt), er arbeitete gerade an seiner Platte *Es gibt ein Leben vor dem Tod* und spielte die Ballade *Von den Spaniern im Dresdner Exil* vor, mehrmals, auch stückweise, einige Zeilen und Akkorde, Besuch war für ihn ein guter Anlaß, völlig natürlich weiterzuarbeiten, er fragte auch nach, nahm Kritik sofort auf, änderte ab, wenn ihm ein Vorschlag gefiel. Ich hatte 1974 Reiner Kunze in Greiz kennengelernt und einiges zu seinem Buch *Die wunderbaren Jahre* beigetragen, um so mehr überraschte mich Biermanns fast »lässiger« Arbeitsstil, seine aufmerksame Bereitschaft für Vorschläge zum Ändern.

Bei meinem nächsten Besuch im September 1976, ich hatte Lilo und Jürgen Fuchs vorher auf dem Grundstück von Havemann in Grünheide besucht und war bei Wolf angekündigt, stritten wir uns heftig. Es ging um 40 nackte Japanerinnen… Ich kam gerade aus Polen und hatte in Wrocław beim Internationalen Theaterfestival der Studenten diese und vieles andere auf der Bühne gesehen; es ging um nichts Geringeres als um die Freiheit der Kunst und welche Rolle

Polen dabei spielen wird. Seit 1973 hatte ich eine polnische Freundin in Warschau und war seitdem mehrmals im Jahr dort. Polen wurde für mich zu einer Offenbarung, die Jazzkeller, die Theater, die Zirkel der Intellektuellen; auch mit allen Blendungen wie den Gauloises in den Läden und der eiskalten Coca-Cola in jedem Boulevard-Café. Ich kannte mich dort aus, Wolf hatte Einreiseverbot nach Polen und war nie dort gewesen. Es kam zum Streit, zumal Wolf mich (wie vorher schon Jürgen bei Havemann) mit Vehemenz auf die angeblich in Aussicht stehenden Umbrüche in der DDR aufgrund des Eurokommunismus hinwies. Er verwies auf die abgedruckten Reden der reformerischen Kommunistenführer im *Neuen Deutschland*. Ich verwies auf die 40 nackten Japanerinnen in Wrocław. Polen nie, sagte er, gerade von dort wird nichts kommen, die mit ihrem Katholizismus. Ich verwies auf Pannach, das Verbot von *Renft*, die Stimmung in den Fabriken der Provinz der DDR, das Abwürgen des »kleinen Frühlings« in der Kultur, Wolf verwies auf Carillo und Berlinguer.

Als »junge Menschen« blieben wir natürlich beide stur und verabredeten uns zum nächsten Besuch Ende November – so war es dann auch, aber im November vier Jahre später, als ich gerade aus dem Knast kam, in der Wohnung von Jürgen und Lilo am Tempelhofer Damm, sprach auch Wolf aus Hamburg von Polen, das Mahnmal für die Aufständischen in Danzig wurde gerade durch die Gewerkschaft *Solidarität* eingeweiht. Von Carillo sprach niemand mehr, und auch ich wollte nicht unhöflich sein und hielt mich mit meinen 40 Japanerinnen zurück, um nicht noch irgendwelcher Knastphantasien bezichtigt zu werden, denn die eine Seite meines Polen-Bildes, die politische, hatten sie offenbar geschluckt, aber wie hatte auch ich mich geirrt mit meinem Warschauer Blick auf Coke und französische Zigaretten, diese Verfeinerungen des polnischen Sozialismus waren direkt auf dem krummen Rücken der Arbeiter gewachsen und hatten das Land tief verschuldet.

Am 16. November 1976 hielt ich mich in Freiberg auf und hörte erst am späten Abend von der Ausbürgerung Wolf Biermanns. Das Gefühl tiefer Isolation, diese Wahnsinnsmaßnahme hatte sich bereits angekündigt, war eigentlich das Komplementärstück zur gnadenlosen

Verfolgung Reiner Kunzes, zur Atmosphäre, die seinen Ausschluß aus dem Schriftstellerverband begleitet hatte. *Die wunderbaren Jahre* waren im September erschienen, und ich hatte, wie gesagt, daran mitgewirkt, kannte Wolf, Jürgen seit langem. Ich hörte von der völligen Abschottung der Burgwallstraße in Grünheide, von der Verhaftung von Jürgen, was sollte ich tun? Auf die Idee, Unterschriften zu sammeln, wie die Jenaer, kamen wir im Vogtland nicht, wir waren kaum mit anderen Städten, mit Leuten dort, in Kontakt. Statt an Unterschriften dachten wir an Inschriften, aber sollten wir ins offene Messer laufen? Wir waren seit Jahren »auf ihrem Radar«, die Freundschaften zu Fuchs, Biermann und Kunze waren bekannt, das wußten wir aus einigen Vorladungen von anderen Freunden, die sie versucht hatten, als Spitzel gegen uns anzuwerben. Die Atmosphäre jetzt in diesem November war Gestapo und nicht Eurokommunismus. Also verhielten wir uns so: Alfons brachte in der Nacht zu Samstag ein Foto von Jürgen hinter dem Schaufenster der Volksbuchhandlung an, aus dem Band *Offene Fenster ,'74. Neue Namen. Neue Lyrik*. Ohne weiteren Kommentar. Eine mit uns befreundete Gruppe aus dem Vogtland schrieb an die berühmte Göltzschtalbrücke und auf eine Straße in Reichenbach »Freiheit für die verhafteten Schriftsteller« und »Freiheit für Pannach, Kunert und Fuchs!« Prompt suchte die Stasi nach roter Latexfarbe: bei uns. »Inoffiziell und konspirativ« – und ohne Erfolg. In diesen Tagen aktivierten wir eine auf dem Schutt gefundene mechanische kleine Druckmaschine wieder, auf der wir vorher schon erste Versuche gemacht hatten mit Texten von Kunze und Biermann. Das Problem dabei war, eine geeignete Flüssigkeit zu finden, die das Papier annahm. Schließlich landeten wir bei geriebener Bleistiftmine (Graphit), mit einem Schuß Spiritus und je einer Prise pulverisierter Kohle und Kaliumpermanganat vermischt. – Wir waren halt romantisch hier in der vogtländischen Provinz, ganz 19. Jahrhundert, und hätten uns nie träumen lassen, daß etwa zur gleichen Zeit eine moderne Autorin ihren aktuellen Umweltroman mit Offizieren der Hauptabteilung XX absprach. Später schickte uns ein Freund richtige Matrizen (genau derjenige, lieber Wolf!, der dich 1999 nach deinem Konzert in Markneukirchen zu den Literaturtagen mit rasender Geschwindigkeit nachts mitten durch den vogtländischen Wald ins Hotel fuhr und du glauben mußtest, dies sei eine Entführung oder ein Anschlag). Günther Reichel, der heutige Leiter der Vogtlandbibliothek. – Wir konnten also gut drucken und trieben das knapp drei Jahre bis zur Verhaftung im September 1979. Da waren wir einfach dran und sahen uns mit etwa 30 anderen Vogtländern und Erzgebirgsanwohnern in der U-Haft Karl-Marx-Stadt wieder; alle bekamen wir zwischen ein und vier Jahren, obwohl ich der einzige war, der Biermann überhaupt persönlich kannte. Auf meiner »Fluchtkarte« im Zuchthaus Cottbus stand als Kurzcharakteristik – Biermannfreund/Schriftsteller, und noch Jahre später wurde mein Kumpel Bubi (Buchhändler) nach dem Westen gedrängt mit der Androhung, ihm einen Mord anzuhängen, wenn er nicht ginge. Im Frühjahr 1989 (!) wurde mein Freund Egbert verhaftet und später in die Psychiatrie eingeliefert; er hatte den *Spiegel*-Text von 1975 mit dem Lied *Der rote Stein der Weisen* zur Anti-Franco-Kundgebung, zu der Wolf nicht ausreisen konnte, mehrere Dutzend Male bei sich gehabt und während der Vernehmung über Monate nur geantwortet: Dieser Text ist mir unbekannt. Am Tage meiner Verhaftung in abgelegener Provinz warf Alfons unsere Druckmaschine in das kleine Flüßchen, das an der alten Schule vorbeifließt, in die wir einst alle zusammen gegangen waren. Von den ausgebürgerten Freunden bin ich als einziger ins Vogtland zurückgekehrt; die Druckmaschine liegt noch immer im Bach vor der Schule und harrt der großen Zeiten, die kommen werden, wenn eine »Partei des demokratischen Sozialismus« an der Macht ist.

Frühjahr 2001

Es kann nicht Sache des Dichters sein, die Menschheit dem Tode auszuliefern. Mit Bestürzung wird er, der sich niemandem verschließt, die wachsende Macht des Todes in Vielen erfahren. Selbst wenn es allen als vergebliches Unterfangen erschiene, er wird daran rütteln und nie, unter keinen Umständen, kapitulieren. Sein Stolz wird es sein, den Abgesandten des Nichts, die in der Literatur immer zahlreicher werden, zu widerstehen und sie mit anderen als ihren Mitteln zu bekämpfen. Er wird nach einem Gesetz leben, das sein eigenes ist, aber nicht für ihn selber zugeschnitten, es lautet:

Daß man niemand ins Nichts verstößt, der gern dort wäre. Daß man das Nichts nur aufsucht, um den Weg aus ihm zu finden, und den Weg für jeden bezeichnet. Daß man in der Trauer wie in der Verzweiflung ausharrt, um zu lernen, wie man andere aus ihnen herausholt, aber nicht aus Verachtung des Glücks, das den Geschöpfen gebührt, obwohl sie einander entstellen und zerreißen.

(Elias Canetti, *Der Beruf des Dichters*)

Ich weiß nicht, ob die Lieblingsfarbe von Jürgen Fuchs Orange war. Ich vergaß zu fragen. Dreißig Jahre lang habe ich Jürgen nicht nach der Farbe befragt, die ihm die liebste war. Die Liebste. »Am schönsten ist L., wenn sie zögert.« – »Wer in die Fremde will wandern,/Der muß mit der Liebsten gehn;/es jubeln und lassen die andern/Den Fremden alleine stehn.« – Paßt nicht so recht, das *Heimweh* von Eichendorff. »Was wisset ihr, dunkle Wipfel,/Von der alten, schönen Zeit?« Hier steht ein Fragezeichen bei dem Freiherrn, und ich setze gleich noch eines dazu. »Ach, die Heimat hinter den Gipfeln,/Wie liegt sie von hier so weit!« Und die letzte Zeile: »Grüß dich, Deutschland, aus Herzensgrund!« – Na, ja. – Sagen wir lieber Reichenbach, die vogtländische Hügellandschaft. Das gibt dann die Gipfel, die Wipfel, die Jürgen

Fuchs aber nicht so richtig sehen konnte aus dem Fenster des Hauses, in dem er aufwuchs, *unten* in der Altstadt, wie man heute noch sagt, unten. Aber das schmächtige, stinkende, flinke Textilflüßchen, das er später und zugleich am Beginn seines Schriftstellertums beschrieb, dann immer wieder: »Der Abwassergraben/Unter meinem Fenster wechselt seine Farbe/Grün, gelb, rot auch schwarz/Je nachdem/Was im Textilwerk Unterheinsdorf/Gefärbt wird/Wenn das Wasser klar ist/Baden wir/Und bauen Dämme/Der Raumbach/Die Göltzsch/Die Weiße Elster/Die Saale//Die Elbe?//Im Schulatlas/Kann ich Hamburg sehen/Die Nordsee/Den Atlantischen Ozean/Blau und nicht wirklich wahr«. – Warum habe ich Jürgen nie nach seiner Lieblingsfarbe gefragt, jetzt ist es Orange geworden, ich hatte keinen Einfluß auf die Farben, eines Tages stand es so da, orange, meine Lieblingsfarbe ist es. Diese Farbe.

»Das Blumengeschäft in der Unteren Dunkelgasse/Ist wirklich wahr/Die Blumengasse/Die Autowerkstatt Roth/Škoda Service/Die Entlüftungstürme/Von Hempels Fabrik/Der weiße warme Dampf am Mittag/Das Schild/Steine werfen verboten/Eltern haften für ihre Kinder/Zuwiderhandlungen werden bestraft…« »Grün, gelb, rot, auch schwarz« hat er beschrieben, »Blau und nicht wirklich wahr«, wahr ist »der weiße Dampf am Mittag«, sagen wir, wenn er von der Schule kam, mittags an den Mauern der Fabrik entlanglief, heimwärts zum Mühlgraben zu, die Tür aufschloß am Haus Nummer 13, an dem der Salpeter hochkroch. Gelb doch wohl nicht, würde ich denken, wegen des Dampfes, der ihm die Sicht verdarb, und Weiß auch nicht mehr. Und Blau, nicht wirklich wahr. Oder doch? Nur für eine kleine Zeit.

Ich habe sie gekannt, die mit dem silbernen Lachen, dem Metall in der Stimme, Goldschmiedstochter, in der Oberschule eine Klasse niedriger, dann ein paar Semester Medizin in Leipzig nach langem Warten auf den Studienplatz. Eva Blau hat er sie genannt im Roman, Schweigen ist Gold und nicht seine Sache, zuviel Silber die Stimme. Blau wurde nicht wahr und zog nicht mit in die Fremde. Kein Jubel, sie ließen einander schon zu Hause stehn. Blau zögert nicht.

Und Rot? Rot doch wohl auch nicht. Aber am Anfang vielleicht.

Fuchsrot hätte ihn bestimmt gefreut, rot wie der Fuchs auf dem Gemälde von Eve Rub. – »Vom Rot, das brennt«, – Mensch Gerulf, du mußt noch etwas warten, du darfst mir jetzt nicht dazwischen kommen in dieses Reichenbach, aber wie könnte ich dir die Stimme verbieten, die aus dem rauhen Metall, Reibeisen, nicht Silber, jetzt, wo auch du tot bist – also: »Vom Rot, das brennt, mach ich Lieder für euch, vom Rot, das brennt, wünsch ich die Witze nicht bloß, vom Rot, das brennt, alles hier.« (Warte noch etwas, Gerulf, nicht lange mehr, Jürgen in Bad Köstritz, ich in Kreuzberg, in meiner Eiswohnung, immer hast du mir eine Zigarette mitgebracht, und immer – seltsam – war es die letzte, das läßt sich nicht erfinden.) – Rot also bestimmt, für den Anfang. Ihr wolltet es retten, das verwaschene, ausgeblichene, über die Jahre verkommene Rot, das schon todesbleiche. Jürgen Fuchs: »MIT ROTSTIFT/Oder Kohle//Auf Papier/Oder Straßen//Genannt/Oder verschwiegen//Solange/Die Dunkelmänner /Warnen://Vorsicht/ROTE GEFAHR//werde ich schreiben«. Und zeitgleich: »Sah gestern eine Fahne/Und diese Fahne war rot/Sie lag als Schaufensterfahne/Unter dem Schild: Hundeverbot/Das war ein zerbrechlicher Laden/Sein Angebot Porzellan/Und allerhand Tassen und Vasen/Bedeckten die rote Fahn//Und hinter sehr teuren Gläsern/Las ich vom Sozialismus im Land/Der war aber nur halb zu sehen/Weil davor ein Rauchverzehrer stand«. Und wenig später. »Keiner wollte sie tragen. Wir blickten weg und taten geschäftig, führten intensive Gespräche mit dem, der gerade in der Nähe stand oder wechselten die Straßenseite. Niemand wollte den Dummen machen: Es wird sich schon einer finden. Vornweg marschieren und dann noch allein mit diesem Ding, da wirst du gesehen und verlacht, das kennt man, ich werde wohl aus freien Stücken die Fahne schleppen… Als Fahnenträger kannst du nicht in die erstbeste Seitenstraße entweichen, da mußt du in Reih und Glied bleiben bis zuletzt: Wenn sich die anderen schon nach Eis oder Bockwürsten anstellen, stehst du noch als Demonstrant auf der Straße, weithin sichtbar und verzweifelt eine Ablage suchend (…) Irgendeine Lautsprecherstimme verkündete kreischend große Erfolge, und wir standen als bestellte Demonstranten in Nebenstraßen und warteten, bis sich einer fand, der die Fahne mitnahm, die am

Zaun lehnte. Und es war die rote Fahne.« Nicht berühren, sagt er da, eigentlich. Nicht dieses Rot, das einen bleichen Leichnahm verhüllt, aber er sagt es mit Schmerz. Rot also nicht mehr. Das Schaufenster-Rot in der *Kahlaischen Str. zu Jena.* – Da kommt mir plötzlich Blond dazwischen, kommt aus dem »zerbrechlichen Laden«, in meiner Farbenlehre, aber das Blond ist aus Reichenbach – oder ist es ein bloßes Gelb? –, das anfängt zu flattern, wenn es in Jena in der Sonne über die Straße springt, ein verquirltes Gelb, denke ich. Zwei Klassen niedriger diesmal, an der Oberschule, kommt nach Eva Blau, nur ein Sprung über den Weg, will in Jena studieren und Philosophie, aber darf nicht, da fährt die Mutter von Reichenbach nach Jena und geht mit dem Professor zu Bett, die Jenischen Berge kreißen und gebären einen Studienplatz für Blond mit Drei Quellen und Bestandteilen. Es wird aber eine Verfolgung vorgetäuscht, Herren würden sie vorladen und vernehmen, klagt Blond, mit Briefen kämen ihre Einladungen, Blond ist so schon toll, und will noch etwas interessanter werden, auch ein bißchen verfolgt sein, Jürgen schlägt einfach die Tür zu hinter der Lüge und geht seines Wegs. Blond hat nichts zu tun mit dem Gelb am Mühlgraben 13. Und nichts mit »une petit blonde«, das er später in Paris bestellt, aber ich denke, da hat er sich lieber einen trockenen Roten kommen lassen, wenn er noch etwas Zeit hatte, bevor er zu Manès Sperber hochging. Aber Blond ist hartnäckig, und Blond zögert nicht. 1993, nach seiner ersten Vorlesung in Jena, *Poesie und Zersetzung*, springt sie ihm an den Hals, wie er mir erzählte, und alle Freunde umher staunen: die, wieso die. Poesie und Zersetzung. Abgewaschen von allen Wassern, Quellen und Drei Bestandteilen. Blond paßt nicht in meine Farbenlehre.

Von den Farben aber, ist Orange meine Lieblingsfarbe. Auf einmal stand es da. – Früher, in meiner Kindheit, war es mein kleines Italien gewesen, der Palazzo meiner Träume, die Ferne ja, die Fremde nicht, dorthin konnte man allein gehen und zu Fuß, mein Arkadien. Auch ich bin dort gewesen. Verwartete dort manchen sonnigen Mittag auf den Treppen sitzend während der Schließzeit der Läden. Ich würde auf die Oberschule kommen und dann Chemie studieren, dessen war ich mir sicher. An diesen Mittagen in der Sonne, am Fuße meines Palazzo, meines kleinen Verona, kaufte ich dann, wenn die Läden öffneten, bei »Bandagen-Oltzscher«, immer das Zubehör für meine chemischen Experimente, schwer schmelzbare Reagenzgläser, Erlenmeyerkolben, Flaschen mit Glasschliffstöpsel, Pipetten, Justus-von-Liebig-Kühler, Schläuche, Schlauchklemmen und Lackmuspapier. Es fällt mit ziemlicher Sicherheit in diese Zeit, und vielleicht war es an einem dieser Mittage, als ich Jürgen Fuchs zum ersten Mal sah. – Oder war es der andere? Denn es gab zwei in der Stadt, die mit langen schwarzen Feincord-Hosen herumliefen, beide mit auffallendem längeren Haar, das tiefschwarz war, ungewöhnlich, ich erinnere es genau, der schwarze Glanz dieser Haare und ungewöhnlich für die Kleinstadt sowieso die Länge, über die Ohren, aber nicht ganz, in die Stirn fallend, »aber nicht zu sehr«. Ich saß auf den Treppen meines Palazzo und staunte. War es der eine, oder war es der andere? Ging da einer zur Schule, am Nachmittag zum Volleyball-Training, oder hatte ein anderer Mittagspause und war Dachdecker, vielleicht Zimmermann. Manchmal sah ich bei einem eine »Schmiege« oder vogtländisch: »Schmiesch« aus der Seitentasche der schwarzen Cordhose ragen, einen Zollstock, dann wieder, war es ein anderer? nichts davon… Schwarz, aber Schwarz ist vielleicht die Farbe, nach der ich suche. Paint it black. Rolling Stones, das war seine Lieblingsgruppe.

Erst als ich Monate später, im September 1968 auf die Oberschule kam, und ich den einen dort gleich am ersten Tag sah, beim Fahnenappell, als Mitglied des Fanfarenzuges mit Trompete und Blauhemd in Reih und Glied, wußte ich sofort, das war nicht der Dachdecker und Zimmermann. Zollstock, »Schmiege«, »Schmiesch«, schmiegsam, das schien nicht sein Metier zu sein, nicht sein Maß, er stand, seine linke Hand in der Hüfte abgestützt, stieß in die Fanfare gen Himmel und trug bei zu einem ohrenbetäubenden Ritual, das ich nicht kannte, das es an unserer Schule nicht gegeben hatte. Ein paar Wochen später ergab sich zufällig ein erstes Gespräch. In der Turnhalle. Die Klasse 12B3, in die Jürgen ging, hatte 9B3 gerade mit drei zu zwei Sätzen beim Volleyball-Turnier der Goethe-Oberschule geschlagen, und ich war stinksauer, ich war der Mannschaftskapitän der Verlierer. Ich setzte mich auf eine der längs am Spielfeld stehenden Holzbänke der

Turnhalle und senkte den Kopf. »Na, Sexer (abgeleitet von Sextaner, von Sexta) willst du nicht eine rauchen gehen auf's Klo?« sagte eine Stimme neben mir. Ich sah auf und erkannte den 12er neben mir auf der Bank, der mich vorige Woche in der Großen Pause auf der Toilette aufgestöbert und beim Rauchen erwischt hatte. Ich kannte ihn schon vom Stadtbild her und wußte jetzt schon, wie er hieß.

»Der Fuchs verpfeift dich nicht, da brauchst du keine Angst zu haben«, sagte ein Klassenkamerad zu mir, der ihn von der gemeinsamen Grundschule her kannte. Er sollte recht behalten, »der Fuchs« verpfiff mich nicht. »Im August habe ich dich gesehen«, sagte Jürgen jetzt grinsend auf der Bank, »du hast eine tschechische Fahne in den Speichen deines Vorderrades gehabt, das hätte schiefgehen können, mit deinem schönen neuen *Diamant*-Rad.« Wieder lachte er. Auch er hatte mich offenbar in der Stadt schon wahrgenommen. »Hab ich von meiner Oma gekriegt«, sagte ich, »als ich auf die Oberschule durfte.« »Und die Fahne?« fragte er. »Aus einer Girlande gerissen, beim Sommerfest.« »Und wie kamst du drauf?« »Mein Bruder«, sagte ich, »hat mir alles erzählt, seit meine Eltern geschieden sind, warum dann die Panzer kamen, auch vorher schon, Rudi Dutschke, was im Mai in Frankreich los war.« »Hat dein Bruder noch den alten Direktor gehabt?« »Ja«, sagte ich, »noch Buchta.« »Du mußt aufpassen«, sagte er, »Übel, der neue, ist gefährlich, Kadettenschüler, Major der Reserve, hat gleich Ordnungsgruppen gebildet und rote Armbinden ausgegeben. Lehrer wie Kießling, Rammler, Werlich, weißt du, von wem die freundschaftlichen Besuch kriegen, im ersten Stock, in dem verriegelten Zimmer, jede Woche?« »Wirklich, von denen?« »Du mußt aufpassen, ich habe die Autonummern«, sagte er.

Alles schon da, die Farben seines Lebens, abgesteckt die Themen, nach diesem Sommer 1968, als auch durch unsere kleine Stadt tagelang die Panzer der Armeen des Warschauer Paktes gerollt waren, eine nicht enden wollende Schlange aus Metall, ein Geschehnis, das die Atmosphäre dieser Kleinstadt wie eine Naturkatastrophe verändert hatte. Ein Naturereignis. Als ich an die Schule kam, zitterte die Stadt noch vom Sommer.

Einige Monate später, auf einem Schultanzabend im Gasthaus

Stadt Dresden mit angeschlossenem Saal, Jürgen war erst weit nach Beginn der Veranstaltung mit Eva Blau hereingekommen, redeten wir den ganzen Rest des Abends zusammen. Sofort über Dubček, ob ich Brecht kennen würde. Ja. Was? Dostojewski? Nein. Er zählte Titel auf. Nietzsche? Ja, aber nur den *Antichrist*. Ich fragte ihn nach Hesse. Während Eva Blau wegging und ein bißchen im Saal herumsilberte, erzählte er mir erstmals von seinem Lehrer Hieke, der von der Schule, von unserer Schule, geflogen war, ohne daß ich ihn vorher kennenlernen konnte, weil er sich geweigert hatte, einen Grußappell zum Einmarsch in die ČSSR zu unterschreiben. Jetzt würde er draußen auf dem Güterboden Kisten schleppen, der Altphilologe, mit gestärkten weißen Hemden Ölfässer und Garnkisten umladen. Einer aus Jürgens Haus, so alt wie er, hätte »Hoch Dubček« an den Sockel der Mylauer Kirche geschrieben, der blaue Fleck der Übermalung wäre noch gut zu sehen, ich müßte nur hinlaufen, in die kleine Nachbarstadt mit der Burg Karl des IV. Bernd Seidel, Arbeiter, im Knast, wahrscheinlich Zwickau, und immer noch kein Urteil jetzt im Dezember. Der Abend ging zu Ende, wir verabredeten uns, ich solle ihn besuchen. Wir hatten in dieser Zeit, in unserem gemeinsamen einen Schuljahr keineswegs einen regelmäßigen Umgang, das kam erst später, als Jürgen die Schule verlassen hatte und zur Armee mußte. Jetzt, in diesen Monaten sprachen wir eher nur zufällig zusammen, Jürgen stand im Abitur, wir begegneten uns auf den Sportfesten, ich sah, wie er beim Hundert-Meter-Lauf Schulrekord lief, elfkommasechs Sekunden, das weiß ich noch heute. Erst als ich, noch in der neunten Klasse, einen Schulaufsatz schrieb, der vom Parteisekretär sofort herausgefischt, »an die große Glocke gehängt« und, was ich nicht wußte, dem Staatssicherheitsdienst übergeben wurde, wuchs das Interesse von Jürgen an einer gemeinsamen Begegnung wieder. Seine Deutschlehrerin, die nach dem Rausschmiß Hiekes in Jürgens Klasse unterrichtete, hatte meinen Aufsatz unter dem Aspekt kritischer Auseinandersetzung im Unterricht verlesen und dabei durchblicken lassen, daß ihr der Text sehr gefiel. Diese Frau Dr. Hochmuth empfing auch nach der Schule interessierte Schüler und sprach mit ihnen über Literatur, Hölderlin, Thomas Mann, Hermann Hesse waren ihre Lieblingsautoren, die sie an ihre Schüler weitergab. Jürgen hat auch später immer wieder von ihr gesprochen, auch mit Distanz, sie bediente das Bildungsbürgertum und dessen Nachwuchs in dieser Stadt, hielt sich an kritischen Punkten, bei kritischen Autoren zurück. Sie stand wohl auch unter der mißgünstigen Kontrolle der linientreuen Schulleitung, die, vom Fall Hieke alarmiert, nur auf einen Fehler von Frau Dr. Hochmuth wartete. Diese Zeit, die Atmosphäre an der Schule, auch die Umstände vom Weggang seines geliebten Lehrers Hieke, hat Jürgen Fuchs später in einem Aufsatz beschrieben, der seine Begegnung mit dem Buch LTI von Viktor Klemperer zum Thema hat: »In den Wochen nach der LTI-Lektüre begann ich zu schreiben. Das waren nicht mehr, wie zuvor, versuchte Nachempfindungen Bobrowskischer Landschaften, die ich nicht kannte. Ich wagte mich vor zur Wirklichkeit, zur eigenen, zu der, die mich umgab. ›Beobachte, präge dir ein, was geschieht.‹ Ich steckte alles weg, wenn ich das Zimmer verließ. Keiner wußte, was ich tat. Aber ein Weg war gefunden: Geschichte, Geographie, Staatsbürgerkunde. Ramsch wird immer ganz rot, vom Hals her, wenn wir Fragen stellen, die er nicht beantworten kann. Ramsch mit den großen Reden in der ersten Stunde: Ich bin ein strikter Gegner der Phraseologie. Da saßen wir ganz still auf unseren Plätzen und dachten sonstwas, aber was er war, wußten wir bald. Ordnungsgruppen werden gebildet, Armbinden verteilt. Blaue und blau-rote, ›LvD‹ heißt der Lehrer vom Dienst. Montags Fahnenappell. Der Direktor wünscht eine militärische Meldung. Mit Hackenzusammenschlagen. Manchmal trägt er Uniform. Er hat graue Haare und ist Major der Reserve. Er verbreitet Angst. Es sind seine Augen, sein Durchschauerblick… Wenn ich im Glied stehe, muß ich lachen. Warum?… Viele haben Schwierigkeiten, das Wort Sozialismus richtig auszusprechen. Die meisten verschlucken die Endung, auch der Direktor, wollen dieses Wort schnell hinter sich haben… Lenin ist der liebe Gott. Ich muß lesen, was er schrieb. 40 Bände will einer abgeben. Er mußte sie kaufen auf Beschluß seiner Parteigruppe. Jetzt liegen sie auf dem Boden, in einer Kiste. Die Mutter brachte fünf Stück mit in einem Einkaufsnetz. Er ist ihr Kollege, es soll geheim bleiben… S. und Z. wurden vorgeladen. Das geht so: Die Sekretärin kommt und sagt:

›Bitte zum Direktor dann und dann.‹ Am Sekretariat klingeln, der Summton, ›Hier herein, bitte.‹ Zwei Herren sitzen da, der eine jünger, der andere älter. Zeigen ihren Ausweis vor, der sieht aus wie eine Fahrerlaubnis, klein, schmal, zum Aufklappen. ›Wir hätten uns gern mit Ihnen unterhalten.‹ Im Gespräch sagen sie Du. Es ging um H., er will die Schule verlassen. Ob welche Sympathien für ihn haben. H. sei ein Freund Dubčeks. Zum Schluß muß man einen Text aufschreiben mit Hand, ein Paragraph des Strafgesetzbuches kommt vor – Schweigepflicht! Weitere Gespräche werden verabredet oder in Aussicht gestellt... Angst. Wie soll ich mich verhalten, wenn sie kommen?... Von den Litfaßsäulen lächeln die Lügen... immer wieder Aufrufe und neue Termine für Höhepunkte, immer muß ein Ziel da sein. ›Blaue Wimpel im Sommerwind. Du hast ja ein Ziel vor den Augen, damit du in der Welt dich nicht irrst‹... Auch ich habe eine doppelte Buchhaltung... Alles ist zu früh. Bald kommt der Einberufungsbefehl. Die schwarzen Hefte besser verstecken: Wir haben's weggetan, sagte sie, wir haben's verbrannt. Wenn du so weitermachst, bringst du uns alle noch ins Unglück, ins Gefängnis, deinen Vater und mich, so was will ich nicht noch einmal sehen... Die Panzer hinterließen helle Spuren auf den Pflastersteinen. Auf der Straße hörte ich einen sagen: ›Jetzt sind die Tschechen dran. In ein, zwei Tagen geht das heute. Die Technik...‹ Darf eine sozialistische Armee andere Länder besetzen? Und ich werde Soldat. Alle reden von der ›Sicherung des Friedens‹...

Notizen, Fragen. Die überführte, festgehaltene Wirklichkeit verlor für die Zeit des Schreibens ihre Macht. Ich übte, ohne es zu wissen, eine Überlebenstechnik, die mir bei Armee und im Gefängnis von Nutzen sein sollte: die Zeitverschiebung. Ab in die Vergangenheit war das eine, die versuchte Vorwegnahme der Zukunft das andere. Heimlich, mit Hilfe von Sprache, sollten die Gefahren abgewendet werden. In der Not der Rückgriff auf's Magische. Das Aufschreiben war sehr wichtig und nicht nur ein Ventil. Und doch: Auch ich wurde ins Zimmer des Direktors gerufen. Und der Einberufungsbefehl kam pünktlich, ich war achtzehn. Und Jahre später verhafteten mich drei Herren von der Straße weg.

Und aus dem Gefängnis wurde ich über die Grenze gefahren.

Trotzdem ich fast alles beschwörend vorweggenommen hatte in meinen Notizen (...) Ich gestehe, daß ich der Sprache, dem, was vielleicht Literatur genannt werden könnte, diese Ohnmacht, dieses Versagen vor den Häschern übelnahm. Daß sie mich, trotz meiner Hingabe an sie, zum Opfer werden ließ. Daß sie nicht allmächtig war, daß ich leiden mußte wie andere auch, das wollte ich lange nicht akzeptieren. Diese Kränkung saß tief.« (*Das Erschrecken über die eigene Sprache*, 1983.)

Ich klingelte an der Haustür mit der 13, der Blick seiner Mutter, eine Wand, ganz Ablehnung: Da kommt einer, langhaarig, mit Baskenmütze, Vietnam-Abzeichen an der Jacke, die ausgewaschen ist, und zerrissenen Volleyballschuhen, aus denen die Socken quellen, das paßt alles nicht zusammen, das paßt zusammen, der sieht aus wie der Sohn. Wie der Sohn aussah bis vor ein paar Wochen. Der Sohn macht schon die Tür auf, sagt kein Wort zur Mutter und zieht den Freund schnell in sein Zimmer. Schlägt die Tür zu. Musik. Im Zimmer ist Musik, ich weiß nicht, welche. Links in den hohen Regalen, Reclam-Bändchen, ein Plattenspieler. Homers *Odyssee*, *Ilias*, Hegel, die Vorlesungen über die *Philosophie der Geschichte*, mehrbändig, weinrot, auch Feuerbach und Kant. Rechts, die Holztruhe dunkel, aufgeklebt *Guernica*, auf der Truhe eine Lampe, darüber hellroter Fahnenstoff, sorgfältig, an den Rändern handbreit, versengt, angekohlt, darüber, an der Wand, ein Zettel, Aufschrift: »Sie gruben die Helligkeit dieser Zeit in unsere Augen, die Zweifelnden, wie weit verbrannt ist schon das Licht?« Von wem? Von mir, sagt Jürgen. Die Musik? *Vorspiel zum Nachmittag eines Fauns*, Debussy, später *Frühlingsweihe* von Strawinsky. Das Licht im Zimmer Dämmer, es ist schon November, das Fenster ein wenig geöffnet, draußen rauscht das flinke Bächlein. Jürgen sitzt in einem hohen alten Samtsessel, seine schwarzen Haare jetzt kurz, sein erster Besuch, sein »Urlaub«, jetzt ist er bei der Armee, Grenzbataillon in Plauen, Funker, nicht vorn am Streifen, nur am Draht, Kaserne Schöpsdreh am Stadtrand von Plauen. Jetzt sitzt er im Sessel, liest mir Gedichte vor, seine, die neuen. Aber erst später, wird er aufschreiben, das, was mit ihm geschah, wie er wegging, aus dieser Stadt, denn etwas mußte geschehen sein, bevor einer solche Gedichte schreibt. »Ich gehe die Schulgasse hinauf mit dem Koffer, in dem ist, was vorgeschrieben wurde auf einem Blatt Papier: Socken, Rasierzeug, weiße Kragenbinden, Schuhcreme, Bürsten, Nähzeug, Handtücher, Unterwäsche und die schwarze Reisetasche, der Reiselord.

›Wohin gehst du?‹
›Ich gehe zur Armee.‹
›Ach‹, sagt sie und lächelt.

Ich weiß nicht, wohin ich gehe. Ich habe Geschichten gehört, die endeten immer: Auch das geht vorbei. Aber jetzt sollte es beginnen. Die Schulgasse hinauf mit dem Koffer. Da ist die Altstadtschule, über der Tür, halbrund, in großen Buchstaben: ›I. polytechnische, allgemeinbildende zehnklassige Oberschule‹. Schnell vorbei, den kleinen steilen Berg hinauf, Richtung Marktplatz, Richtung Bahnhof, Richtung Wehrkreiskommando, Richtung Friseur.

Coiffeur steht über der Tür, daneben die Eisdiele, geschlossen, es ist früh 9 Uhr und ein paar Minuten. Zwei Kugeln Vanille, eine Zitrone. Zu früh, kurz nach neun, dort ist die Uhr, kreisrund, Rat des Kreises, Rat der Stadt.«

Ich weiß nicht, ob Orange die Lieblingsfarbe von Jürgen Fuchs war. Ich habe ihn nie gefragt. Grau, damals war alles nur grau. Und grau. Selbst dann noch ist das Gebäude auffallend schön, auch mächtig, wenn Mittag ist und man sich vorstellt, es sei ein friedlicher Palazzo in Italien, sagen wir Verona, bald kommt Mercutio zum Brunnen, Tybalt wird ihn erschlagen, Romeo muß nach Mantua fliehen. Es beginnt. Aber Jürgen geht am Brunnen vorbei, den ich mir träume, zum Friseurladen, zögert nicht, tritt in die Tür. Aber wo? Wo bleibt die Liebe, die gelebte, und die nicht, die andere, die nur von einer Seite vergebene, die vergebliche, auf dieser Welt? Wohin geht sie? Wo bleibt sie? Ich weiß es nicht. Ich weiß nicht, wo. Es bleiben die Brunnen, die Palazzi, die Bibliotheken. Und Jürgen geht am Brunnen vorbei, zögert jetzt nicht, geht durch die Tür, das Tor, liest nicht die Flammenschrift, liest nur *Coiffeur*.

»Dort hinein, den Koffer abstellen, keiner ist vor dir. Du kommst gleich an die Reihe. Eine junge Frau, ein Mädchen:

›Wie möchten Sie es haben?‹

Dann sieht sie in den Spiegel, lächelt, lächelt nicht mehr.

›Zur Armee gehst du…‹

›Ja.‹

›Ach‹, sagt sie.

›Kurz, hinten kurz.‹

›Ja‹, sagt sie, ›ich weiß.‹

›Aber nicht zu sehr. Und an den Seiten, nicht zu sehr.‹

›Nein‹, sagt sie und beginnt zu schneiden.«

Was haben sie ihm getan, was haben sie ihm noch getan, danach? Sie haben ihm die Haare abgeschnitten, zuerst, jetzt sitzt er im Dämmer seines Zimmers, in einem alten Samtsessel, hat zwei Tage Urlaub, draußen rauscht das Bächlein vorm Fenster. »Wer in die Fremde will wandern…« Was haben sie ihm getan? Was gibt es dort? Es muß etwas Schreckliches sein, was ihn so verändert hat, in wenigen Wochen.

»Bei den ersten Gedichten, habe ich Bobrowski noch als Vorlage, du wirst sehen, die Originale kennst du, dann lese ich die anderen«, sagt er.

Plötzlich war es orange.

Als die Sparren, Holzplatten, die grünen und blauen Plastikplanen gefallen waren, abgebaut die schmutzig-silbernen Gerüströhren, die Verschraubungen gelöst, unter dem schwarzschiefernen Dach, war das Gebäude orange. Die Bauleute und Architekten hatten ihm meine Lieblingsfarbe gegeben, dem Verona meiner Kindheit. Und zwei tiefblaue Plakate wurden gehißt wie Fahnen unter dem blassen Himmel dieser nordvogtländischen Stadt, auf denen stand: *Hier entsteht für die Bürger von Reichenbach und Umgebung die Jürgen-Fuchs-Bibliothek.* Ich stand vor den riesigen gläsernen Fensterbögen des mächtigen Gebäudes und begriff zum ersten Mal, nach langen Monaten vollständigster Verwirrung, daß Jürgen tot ist.

Was haben sie dir getan, fragte ich. Er saß in seinem Sessel und sagte: Ich lese dir vor, ich habe nämlich etwas aufgeschrieben in den letzten Wochen:

Sprache (wegen Johannes Bobrowski)

Der pfiff
Lauter als das wort
Mit dem atem der tierwärter
Mit dem geschrei
Über der stille
Die augen
Unter dem fuß
Ihr brechender ruf
Lange im staub
Nicht für ewig
Sprache
Gehetzt
Von pfiffen verfolgt
Im endlosen kampf
Gegen das schweigen der menschen

(Jürgen Fuchs, 1969. Das bisher früheste bekannte Gedicht des Autors.)

(Vortrag am 9. Dezember 2000 zum Internationalen Jürgen-Fuchs-Symposium, Aula der Universität Jena.)

Vielleicht ist es zu spät, die Stimme zu erheben. Der erhobenen Stimme kann beschieden sein, nicht gehört zu werden. Vielleicht ist es die falsche Stimme. Und zur falschen Zeit.

Richtig ist: 15.20 Uhr. Karl-Marx-Stadt. 26.3.1980. Der Schnellzug Eisenach-Dresden fährt auf Bahnsteig 2 ein. Es ist ein Donnerstag. An Donnerstagen führt dieser Zug am Ende einen Postwagen mit vergitterten Fenstern. Milchglasscheiben, hinter denen, wie zu vermuten ist, Briefe und Päckchen sortiert werden. Keiner der ankommenden und abfahrenden Reisenden bemerkt die zwanzig kurzhaarigen, auffällig gut rasierten Männer verschiedenen Alters, die am Ende des Bahnsteigs in Zweierreihen stehen – um sofort nach dem Halten des Zuges nacheinander im Postwagen zu verschwinden.

Dabei könnte dem zerstreuten als auch dem absichtsvollen Beobachter die offensichtliche Zähigkeit der Bewegungen dieser Männer, ein kleines Zögern, ihr zeitlupenhaftes Tempo ins Auge fallen, sollte der Beobachter sich entschlossen haben, mit wenigstens einem Auge sehen zu wollen: Die haben ja gar kein Gepäck; die sind ja aneinander gefesselt, immer zu zweit mit Handschellen; deren Zweierreihe ist kein Zufall gewesen. Und beim näheren Hinsehen, Brillenträger sind eingeschlossen, bemerkte man, daß ihre Bewacher weder rotnasige Feuerwehrleute noch respektable Transport-Polizisten sein können – an ihren Uniformen machen es nur die Schulterstücke deutlich – das sind Gefängniswärter. Und du, Passant, du mit dem Bart, an diesem Donnerstag um 15.20 Uhr, du, dessen Bewegungen »nichts wie ins Wochenende« hießen, hast einen gesehen, der auf der letzten Stufe des Postwagens stehenblieb, sich umdrehte, seinen rechten Arm hob und die Faust ballte, du hast die blaue Uniform »Sie spinnen wohl!« rufen gehört und sahst, wie der Arm in den Wagen gerissen wurde. Du mit dem Bart hast mich gesehen und bist nicht stehengeblieben. Du konntest dir nicht zusammenreimen, daß auch ich einen Bart trug, bevor sie mich auf diesen Weg geschickt hatten. Denn für dich war Wochenende.

»Grotewohl-Express« ist sein alter Spitzname. Der Zug fährt jeden Donnerstag, falls nicht ein Feiertag ist. Er fährt zur richtigen Zeit, in der es falsch ist, seine Stimme zu erheben. Der Gang des Waggons ist sehr schmal, vielleicht einen Meter breit. Zu beiden Seiten gehen Abteile ab, »Abteil«, ein irreführendes Wort für eine winzige Kabine für fünf Mann. Der fünfte bin ich, der höflich sein wollte und jetzt auf dem Fußboden sitzt. Bitte nach dir.

Das undurchsichtige Fenster ist hochgedreht, draußen ist es warm, bei äußerster Anstrengung sieht man durch den Spalt die vorbeifliegenden Schottersteine des Schienenstrangs. Freiberg/Sachsen. Bald schlafen die Beine ein. Dresden/Hauptbahnhof. Hier wird der Waggon abgehängt. Die Schiebetür der Kabine fliegt auf. Zwei Leute aus dem Abteil werden geholt. Einen anderen schiebt man herein. Die geholt werden, gehen nach Bautzen: jeder fünf Jahre. Der Neue in unserem Abteil nur zwei, er kommt mit uns nach Cottbus. Im Abteil gibt es jetzt mehr Platz. Die Tür bleibt noch für einige Minuten offen. Ein Uniformierter mit einem Teekübel verteilt Tassen aus Plastik. Er schiebt auch die gegenüberliegende Tür auf und reicht Tassen ins Abteil. Ich schaue sofort hinüber, über den Gang weg, und sehe neben einem älteren, weißhaarigen Mann einen jungen mit schwarzer Haut und kurzem Kräuselhaar. »Jetzt verhaften die schon die Neger«, sage ich und grinse hinüber ins Abteil. Zwei aus meiner Kabine lachen. Ich schaue nicht mehr hinüber. Plötzlich höre ich eine Stimme, tief und anfangs noch leise: »Du, wir gehörn doch nicht zu denen, die sich uns an uns für dumm verkaufen lassen! Es sind ja nicht des Volkes Tränen, in denen seine Herrn ersaufen!« – Das ist Biermann. Nein, Biermann ist im Westen. Unfreiwillig, aber nicht hier. Das ist sein Lied, aber der singt jetzt nicht. Nicht hier in diesem Waggon. Das ist Armstrong oder Paul Robson. *Old man river. Moon river. My Huckleberry friend.* Das ist die alte Stimme der Baumwollplantagen und Sklavenaufstände. Wie kommt die in den Gefangenentransport zwischen Dresden und Cottbus? Ein Uniformierter brüllt etwas und schiebt die Tür zu.

Das war so, so war es – vielleicht unvorstellbar für alle Sicheren, die in der richtigen Zeit leben und mutig ihre Stimme darüber erheben.

Dann bewegt sich der Waggon, wir meinen zu fliegen. Dann fliegen wir durcheinander: Der Waggon ist an den nächsten Zug angekoppelt. Er ist dabei nicht, wie am Donnerstag vor zwei Wochen, entgleist.

Ich bin jetzt gerade in die Küche hinunter gegangen, habe ein halbes Glas Mineralwasser getrunken und eine Zigarette geraucht. Das Datum des *Göttinger Stadtanzeiger* wies den 21. August 1984 aus. Vor 16 Jahren überfielen 500.000 Soldaten des Warschauer Pakts die Tschechoslowakei.

Ich habe nach dem Aufstehen angefangen, diesen Text zu schreiben, in diesem Bauernhaus, bei Freunden, zwischen Northeim und Göttingen, weil mich die Erinnerung an eine alte Stimme gegen die Unterdrückung angefallen hat, eine andere ist hinzugekommen. An manchen Tagen, denke ich, braucht man nur in die Küche zu gehen und einen Schluck Mineralwasser zu trinken, um unterscheiden zu können, was zu tun ist, lebt man zwischen richtiger und falscher Zeit.

Es ist Mittag, im Dorf findet ein Begräbnis statt. Leute in schwarzen Kleidern und Anzügen kommen am Plan vorbei. Ein Mann und eine Frau, die Frau in langem, hellem Kleid, steigen in einen beigefarbenen Mercedes 300 SL. Der Mann pfeift. Es ist mir gleich, wer gestorben ist und wohin die anderen fahren. Ich nehme nicht teil. Ich warte auf eine alte Stimme und den, der sie singt: die Lieder der Freiheit. Ich warte auf Detlef Amica Rudolf, meinen Freund, den Neger, den Farbigen aus Sachsen und Thüringen. »…we're all after the same rainbow and wait'n round the band my Huckleberry friend and me…«

Amica, der eigentlich Hamica heißt und dessen erster Buchstabe von Behörden in Jena gestrichen wurde, weil dieses »H« u. a. vielleicht Afrika bezeichnet und es nicht üblich ist, in Thüringen einen solchen Namen zu tragen. Amica bereits, wäre mehr als genug.

Da war er gerade vierzehn und nahm seinen blauen Personalausweis aus den Händen eines freundlichen Polizisten entgegen. Geboren am 17. September 1961. Das wenigstens stimmte.

Sein Vater, ein Afrikaner aus Sierra Leone, mehrere Jahre Student in Leipzig und Jena; die Mutter lernte ihn bei einer Solidaritätsveranstaltung Leipziger Kulturschaffender mit ausländischen Studenten kennen. Zuerst Amica, drei Jahre später seine Schwester, deren Name mir unbekannt ist.

Der Vater verließ die DDR, wurde Wirtschaftsminister von Sierra Leone und schickte Dollars nach Jena. Amica sollte Olympiasieger, Offizier der Nationalen Volksarmee oder Schauspieler werden. Ich sah ein Zeitungsfoto, der Negerjunge mit einer Trommel, dem Schalmeienzug der Jenenser Schule voraus. Die Lokalpresse hatte ihre Attraktion, die Mutter ihren Stolz. Wenn Bruder und Schwester sie quälten, hockte sie sich unter den Tisch, auf dem das Bügelbrett lag, und bellte wie ein Hund, bis ihr die Schwester eine Schale mit Wasser hinstellte, die sie austrank, weil sie entschlossen war, wahnsinnig zu werden an ihren Kindern. Sie schrieb Gedichte, die kitschig waren und von denen man traurig wurde. Ich las sie in Westberlin. Jetzt fällt mir ihr Name ein, sie heißt Gerlinde. Aus der Kulturschaffenden und Frau des Wirtschaftsministers wurde die Nachtpförtnerin eines Jenaer Interhotels. Amica wurde nicht Olympiasieger im Ringen, sondern Häftling. »Unser Land kann nicht mit farbigen Sportlern auf internationaler Bühne erscheinen / ein farbiger Offizier in der Uniform unserer Nationalen Volksarmee ist undenkbar.« Einem schwarzen Schauspieler aber ist lediglich eine Rolle beschieden. Die des Verlassenen: Othello.

Amica hatte seine Schuldigkeit getan, die Beziehungen zwischen der Republik und Sierra Leone verschlechterten sich, Amica schlüpfte in die einzige Rolle, die für ihn noch offen war und für ihn würdig: staatsfeindlicher Hetzer, Staatsverbrecher.

Er muß sich auf keinerlei Siegerpodest stellen und braucht nicht erzürnt zu sein über ewig sich gleichende Manöver in ewig gleicher Uniform, Amica wählt die anständigere Rolle mit dem größeren Gewicht eigener Einfälle. Der Neger darf Neger sein nur als Verbrecher, der er nicht ist. Ausgewiesen darüber hinaus durch einen blauen Personalausweis der DDR mit fehlendem »H« und dem Paragraphen 106 für staatsfeindliche Hetze. Der Mohr ist sich keiner Schuld bewußt. Er tötet, was er liebt. Die Spielregeln dazu entwirft Jago.

In der Zeit Shakespeares und der Könige ist es leicht, Verbrecher zu werden: Amica spielt ein paar vom Radio mitgeschnittene Biermannlieder auf einem Klassenfest vor und singt zwei selbstgedichtete Chansons dazu. Er fliegt aus der 11. Klasse und von der Schule. Vom *Rat der Stadt* wird ihm eine Arbeit in einer Kartonagenfabrik angewiesen, einmal, von 7–9 Uhr, faltet er Kartons und verläßt in der Frühstückspause für immer den Betrieb. Lieber schläft er morgens länger, am Nachmittag sitzt er im Café *Orchidee* und schreibt Gedichte, die er schon am Abend öffentlich vorsingt. Zwei Nächte verbringt er noch als Pförtner in irgendeinem Werk, ein paar Flaschen Rotwein tun diesem Job und dem gesunden Nachtschlaf Amicas keinen Abbruch.

Täglich schreibt er, um am Abend spontan zu vertonen. Direkt nach solch einem Auftritt im Jugendclubhaus, niemand hatte ihn auf die Bühne gebeten, wird er verhaftet. Es ist Januar 1979. Er sitzt 11 Monate in Untersuchungshaft, im September feiert er seinen 18. Geburtstag. Im Oktober wird die Republik 30. Er fällt nicht unter die soeben erlassene Amnestie und bekommt 3 Jahre wegen staatsfeindlicher Hetze. Seine Mutter setzt alle Hebel in Bewegung, verweist auf den Vater Amicas in Afrika und das ehemals enge Verhältnis der Republik zu den jungen Nationalstaaten.

Das Wunder geschieht, Amica fällt nachträglich unter Amnestie, wird auf Bewährung freigelassen. Es ist Dezember.

Jetzt wird der Mohr jeder Beleidigung antworten und allen Ansprüchen gerecht werden: Er taucht kurz zu Hause auf, seine Mutter ist zur Arbeit gegangen, er zieht seinen Ledermantel an und steckt eine Stange Zigaretten ein. Amica saß 11 Monate im Gefängnis, elf lange Tage wird er nun zwischen Jena und Gera präsent sein. Er schreibt, singt, säuft, schläft mit unzähligen Mädchen, klaut kistenweise Rotwein, einmal fällt auch ein Schmuckstück aus Gold in seine Hände – er versetzt es. Wenn er verfolgt wird, entkommt er über die Dächer der Stadt. An einem der letzten Tage verkauft er seinen Ledermantel im Café *Orchidee* für achthundert Mark und fährt nach Gera. Im Schnellbus lädt er einen Freund ein, mit nach München zu kommen, zum Knödelessen. Er ruft es durch den Bus, keiner der Fahrgäste hat Lust dazu.

Etwa 24 Stunden später, er sitzt mit einer Traube von Freunden im Theater-Café von Gera, wird er vom Tisch weg verhaftet: versuchte Republikflucht.

Die Protokolle zur Anklage unterzeichnen zwei Mädchen, die er kurz vorher kennengelernt hatte. Die zur Bewährung ausgesetzte Strafe wird angerechnet und aufgeschlagen.

Nicht zur Anklage gelangt ein Besuch bei dem in der Nähe von Jena lebenden Schriftsteller Harry Thürk, dessen Anti-Solschenizyn-Roman *Der Gaukler* sich in allen Volksbuchhandlungen stapelt; Amica hatte ihn in diesen Tagen besucht und danach die Fensterscheiben seines Landhauses mit Steinen eingeworfen.

Eine Woche nach Ostern, am 26.4.80 sitzt er mit mir im gleichen Zug. *Black and White unite!* Wir fahren Richtung Cottbus. Ins Zuchthaus.

»Jetzt verhaften die schon die Neger.«

»Es sind ja nicht des Volkes Tränen, in denen seine Herrn ersaufen.«

(geschrieben am 21. August 1984 zu Nörten-Hardenberg)

MY HUCKLEBERRY FRIEND II

Ach, Amica. Warum hast du gesungen. Warst du nicht mein old man river, my Huckleberry friend? Für uns alle, uns Achtzehn, aus der Zelle 231 Cottbus. Wir Gespenster. Wir Verdammten. Achtzehn Männer und die vielen Gefängnisjahre, die ihre verschiedenen Gewichte auf unsere Herzen legten.

Wir standen am Abend in der Zelle, und nicht in goldenen Schuhn, wir standen barfuß in langen weißen Nachthemden, im Licht des Knastmondes, dem peitschenden Licht der Neonlampe, die wie ein Irrlicht, eine giftige Frucht, vor dem Gitter des Fensters unserer Zelle 231 schwankte.

Und du sangst, leise und schwarz. »Ach Mutter, mach das Fenster zu, ich glaub', es kommt ein Regen... da kommen tausend Ratten, die hungrigen sind vorneweg, dahinter sind die satten... uns droht so große Not, vom Himmel auf die Erden falln' sich die Engel tot...« Dann habe ich sie alle angeschaut, die Männer, die Gespenster, und Toni gesehen mit seinem schon weißen Haar, der, während du sangst, von seinem Tabak für uns Zigaretten drehte, Toni, der Bergbauingenieur. *Schwarzer Krauser,* eingelegt in nasses Toilettenpapier, damit er feucht blieb, drehte er, geraucht zu deinen schwarzen Liedern, Amica, gesungen, daß wir es wußten, nicht sterben zu müssen, mit deiner Stimme, Amica, dem schwarzen Engel, herabgefahren in einem weißen Nachthemd, auf einem Strahl im schmerzenden Licht des Knastmondes, hinuntergestiegen zu den Verdammten dieses Landes, den Gespenstern, um ihnen zu singen, daß sie frei sein würden, daß es, ist man gefangen, viele Wege zum Licht gibt.

Abends, nachdem der Wärter mit dem Schlüsselbund gegen die Zellentür geschlagen und »Nachtruhe« gerufen hatte, was bedeutete, daß wieder eine Nacht ohne Ruhe kommen würde, denn kein unschuldig Gefangener kann in der Gefängnisnacht schlafen, warteten wir alle auf dich. Dann kam dein Auftritt. Dann zitterten auf dem Plastiktisch die winzig-warmen Lichter selbstgebastelter Kerzen. Leinen in Petroleum. Gedrehte Putzwolle in Lauffett. Hanfseil in leichtem Maschinenöl. Ihre Lichtzungen leckten über die Gesichter von achtzehn Männern. Ist man gefangen, gibt es viele Wege zum Licht, und old man river muß ein dunkler schwerer Fluß sein, tief wie meine Freundschaft zu ihnen, den Verdammten.

Manchmal werde ich heute zu Abituriententreffen, Facharbeiterwiedersehensfeiern oder Treffen ehemaliger Studenten zwischen Vogtland, Leipzig, Westberlin und Göttingen eingeladen. Deshalb, wenn das zu entschuldigen ist, kann ich nicht kommen, wegen dieser achtzehn Männer, meinen Gespenstern, der Verdammten wegen, wenn ihr versteht.

Aber ach, Amica, warum hast du gesungen?

Als ich am 26. April 1982 nachmittags von einem Seminar im Museum Dahlem, Niederländische und Flämische Landschaftsmalerei des 17. und 18. Jahrhunderts, in unsere Tempelhofer Wohnung zurückkam, waren M. und unsere beiden Töchter nicht zu Hause. Auf dem Küchentisch lag kein Zettel wie sonst: »Sind auf dem Spielplatz, komm doch nach« oder »Bin bei Lilo und Jürgen« oder »Sind Einkaufen bei Bolle«. Es war seltsam.

Ich wärmte mir etwas Essen auf, machte mir einen Tee, rauchte hintereinander zwei Zigaretten, als ich plötzlich im Wohnzimmerfenster meine Tochter Anne auf den Schultern eines Negers vorbeischweben sah. Dann klopfte M. ans Fenster, die kleine Tochter auf dem Arm, und zeigte auf den Neger. Dann verstand ich: Sie hatten Amica abgeholt. Vom Flughafen Tegel. Dann war Amica aus dem Gefängnis entlassen, frei, hier bei uns in Tempelhof.

Achtzehn Männer waren wir in Cottbus, achtzehn Monate nach mir hatten sie ihn entlassen. Ich war im Herbst mit dem ersten Schnee gekommen, Amica kam im Frühling mit den ersten Blumen. Wir waren alle voll Hoffnung. Jetzt würden wir neue Gedichte schreiben und unsere alten veröffentlichen, die wir in Cottbus vor Schließern und Stasi in den Spülkästen der Toilette, Kopfkissen, Schrankritzen, unter den Dielen und schließlich – klug geworden – auswendig lernten und in unseren Köpfen selbst versteckt hatten. Amica lebte zwei Monate bei uns, M. trat persönlich im Sozialamt Tempelhof für seine Rechte ein – natürlich bewilligten sie dort einem deutschen Neger, der aus dem Gefängnis im Osten kam, viel weniger als jedem weißen Häftling…

Amica schrieb auf meiner Schreibmaschine seine Gedichte ab, stellte ein Manuskript zusammen (ich kopierte es dreimal, zwei Exemplare verlor er im Laufe des Jahres, das letzte verbrannte eine Freundin Amicas ohne Absicht in einem Kreuzberger Kachelofen; ich bin wohl einer der wenigen, die die Gedichte wirklich kannten und schätzte sie sehr, sie sind seit Jahren verloren).

Er besuchte Lesungen von Stephan Hermlin, der plötzlich überall in Westberlin auftauchte, fragte Hermlin öffentlich und über Mikrofon in einer Veranstaltung der TU Berlin, was er denn hier wolle, wer ihn eingeladen und ob er Johannes Bobrowski für einen gewöhnlichen Trunkenbold gehalten habe. Amica gab ein Interview für die *Morgenpost*, Schlagzeile: *Ich möchte die Länder der Dritten Welt vor dieser Art von Sozialismus warnen*, hätte er nie geäußert, sagte er mir. Er verweigerte die Annahme des Honorars, wurde aber augenblicklich vom Sozialamt Tempelhof, wo sein Interview irgendwie in seine Personalakte geraten war, wie ein Mensch bezahlt und behandelt.

Ich nahm Amica mit zur Freien Universität, zu meinen Alten Meistern nach Dahlem, wo es ihm überhaupt nicht gefiel, und wir tranken uns nächtelang quer durch Westberlin, was ihm sehr gut gefiel. Im Juni 1982 zog er zu einer Freundin nach Kreuzberg. Im Oktober wurde ich zum ersten Mal zu einem Schriftsteller-Treffen mit einer Lesung vor 500 Menschen nach Marburg eingeladen. Es war ein Treffen aller aus der DDR ausgebürgerten, geflohenen, ausgereisten Schriftsteller und fand in den Medien große Beachtung. Auch ich trat also zum ersten Mal in größerem Rahmen öffentlich auf und wurde publizistisch mit einigen Lorbeeren bedacht. Auch Stephan Hermlin gehörte zu den Eingeladenen, die am Dialog teilnehmen sollten, er kam nicht, er »wolle sich nicht mit Verbrechern an einen Tisch setzen«. Später relativierte er und schrieb, er habe mit seiner Formulierung nicht die jüngeren Teilnehmer gemeint. Amica wollte unbedingt zu diesem Treffen fahren, hatte jedoch seinen Ausweis verloren, konnte die Transit-Strecke nicht benutzen, mußte in Berlin bleiben, während ich mich in Marburg aufhielt – auch M. und die Kinder waren mitgekommen –, klaute er aus unserer Wohnung die Stereo-Anlage und Schreibmaschine und versetzte sie in einem Leihhaus. Es erschien mir damals beinahe wie eine Rache.

Im November fuhr ich nach Polen, das unter dem Kriegsrecht des Generals Jaruzelski stand, ich, ein Student der Kunstgeschichte, war gekommen, um in Warschau, Wrocław und Krakau nach internierten

Schriftstellerkollegen zu fragen, Namen und Texte herauszubekommen (aus dem Schweigen und aus dem Land). Und zwar im eigenen Auftrag, nachdem ich gehört hatte, im Radiosender *Stimme der DDR*, die Gewerkschaft *Solidarität* sei so etwas wie die SA Hitlers. Ich wußte, welchen Leuten solche Lügen nutzten und warum sie sie verbreiteten. Nichts also von Agent im fremden Land mit Geheimauftrag und einem Packen Geldscheinen. Ich wollte den Lügen widersprechen, die ein deutsches Land über Polen verbreitete, war unterwegs in eigenem Auftrag, wie gesagt, und mit dem Geld, das ich für meine 14 Monate im Gefängnis als Haftentschädigung bekommen – und gespart – hatte: 936 DM. Daß diese Summe für jemand, der in der DDR das Maul gehalten hatte und nicht ins Gefängnis mußte, gerade mal ein reichlicher Monatsverdienst war, beweist nur die Stellung eines Schriftstellers, der, der Wahrheit verpflichtet, in diesem Land lebt: schön blöd. Erst ins Gefängnis, Verdienstausfall, kein Auto, kein Eigenheim, dann sein Geld für die Polacken rausschmeißen: schön blöd.

Während die Jungen Pioniere in der DDR begannen, Päckchen zu packen, nachdem in Polen der Kriegszustand ausgerufen wurde, durch ihre Lehrer und Lehrerinnen darauf hingewiesen, in den Briefen keinesfalls das Wort »Solidarität« zu benutzen, weil es die Polen nicht mögen, während der Vater von M. am Telefon den Satz äußerte, Lech Wałęsa würde immer fetter, während das ganze Land hungere (Wałęsa saß noch bis Ende November 1982 in einem der Lager), besuchte ich in Warschau Richard Krynicki, in Krakau Adam Zagajewski und Julian Kornhauser und sprach in Wrocław mit Leuten um die Literaturzeitschrift *odra*, in Krakau mit Redakteuren der Zeitung *Tygodnik Powszechny*, die die Zensur in ihrem Blatt durch leere, weiße Seiten und Kästen sichtbar machte.

Tomasz Jastrun, Sohn des berühmten polnischen Schriftstellers und selbst Lyriker, war noch immer interniert. Ich las nach meiner Rückkehr aus Polen im Rias seine Gedichte. Auf deutsch, mit meiner Stimme, las an gegen die aus Lügen, gutbezahlte, die sich *Stimme der DDR* nannte. Wenn wieder ein Sender Gleiwitz als überfallen gemeldet worden wäre, wollte ich meine Arbeit getan haben. Ich habe einen polnischen Nachnamen und wußte, daß auch die Lehrerinnen und Redakteure in der DDR ihre Arbeit tun würden. Ich verzeihe ihnen nicht.

Es sind noch dieselben und immer wieder die gleichen.

In diesen Wochen hatte ich Amica völlig aus den Augen verloren, er selbst meldete sich bei mir nicht. Kurz vor Weihnachten traf ich ihn im Schöneberger *Café Nollendorf*, er trug einen neuen, hellen Staubmantel und sagte mir, er sei auf dem Weg nach Prag. Ich erzählte ihm stundenlang von meinen Aufenthalten in Marburg und Polen, alles, was ich erlebt hatte, über seinen Diebstahl in meiner Wohnung sprachen wir nicht. Wir verabschiedeten uns und wünschten einander ein schönes Weihnachten.

Das nächste Mal sah ich Amica am Heiligen Abend 1985, drei Jahre danach, was war geschehen? Warum hast du gesungen; und nicht old man river?

»Am 27.12.1982 drang er nach einem dreitägigen Aufenthalt in Prag im Raum Decin illegal in das Staatsgebiet der DDR ein. Welche Angaben liegen über Einreisen und Aufenthalte des Beschuldigten im Zeitraum von April bis Dezember 1982 in Prag und anderen Orten der CSSR, dabei zu Bürgern der CSSR und der DDR unterhaltene Verbindungen, von Hotels aus geführte Telefongespräche nach der DDR, der BRD und nach Westberlin und über feindliche Aktivitäten auf dem Territorium der CSSR vor und welche offiziellen Bestätigungen können darüber für eine Beweisführung vor Gericht erstellt werden?« (aus einem Hilfsersuchen des Ministeriums für Staatssicherheit der DDR an den tschechischen Geheimdienst vom 10. Februar 1983)

Das erzählte Amica mir später, nach Weihnachten 1985, nach drei Jahren: Von Prag aus war er mit dem Zug bis an die Grenze ČSSR/DDR gefahren, auf tschechischem Gebiet ausgestiegen, durch einen Wald gelaufen, eine kleine Straße entlang, bis er nach vielen Stunden ein Städtchen mit einem Bahnhof fand. Dort tauschte er in der *Mitropa* Kronen gegen DDR-Mark, kaufte sich eine Fahrkarte nach Jena, besuchte kurz seine Mutter, tauschte D-Mark und fuhr weiter nach Ostberlin, fand da Freunde und lebte einen Monat bei ihnen.

Offensichtlich wurde er schon von einem früheren Zeitpunkt an überwacht, vielleicht schon seit Jena. Sie wollten wissen, was er machen würde, warum er gekommen war. Anfang Februar nahmen sie ihn fest.

Zehn Jahre später habe ich meine Akten gesehen, davon allein über 600 Seiten Abschriften von Tonbändern, die Amica besprochen hatte. Er hat von Anfang an gesungen. Ich fand dort meine Polenreise wieder, mit einigen Unschärfen, das Marburger Schriftstellertreffen vom Oktober 1982 mit einer Erweiterung: Amica sei dort selbst anwesend gewesen und hätte seine Gedichte gelesen.

Er gab sich bei den Verhören als Regisseur eines *Theaters im Blauen Turm* aus, Spielort Fidicinstraße, wo es zwar einen Turm gibt, aus rotem Backstein, aber kein Theater.

Er beschrieb meine Wohnung genau, gab jedoch eine völlig falsche Lage an, fertigte einen Grundriß der Wohnung von Jürgen Fuchs, beschrieb haarklein dessen Regale, Standort und Inhalt, gab Auskünfte über vermutliche Geldquellen von Siegmar Faust und Siegfried Heinrichs, erzählte, was gern gehört wurde, zum Beispiel die Namen »CIA« oder »Agent«, verwickelte Marianne Herzog und Bernd Jentzsch mit in seine Phantasien. Seine Mutter behauptete, um Amica zu schützen, ich hätte sie in der ČSSR um Fotos von sich gebeten, um sie aus der DDR auszuschleusen, die Firma in Westberlin sei schon bezahlt. Amica spielte Katz und Maus mit dem MfS, aber auch mit uns, seinen Freunden. Wir wußten nicht, daß er sang, daß er weiter sang, Opfer und Täter zugleich. Ich habe keine Erklärung für sein Verhalten, ahnte nicht, daß er in allen Beziehungen »tabula rasa« machte, aber ich sehe die Fotos aus seinen Kindertagen vor mir, eigentlich das verachtete Negerkind, mißbraucht für irgendwelche »Solidaritäts«-Umzüge, die große Trommel vor den Bauch geschnallt, unglücklich, verzweifelt bis in die Mundwinkel hinein. Mißbraucht so oft, aber niemals wirklich gebraucht, und in Liebe. Da schlägt auch Othello um sich, zuerst gegen die, die ihn lieben, vielleicht kam auch ich zu spät, er hat mir in Westberlin oft gesagt, ich sei sein erster Freund, den er im Leben hat, da war Amica zwanzig Jahre und unsere Gefängnisjahre, old man river, vorbei. Nach anderthalb Jahren (!) Verhör ändert Amica seine Taktik. Er gibt plötzlich an, von der Roten Armee Fraktion (RAF) mit geheimem Auftrag in die DDR geschickt worden zu sein, um Kontakte für sie zum MfS herzustellen. Wieder verwickelt er die Schriftstellerin Marianne Herzog in seine Erfindungen. Die neue Tour sorgt einen Augenblick lang, wie ich den Akten entnahm, für Verwirrung beim MfS, aber schließlich glauben sie ihm nicht mehr. Er wird verurteilt und in das Gefängnis Rummelsburg eingeliefert. Wir sind in Westberlin auf dem laufenden, die Ständige Vertretung hat uns informiert. Jürgen Fuchs schickt Amica eine Stange Zigaretten in den Knast, obwohl sie kaum miteinander bekannt sind, mir selbst wird eine Schreiberlaubnis nach Rummelsburg versprochen, was nicht gehalten wird.

Es war kein Spiel, keines mit Katz und Maus, ich kann Amica nicht völlig verurteilen und ihn nicht mehr in Schutz nehmen, vielleicht wirklich Opfer und Täter zugleich. Andere haben über Jahre den Mund gehalten, über seine Freunde spricht man mit denen nicht. Amica hat ihnen eine Menge Details geliefert, falsche und viele richtige, exakte Informationen auch aus unserer Privatsphäre. Es war kein Spiel. Ostern 1983 sollte ich aufgrund der Aussagen von ihm und seiner Mutter von Tempelhof nach Ostberlin gelockt und dort verhaftet werden. Ein Major des MfS zwingt einen Bekannten Amicas, bei mir anzurufen und mich im Namen Amicas in den Prenzlauer Berg einzuladen, er wüßte, daß ich in die DDR wieder einreisen könne. Dieser Bekannte, der Anrufer, wurde vorher mit Gefängnis bedroht. (Diese Informationen erhielt ich 1984 vom Staatsschutz in Westberlin, der Bekannte Amicas war in den Westen gelangt und hatte sich selbst gestellt.) Wahrscheinlich wäre ich für Jahre wieder hinter Gittern verschwunden. Es war kein Spiel.

Einen Monat später, am 6.5.1983 wird ein erneuter Haftbefehl gegen Jürgen Fuchs erlassen. Mielke zeichnet ihn ab, Markus Wolf ist mit im Spiel, das keines ist. Grundlage sind wiederum die Aussagen Amicas, erfundene Kontakte zum CIA, Spionage, Agententätigkeit. Sie bekommen erzählt, was sie besser nicht ausdenken können. Jürgen

Fuchs findet später in den Akten des MfS den Schulweg seiner Tochter aufgezeichnet, an Siegfried Heinrichs wird ein IM »Renaldo« »angeschleust«, das Haus, in dem ich u.a. mit Christian Kunert (Renft-Combo) und Michael Sallmann (Journalist und Liedermacher) wohne (die Wohnung hatte ich von Gerulf Pannach übernommen), wird fotografiert, überwacht, ab 1987 geistert Sascha Anderson durch die Szene, 1988 geht eine Autobombe vor der Wohnung von Jürgen Fuchs hoch, verfehlt seine Tochter Lili und seinen Vater nur um Sekunden, sie befanden sich auf dem »Schulweg«. Es ist kein Spiel, nicht mit Katz und Maus, Jago und Othello, nicht mehr old man river und Huckleberry friend. Es ist tödlicher Ernst daraus geworden.

Als Amica Weihnachten 1985 aus dem Knast kommt, weiß ich von seinem Verrat nichts, wir sind weiterhin befreundet, er lebt mit einer Prostituierten zusammen, verkehrt in Kreisen um Heiner Müller, der nun überall in Westberlin unterwegs ist, um im Osten zu verkünden, der Westen sei Scheiße. Amica verliebt sich in eine Freifrau von... aus der literarischen High Society. Einmal gibt er mir einen Zettel mit Zeilen von Heiner Müller, in denen Müller offenbar angetrunken sein Verhältnis zu Stalin zu klären versuchte (1989!). Daß Müller einige Jahre vorher mit dem MfS um den Kopf des Schriftstellers Dieter Schulze pokerte, steht nicht auf dem Zettel. Ich gebe ihn Amica zurück, angeekelt von Jämmerlichkeit.

Amica und ich wohnen jetzt ganz in der Nachbarschaft, sehen uns oft. Wir finden es witzig, die Nutten des Kreuzberger Club Karibik, in dem Amicas Gefährtin arbeitet, mit Lektüre zu versorgen (in der »schlechten« Zeit, nachts zwischen drei und sechs lesen sie dort einander gute Literatur vor); ich empfehle mich selbst (!) und Bücher meiner Freunde, Axel Reitel, Siegfried Heinrichs, Ralf Rothmann, nach der »Wende« Michael G. Fritz aus Dresden – wir freuen uns alle, jetzt eine feste Lesergemeinde gefunden zu haben. Wir spielen und sind (gespielt) stolz. Aber man spielt nicht ohne Einsatz. Im Herbst 1991 hat es Amica plötzlich sehr eilig. Ab Januar, wie jeder weiß, werden die Akten geöffnet. Er verlegt seinen Wohnsitz, zieht mit unbekannter Anschrift in den Prenzlauer Berg, wo die großen und kleinen

Nutten in der Literaturszene der letzten Jahrzehnte gut leben. Von Amica habe ich, wie schon einmal, seit Jahren nichts gehört.

Er hat, nach seiner zweiten Haftentlassung im Dezember 1985, keine Gedichte mehr geschrieben.

21.6.1994

Zwei erhalten gebliebene Gedichte von Detlef Amica Rudolf, die er im Gefängnis schrieb:

nachtmahlen in aphasischen wüsten

messer und gabel
mädchen im schnabel
männer im glas
mit der die und das

landschaftsspiel

letztlich
verliert sich
der landstrich
ich mein auch aus nebensätzen
in den ebenen einer Sprache
das sind die mühen der fabeln
die kommen und gehen nicht mehr

ICH WILL ROGER LOEWIG NICHT VERGESSEN

Dem Maler und Schriftsteller Roger Loewig bin ich nur dreimal begegnet. Zum ersten Mal am 5. Oktober 1982, einem Samstag, in Marburg, im Foyer der Stadthalle, vormittags um elf. Diesen Zeitpunkt so genau festzulegen, gelingt mir, nicht weil ich etwa im Besitz eines fotografischen Gedächtnisses wäre, sondern der Anlaß zu dieser präzisen Festlegung ist ein banaler: drei Jahre vorher, an einem fünften Oktober, etwa um die gleiche Uhrzeit, wurde ich wegen meiner Gedichte im vogtländischen Reichenbach verhaftet. Drei Jahre später lebte ich in Westberlin und durfte in Marburg teilnehmen an einem mehrtägigen Treffen aller aus der DDR ausgebürgerten Schriftsteller.

Um elf Uhr wurde mit einer Ausstellung der Arbeiten von Roger Loewig auch dieses Treffen eröffnet. Seine Frau sprach einige einführende Worte, später kam ich zu stehen, noch immer im Foyer der Stadthalle, in einer Runde von Autoren, unter ihnen Wolf Biermann, Jürgen Fuchs, Siegfried Heinrichs, dieser, der offenbar durch seinen ehemaligen Haftgefährten und Zellenmitinsassen Sieghard Pohl auch gut mit Roger Loewig bekannt war, stellte mich ihm vor. Und Roger Loewig hatte mich, was mich überraschte, zumindest literarisch schon wahrgenommen, denn soeben war unter der Herausgeberschaft von Siegfried Heinrichs ein Sonderheft der Zeitschrift *europäische ideen* unter dem Titel *Dissidenten?* erschienen, in der auch ich einen Beitrag hatte, meine erste Veröffentlichung im Westen überhaupt, eine Erzählung, *Väter und Söhne*, der Titel nicht nur zufällig mit Arbeiten von Hemingway und Turgenjew korrespondierend, in der ein Vater, dessen Sohn politisch verfolgt wird, einsteht für diesen Sohn, am Ende mit seiner Inhaftierung. Das Verhältnis zwischen den Generationen unter den Bedingungen von Diktatur, das war also angesprochen. Und es muß Roger Loewig zumindest interessiert haben, wenn nicht sogar selbst beschäftigt. Er erinnerte sich in dem Gespräch mit mir auffällig aller Details und fragte beständig bei mir nach, bis wir in den Saal mußten, auf die Bühne zum Podiumsgespräch.

Aber auch ich war nicht ganz unvorbereitet auf den Maler und Autor Roger Loewig gewesen bei dieser ersten Begegnung. Wiederum durch Siegfried Heinrichs hatte ich vorher in Berlin schon einige Bilder von ihm gesehen und vor allem auch seinen Gedichtband *Ewig rauchende Kältezeit* gelesen. Von den Gedichten, die vielen als dunkel, mystisch und vielleicht als zu »einfarbig« galten, war ich – gelinde gesagt – durchweg begeistert. Daß es eine solche Stimme in der Lyrik in Deutschland gibt, die darüber hinaus auch noch *das* Thema, wie ich es sah, *dieser* Zeit anschlug; das geteilte Deutschland vor dem Hintergrund der beiden deutschen Diktaturen (was ja keineswegs eine Tautologie bildet), das hatte ich nicht vermutet.

Ich war seit langem mit Jürgen Fuchs befreundet, seit Jahren mit Reiner Kunze und Wolf Biermann, später mit Bernd Jentzsch, aber das jemand in Deutschland in dieser Konsequenz den Ton der mir liebsten Lyrik deutscher Sprache aufnimmt und dazu noch die Verheerungen des Menschen in seiner Zeit wie bei Gryphius sein Thema ist, daß es solch eine Stimme gibt, hatte ich nicht gewußt. Es war der Ton seit Trakl, Bobrowski, Huchel, der mir da entgegenschlug, und dem, was ich selbst machen wollte und angefangen hatte zu schreiben, *entgegenkam*. – Paul Celan, *Todesfuge*, Wilhelm Müller *Die Winterreise*. Was spricht da? Sie kommen (für mich) aus *einem* Schmerz.

Roger Loewig, *Fragen eines Toten*, dort ist, was ich meine, beides: »Wo warst du?/Wo?/Ich habe bis zum letzten Augenblick/auf dich gewartet. Ich rechnete mit deinem Kommen,/ich hoffte so sehr auf deine Liebe,/ich habe bis zum letzten Augenblick auf dich gewartet.//« – Das ist ein Liebesgedicht, ja, aber von jemand, der vor einem Erschießungskommando steht und es flüstert, haucht, weil es nur eine Adresse gibt, der weiß, *wovon* er spricht und den *Preis schon bezahlt hat*; diesen Ton meine ich, dies beides, der von der *Todesfuge* her kommt *und* von der *Schönen Müllerin*. Das ist gelungen, das genaue Gegenstück zu den literarischen Ergießungen belletristischen Schunds meiner Täter-Kinder-Generation, sagen wir zum Beispiel in Sachsen, wo jeder mit jedem im KZ gewesen sein will oder in der DDR verfolgt, die sich aber gerade als typische Diktatur-Menschen-Generation durch völlige Mitleidlosigkeit, auch gegen sich selbst, auszeichnet und letztendlich nur überspielen will, daß sie mitgespielt haben »im falschen«, in dem »[es] kein richtiges Leben [gibt]«, wie Adorno sagt.

In den kommenden Jahren lernte ich, immer wieder durch Vermittlung von Siegfried Heinrichs, eine Vielzahl der Arbeiten von Roger Loewig kennen, traf ihn einmal Mitte der 80er Jahre um die Weihnachtszeit im Haus am Checkpoint Charlie, bei einer Bilder-Auktion (verschiedener Maler) und besuchte ihn etwa zur gleichen Zeit in seinem Atelier am Wilhelmsruher Damm, um Material für den Oberbaumverlag abzuholen. Wir sprachen nur kurz, ich verhandelte mit seiner Frau, sah aber auch einige Zeit von den Höhen dieses Ateliers im 14. Stockwerk; ich erlaube mir zu sagen, sah kurze Zeit mit seinen Augen: sein Thema, von oben, die geteilte Landschaft der Mark Brandenburg, das geteilte, sein Land, unsere Wunde.

Schaue ich heute auf den Maler und Dichter und Prosa-Autor Roger Loewig, will mir vor allem und zuerst das Singuläre, diese einsame Stimme hervorscheinen, etwas, das ich, vielleicht nicht sehr glücklich mit einem Satz von Hemingway ausdrücken könnte, ohne den möglichen anderen Sinn, den Macho-Wert dieses Wortes mitzudenken, er sagt, ein Mann kann besiegt werden, aber er muß wieder aufstehen. Roger Loewig hat das getan und in scheinbar aussichtsloser Lage, vernichtend hoffnungslosen Umständen. Und einsam, wie die nach innen gerichteten Schreie der Gestalten seiner Menschen-Erde-Landschaften, ohne Hoffnung, aber der Rufer, der Mahner, ist schon wieder auferstanden, der Singuläre, in seiner Sprach-, Augen- und Bildwahl, – und von den Verheerungen sprechend, die über sein Land gekommen sind, steht Roger Loewig für mich in der inneren Landschaft der Kunst, in *seiner* Größe, wie Goya, wie Gryphius, und allein.

13./17.7.2003

DIE ZWÖLF STÜHLE DES SIEGFRIED HEINRICHS

Siegfried Heinrichs. Diesem Namen begegnete ich zum ersten Mal, als ich an der Kasse der Buchhandlung *Kiepert* am Ernst-Reuter-Platz in Berlin stand. Der Name stand auf einem schmalen Bändchen mit Gedichten, 1978 im Oberbaumverlag erschienen, der Titel *Mein schmerzliches Land*, mit einem Vorwort von Jürgen Fuchs.

Ich las: »Diese Gedichte benötigen keine Vor- und Nachworte. Auf das Urteil der Zeitungsschreiber, ob hier Kunst, Dokument oder gar nichts vorliegt, kann verzichtet werden. Diese Zeilen leben, weil das, was sie sagen, gelebt wurde. Und nicht nur von dem, der sie aufschrieb. Sicher, andere leben anders. Das kann ein Grund sein, warum dieses Buch weggelegt, verrissen oder verdrängt wird. Daß sich Staatsanwälte für solche Gedichte interessieren, kann als Erfolg verbucht werden. Daß Leser dieses Schlages nicht mit Betroffenheit und dem Niederlegen ihrer Ämter reagieren, sondern den Autor ins Zuchthaus stecken, überrascht nicht und bleibt ein Verbrechen. Gewiß, diese Gedichte sind unnütz, gefährlich, gemessen am Ziel, am Auftrag, an der Linie, am Befehl, und sind vielleicht ein willkommener Nachtisch für die, die genüßlich alle Gemeinheiten verwerten, die anderswo begangen wurden. Bleibt die Frage, welches ›schmerzliche Land‹ gemeint ist. Aus einem wurde der Autor entfernt, und wer jetzt Deutschland sagt, muß wissen, worauf er sich einläßt: Denn in diesen Gedichten steht, was das heißt, mit jemand deutsch reden, der sich nicht beugen will.«

»Woll'n Se det nu koofn oder nich, junger Mann, oder woll'n Se weiter Schlangebilden hier an die Kasse!?« – Die Worte der Verkäuferin, deutliches Deutsch, ließen mich aufschrecken, ich drehte mich um, sah drei vier Menschen hinter mir warten und legte das Buch wieder auf den Stapel zurück. In Siegfried Heinrichs *Mein schmerzliches Land* hatte ich kein einziges Gedicht gelesen. In der nächsten Zeit vergaß ich, mir dieses Buch selbst zu besorgen, aber schon nicht mehr den Titel und den Namen seines Verfassers. Es war der schneereiche Dezember 1981, am 13. des Monats war in Polen der Kriegszustand unter dem General Jaruzelski ausgerufen worden. Ich hatte jetzt andere Probleme, ich hatte in Polen Bekannte, ich mußte Päckchen schicken, ich traf Freunde, polnische Emigranten, in Schöneberg im Solidarność-Büro Westberlin. Wir gründeten die literarische polnische Monatszeitschrift *Archipelag*, jeder gab 100 Mark für den Anfang, ich war der einzige deutsche Redakteur und schrieb abends in den Räumen der Tageszeitung *taz* die deutschen Texte in den Computer, Zusammenfassungen, die programmatisch einen Teil der Zeitschrift *Archipelag* ausmachten, in der Hoffnung, der trügerischen, es würde sich für sie auch eine deutsche Leserschaft finden. Für die Probleme der Polen aber fanden sich 1981 kaum deutsche Leser, ganz im Gegensatz zu dem deutschen Interessenten Erich Honecker, der persönlich vorschlug, in Polen wieder einmal »brüderliche Hilfe« zu leisten.

Aber man kam in Westberlin, zum Glück, möchte ich sagen, nicht so leicht aneinander vorbei. Eines Tages also rief mich Jürgen Fuchs an und fragte, ob ich mich nicht an einer literarischen Nummer der Zeitschrift *europäische ideen* beteiligen möchte, der Herausgeber dieses speziellen Heftes würde Siegfried Heinrichs sein. »Na klar«, sagte ich, »das ist doch der mit seinem *schmerzlichen Land*, der mit dem Vorwort von dir.«

Er gab mir Adresse und Telefonnummer von Siegfried Heinrichs, und ich, noch bevor ich etwas einschickte, lieh mir noch am gleichen Abend von Jürgen Fuchs das Buch, das ich bei Kiepert gesehen hatte. »Wenn schon«, sagte Jürgen, »mußt du alles lesen, was es von ihm gibt.« Er legte mir noch zwei weitere Bände hin, *Die Erde braucht Zärtlichkeit* und *Hofgeismarer Elegien*. Und noch bevor ich sagen konnte: »Die sind mir einfach zu groß, solche Bücher«, hatte er sie für mich schon in eine Plastiktüte gesteckt. Also las ich:

Wenn du durch mein Land fährst

Wenn du durch mein land
fährst,
mein schmerzliches land,

von dem ich dir sprach,
dann wirst du blumen sehen,
lachende kinder,
greise, alternd unter den resten
der herbstsonne,
menschen, freundlich dich grüßend,
gewiß,
nur eines vermisse ich:
deine frage nach dem ort
der zuchthäuser für
dichter, deren verse den zweifel
lehrten an der vollkommenheit
dieses bildes.
Wenn du durch mein land
fährst,
mein schmerzliches land,
dann grüß es von mir,
grüß die menschen, die kinder,
die zuchthäuser, die schweigenden
dichter.

Und ich las weiter:

Wie kann man nur Dichtung machen

Wie kann man nur Dichtung machen...
da zerrosten die Städte, das Eisen
der Brücken, der Regen
zersetzt den Stein,
den Tag...
wie kann man nur Dichtung machen...
Da spricht man über die
Harmonie
und die Freunde gehen in die
Emigration...

Da umarmt einer sein Kind
und weiß nicht, ob er morgen nach Brot
ansteht oder den sauren Trauben
für die bescheidenen Feste...
Wie kann man nur Dichtung machen...
Da steht jemand neben dir, sagt:
sie haben gestern
Abel erschlagen...
...wie kann man nur Dichtung machen...
Da liegst du nachts wach, siehst die ungeheure,
erzene Landschaft
der Erde, die schweigenden, kalten Gestirne,
und überlegst, wer
deine Verse lesen wird,
jene kurzen, verrückten Zeilen
gegen die langsame Verwesung der Steine, des
Mondes
der Worte...
Wie kann man nur Dichtung machen...

Dem kann man vielleicht etwas zuschicken, dachte ich, diesem Siegfried Heinrichs, vielleicht eine meiner Geschichten übers Gefängnis, der weiß Bescheid, der scheint dieselben Fragen zu haben wie ich. – Aber wer ist er, wie alt ist er, wo kommt er her, was hat ihn gebracht dazu, diese Zeilen zu schreiben?

Antwort fand ich im Band *Hofgeismarer Elegien*, auf den Innenklappen ein längerer Text, eine Selbstauskunft, betitelt *Lebenslauf oder Auf der Suche nach Heimat*:

»Geboren wurde ich im Kriegsjahr 1941. Herbst war es. Die Zugvögel über Deutschlands Wäldern sammelten sich, durchflogen den Rauch der zerbombten Häuser, noch jenseits der Grenzen. Zwei Jahre später fiel, mit dem Dank des Führers für Treue und Tod, mein Vater vor Stalingrad. Heimlich beseitigt, weiß ich heute, durch einen Schuß in den Rücken. Als Sozialdemokrat klebte er Plakate gegen Hitlers Endsieg. Zum Kriegsende, es blühten die ersten Gräser am Haus, in einem unerwarteten schönen Frühjahr, sagte später die Großmutter, zogen letzte Flugzeuge des Reiches Todeskurven über dem Dorf. Einige, abgeschossen, stürzten in die Felder. Dort im ersten Grün des Jahres, wurden die Piloten geplündert und begraben. Dann fremde Soldaten. Barette, Gesang, herzhafte Besäufnisse und Flüche. Später die zurückgekehrten Toten aus dem Konzentrationslager im Nachbardorf. Dort, unter der Erde, förderten sie all die Jahre das Salz für unsere Suppen und die der Uniformierten, erzählte später der Großvater, und bekamen Kugel oder Peitsche als Dank. So begannen die Jahre des Friedens. Unterm Dachfirst verborgen die Gewehre des Großvaters, unter der Erde des Dorfes erschossene Deserteure...

Dort, an meines Landes Schnittpunkt, wuchs mir ein die Weisheit des Schweigens beim Anblick der Geschehnisse, und noch immer erinnere ich dieses Stück Land meiner Kindheit – Dorne, Ähre und Blatt, Frühjahre und harte Winter. Später hieß es, ich lebte Jahre mitten in der Tragödie der Neuzeit, und verstand nicht, denn: wessen Tragödie...

Dann lernte ich die Zuchthäuser des Landes kennen, 1096 Tage und Nächte inhaftiert für einige Gedichte, zusammen mit Mördern, Malern, Kinderschändern, Dieben... Auch nach der Entlassung lebte ich in meinem Land, keine Zeile gedruckt, abgelehnt, alles, mit üblichen Begründungen, und suchte wenigstens das eine Gramm Hoffnung und Zärtlichkeit mir zu erhalten, zu erobern, im Wort, im Leben, das jeder Mensch für seinen Atem braucht. Dann, nach Jahren, über Nacht, der Abschied, mit dem Zug von Deutschland nach Deutschland, im Gepäck nichts als einige Bücher und Bitterkeit – und Ankunft im Niemandsland. Hier wie dort deutsch sprechend und doch, hier, wieder, erschreckt – von der Ablehnung, der Gleichgültigkeit, der Ignoranz gegenüber deutscher Sprache und Geschichte... so, hier, hier im von Mauern umzingelten Berlin, wieder schreibend, wieder, erneut hoffend, daß deutsche Sprache noch Wurzeln habe...« (1981).

In den nächsten Wochen lernte ich Siegfried Heinrichs auch persönlich und sein Werk näher kennen. Wir wurden bald Freunde, wir hatten dieselben Wurzeln. Im Februar 1982 erschien in den bereits erwähnten *europäischen ideen* meine Erzählung *Väter und Söhne*, meine erste wirkliche literarische Veröffentlichung. Ich erfuhr auch, daß sein Buch *Hofgeismarer Elegien* während mehrerer Aufenthalte in dieser hessischen Kleinstadt entstanden war, ein Teil davon gedruckt in der Zeitschrift *Anstöße*, herausgegeben von der dortigen Evangelischen Akademie. Eine wichtige Station auf seinem literarischen Weg, sagt Siegfried Heinrichs auch heute noch.

Es gab damals bereits zwei weitere Bücher von ihm, *Die Schöpfung* (1981) und *Ankunft in einem kalten Land* (1982). Ich fragte ihn, warum er in letzterem Band im Anhang den sogenannten »Hitler-Stalin-Pakt« mit den geheimen Zusatzprotokollen abgedruckt hatte. Er schlug das Buch auf und las mir eine Stelle vor: »Die Rote Armee verpflichtet sich zur Vernichtung von polnischen Streitkräften. An einem Restpolen hat Stalin kein Interesse. – Molotow erklärte mir heute, daß die Sowjetregierung den Zeitpunkt nunmehr für gekommen halte, um gemeinsam mit der deutschen Regierung endgültig die Gestaltung des polnischen Raumes festzulegen. Dabei ließ Molotow durchblicken, daß bei der Sowjetregierung und bei Stalin persönlich ursprünglich vorhandene Neigungen, ein restliches Polen bestehen zu lassen, jetzt der Tendenz gewichen ist, Polen entlang der Linie Pissa-Narew-Weichsel-San aufzuteilen. Die Sowjetregierung wünscht, hierüber sofort in Verhandlungen zu treten und sie in Moskau zu führen... Bericht von Schulenburg aus Moskau vom 19. September 1939.«

...Da fragte ich nicht mehr, warum er das aufgenommen hatte als Nachdruck in *seine* Bücher und für wen und im Jahre 1982.

Siegfried Heinrichs sagte damals zu mir: »Das Buch ist schon in der DDR, ein italienischer Kardinal hat es rübergeschmuggelt.«

Darin auch enthalten ist ein offener Brief von Siegfried Heinrichs an Anna Seghers, er wünscht ihr darin, daß sie ihrem *Siebten Kreuz* nicht noch ein achtes, das des ewigen Schweigens, hinzufügen möge, während die Menschen des Landes *ihr* Kreuz zu tragen hätten, »bei der Wanderung durch die Hölle der Realität«. Der Brief wurde in der Presse veröffentlicht, Antwort hat er nie bekommen.

1982 erscheint auch sein Erzählband *Die Vertreibung – oder Skizzen aus einem sozialistischen Gefängnis* (ein Jahr später schon als Taschenbuch unter dem Titel *Kassiber*, ein Vorschlag Wolf Biermanns). Es enthält die wohl markantesten und literarisch entschiedensten Texte über Heinrichs Zeit im Gefängnis, so auch das kurze Prosa-Stück *Kirchgang*. Der Protagonist H. erfährt in Haft von der schweren Erkrankung seiner Mutter und versucht, während eines sonntäglichen Gottesdienstes, dem Gefängnispfarrer einen Kassiber nach draußen zuzustecken. »H., sagt Oberleutnant Brese, groß, breitschultrig, Orden, sechs, für seine Dienste am Revers, Sie machen mir Sorgen. Ihre konspirativen Versuche bestrafe ich mit drei Tagen Arrest. Sie verlangen von einem Pfarrer, daß er die Anstaltsordnung verletzt. Sie sollten wissen, daß wir das nicht dulden. Hier, Ihr Zettel kommt zu den Akten... Pfarrer W., fährt er fort, gab ihn dem Wachtmeister. Schließlich ist er ja Abgeordneter.« H. bekommt Arrest, als er aus der Kellerzelle wiederkommt, findet er ein Telegramm seiner Schwester vor. Seine Mutter ist verstorben. Ohne letzten Gruß ihres Sohnes. – Die Rolle der Kirche unter einer Diktatur ist also angesprochen, ein Tabu, und ich kann mir vorstellen, wie pikiert etwa bei einer Lesung das Publikum dasaß, sagen wir in einer evangelischen Akademie, in der Heinrichs zu Gast war, weil es sich nicht vorstellen konnte, was »Kirche im Sozialismus« in der Realität wirklich hieß. Nicht die helfende Umarmung, sondern die des Judas, die den bereitstehenden Häschern den richtigen Mann anzeigt. Jetzt am Wochenende legte die Gauck-Behörde Zahlen vor über die Verstrickung von Kirche und Geheimdienst in der DDR. Spitzel, die zwei Herren dienten und ihre Silberlinge niemandem vor die Füße warfen, sondern Häuser bauten, Bäume pflanzten und Söhne zeugten. Aber auch das Persönliche deckt sich hier in der Literatur mit der Realität. Als die Mutter von Siegfried Heinrichs starb, wurde ihm die Einreise verwehrt, er konnte sie nicht begraben, nie mehr zurückkehren in das Dorf seiner Kindheit »Dorne, Ähre und Blatt, Frühjahre und harte Winter«. – Ich will jetzt darüber nicht länger sprechen, auch nicht über die Stasi-Akte von ihm, die ich kenne, ein Negativ, eine kalte Matrize, die sich würgend um sein Leben legt, seinen dreijährigen Gefängnisaufenthalt z. B. verdankt er einer Denunziation seines Bruders...

Solche Autoren bekommen dann nach der »Wende« natürlich

auch keine Ehrengabe der Schillerstiftung oder den Lessing-Preis aus Kamenz, sie bleiben gemieden, die »literarische Welt« hat mit sich zu tun und ihre Homunkuli zu versorgen. Ich will nur eines noch sagen: 1981 hatte Siegfried Heinrichs schon einiges aufgeschrieben, später kam noch vieles hinzu. Und es wurde ihm nicht geglaubt. Und keinem von uns. Es blieb ein Mißtrauen, über alle Mauer-Fälle hinweg. Einer, ein deutscher Emigrant, Hans Sahl, schrieb über Heinrichs im New Yorker *Aufbau*, Nachdruck in *Die Welt* vom 2.8.1986: »Heinrichs Sprache ist von vielsagender Einfachheit, sie spricht aus, was man heute nur ungern zu Papier bringt, man möchte doch nicht aus einer politischen Katastrophe dichterisches Kapital schlagen, wenn man den Schmerz über den grausamen Verlust einer Utopie, an die man einmal geglaubt hat, in Worten wiederzugeben versucht, die bei aller emotionellen Zurückhaltung doch das ganze Betroffensein eines Zeitalters widerspiegeln.«

Der Feuilletonist Tilman Krause schrieb einmal, in einem anderen Zusammenhang, im Berliner *Tagesspiegel* einige Sätze, die so auch auf Siegfried Heinrichs zutreffen könnten. Er schrieb: »Wer so durchdrungen ist von der geheimen und nur im Rückblick offenbarten Sinnhaftigkeit seines Seins, stößt auf Widerstände. Da sind vor allem die Kleinmütigen, die sich nicht trauen, das eigene Leben als bedeutsam aufzufassen und dies daher auch anderen nicht gönnen. Hinzu kommen (wenngleich oft mit letzteren identisch) die Neunmalklugen, denen der zu kurz geratene Sinn fürs Spirituelle den Glauben an alles Symbolische versagt… Wer Gespür für das Historische der eigenen Existenz hat, der weiß, daß – mit Thomas Mann zu sprechen – menschliches Sichwichtignehmen der Urgrund aller Selbsterforschung ist, aber auch wer sich nicht einschüchtern lassen will vom modischen Gerede über den *Tod des Subjekts…*« – handelt, füge ich hinzu, und bin unversehens beim *Verleger* Siegfried Heinrichs angekommen. Er hat sich alle Träume erfüllt, die er in den 1096 Gefängnisnächten geträumt hat. Ich zitiere aus einem Interview, das er 1990 der Zeitschrift *Deutschunterricht* gegeben hat:

»Ich habe der Stasi die Arbeit sehr schwer gemacht. Wir haben sie ihr schwer gemacht. Ich habe auch als Bundesbürger – trotz Kontrollen, Leibesvisitationen, Nacktausziehen, Abtasten-Lassen, Bücher in die DDR geschmuggelt. Solschenizyn, Peter Huchel, Böll. Die DDR hat in meinen Jugendjahren vieles erwähnt und dargestellt. Es wurden die Autoren Achmatowa, Zwetajewa usw. in Teilen gedruckt, manches wurde erwähnt, nicht gedruckt, und – so ging es mir – das Interessanteste an vielen Veröffentlichungen waren die Fußnoten, in denen man auf Dinge hinwies, die es nirgends gab, in keiner Bibliothek. Und man war, wenn man irgendwie über den Westen oder durch die Medien aus der Bundesrepublik oder aus Westberlin darauf stieß, zufällig, dann erstaunt über die Qualität... Und das brachte mich dazu, mir während der Haftzeit und danach vorzunehmen, – sollte ich einmal die Möglichkeit haben – unter Einsatz meiner privaten Mittel dafür zu sorgen, daß etwas davon publiziert wird. Und das tue ich. Ich habe vieles ausgegraben, was auch in großen Verlagen längst, wenn man es nur wollte, hätte veröffentlicht werden können.« Private Mittel. Woher hatte er sie, in den Westen ausgereist mit einer Tasche (»im Gepäck nichts als einige Bücher und Bitterkeit«). Das steht nicht im Interview und nicht in den Büchern, die Siegfried Heinrichs herausgab. Eine Liste:

Anna Achmatowa	*Requiem* (1987)
Anna Achmatowa	*Die roten Türme des heimatlichen Sodom* (1988)
Anna Achmatowa	*Briefe, Aufsätze, Fotos* (1990)
Anna Achmatowa	*Eine Biografie* (1994)
Anna Achmatowa	*Poem ohne Held* (1994)
Nicolai Gumiljov	*Ausgewählte Gedichte* (1988)
Ossip Mandelstam	*Briefe an Nadeschda* (1989)
Ossip Mandelstam	*Wie ein Lied aus Palästina* (1992)
Iwona Mickiewicz	*Puppenmuseum* (1992)
Boris Pasternak	*Ljuvers Kindheit* (1989)
Miklós Radnóti	*Monat der Zwillinge* (1993)
Miklós Radnóti	*Offenen Haars fliegt der Frühling* (1993)
Irina Ratuschinskaja	*Kein Moses ist vor uns* (1992)
Jewgenij Samjatin	*Wir* (1994)

Marina Zwetajewa	*Briefe an Bachrach und Ausgewählte Gedichte* (1988)
Marina Zwetajewa	*Briefe an Vera Bunina und Dimitrij A. Schachowski* (1990)
Marina Zwetajewa	*Briefe an Anna Teskowa und R. N. Lomonossowa* (1992)
Marina Zwetajewa	*An Anna Achmatowa* (1992)
Marina Zwetajewa	*Briefe an Ariadna Berg/Theaterstücke/Gedichte aus dem Nachlaß* (1994)
Marina Zwetajewa	*Auf rotem Roß* (1994)

Woher hatte Siegfried Heinrichs die Mittel zur Herausgabe dieser Bücher? Die Antwort ist einfach – er arbeitete 25 Jahre in einem Kreuzberger Werk, das sanitäre Anlagen produziert und hat seinen Lohn, jeden Pfennig, in seinen Verlag gesteckt, den Oberbaumverlag Berlin, den er 1985 in einer Art Husarenstück übernommen hatte. Die Sinnhaftigkeit des Seins. Die Neunmalklugen. Wer aber Gespür hat für das Historische der eigenen Existenz…

In der Praxis sah die Verlagsgründung dann so aus: Ein kleines Zimmer in der Neuköllner Pannierstraße 54, das der junge Lyriker Walter Thümler und ich ausweißten, ein Tapeziertisch, 12 Plastikstühle drumherum, ein paar Regale an der Wand. Zwei Stunden, bevor die 12 wütenden Gesellschafter des alten Oberbaumverlages, dessen Pleite zu schaffen im Sinn, in unserem neuen Zimmer auftauchten, heizte ich den Ofen und brachte eine häßliche grüne Küchenlampe aus Plastik an der Decke an. An diesem Abend stimmten die alten Gesellschafter der neuen Konzeption von Siegfried Heinrichs zu, forderten ihr Geld aus der Konkursmasse nicht zurück, Geld, das sie einst zu Zeiten Rudi Dutschkes und später, als sie Trotzkisten oder noch später, als sie Maoisten geworden waren, in den Oberbaumverlag eingebracht hatten. Jetzt lebten sie ihrer eigentlichen Bestimmung – sie waren sämtlich reiche Leute geworden, denen es auf ein paar tausend Mark nicht mehr ankam. An diesem Abend hatte ich während der zähen Verhandlungen, die anfangs äußerst entschieden, ja bösartig geführt wurden, in Ermanglung eines dreizehnten Stuhles auf einem Stapel unverkäuflicher Bücher von Siegfried Heinrichs gesessen, es war, glaube ich, sein Band *Suchend das Königreich Liebe*. Er selbst hatte sich einen eigenen, bequemen Stuhl von zu Hause mitgebracht, der fast schon wie ein Chefsessel aussah. Aber der Oberbaumverlag hatte von Stund an ein neues Profil, den Schwerpunkt *Osteuropa*, unter dem später auch unsere Bücher erschienen (Wolf Deinert, Jürgen Fuchs, Axel Reitel usw.).

In den folgenden Jahren sah die Verlagspraxis dann mehrere Male so aus: Wenn sich unerwartet wieder einmal ein alter Gläubiger mittels Gerichtsvollziehers ankündigte, packten wir am Vorabend blitzschnell unseren Verlag zusammen, Bücher, Akten, Tapeziertisch, 12 Stühle, versteckten sie in unseren Wohnungen und Kellern. Am nächsten Tag in der Früh ließen ein Gerichtsvollzieher und ein Polizist durch Handwerker die Schlösser aufbohren, unser Freund Hans-Jürgen, zu dessen Wohnung dieses separat gelegene Verlagszimmer zählte, erschien frisch aus dem Schlaf gerissen, schnaubte vor Wut, machte dem Einbruchskommando eine Szene, die Hölle heiß, wieso sie seine Wohnung aufbohrten, ließ sie einen Blick in das besenrein beräumte Verlagszimmer tun und warf sie hinaus. 420 Mark, jedes Mal mußten sie die Kosten zahlen, »für zwei zerstörte Schlösser durch Aufbohren«, Hans-Jürgen schrieb die Rechnungen.

So haben wir, hat Siegfried Heinrichs, angefangen. Später unterstützten Freunde den Verlag finanziell, der Galerist Ingo Urban, der kroatische Schriftsteller Jure Brekalo, der 1991 den Erlös aus dem Verkauf seines Restaurants in Moabit in den Verlag steckte. So überlebte der Oberbaumverlag, lebt bis heute so.

[Nachtrag im Jahre 2005:

In der zweiten Oktoberwoche eines jeden Jahres wird Siegfried Heinrichs immer sehr unruhig – kurz vor der Vergabe des Nobel-Preises, hat er doch inzwischen Autoren im Programm, die ganz oben auf der Liste der Kandidaten stehen. Schon vor vielen Jahren Brodsky, den er in seinem Verlag herausgeben wollte, später Walcott, seit langem führt er zwei Titel des Chinesen Ba Jin, und im letzten Jahr rief er aufgeregt bei mir an, weil das schwedische Fernsehen bereits einen Termin mit ihm hatte am Tag der Bekanntgabe, wegen Adonis, dem großen Dichter der arabischen Welt, der in Paris lebt und für den er die gesamten deutschsprachigen Rechte besitzt. – Eine der maßgeblichen Unternehmungen Siegfried Heinrichs allerdings war die Herausgabe der Werke Sándor Maráis ab 1998. Nach 1989 ist es ausschließlich der deutschen Verlags- und Feuilletonlandschaft anzurechnen, die Literatur der Ungarn ins internationale Bewußtsein gehoben zu haben. Aber wie nicht anders zu erwarten von den »westlichen Kulturschleckern« (Biermann) avancierte dabei die Salon-Literatur bei Presse und Publikum, Favoriten wurden also nicht György Petri oder Miklós Meszöly, Leute mit historischer *und* poetischer Substanz, sondern Esterházy und Nádas, wobei ersterer mit der Schoßhündchenprosa der *Kleinen ungarischen Pornographie* dem *Buch der Erinnerung* des letzteren auch noch den Rang in der Bekanntheitsskala ablief – was von der ungarischen Literatur der letzten 50 Jahre geblieben wäre: – Wiener Melange. Aber mitten in diese vom deutschen Literaturbetrieb maßgeblich angestimmte Kaffee-Hausmusik poltert ein gewisser Siegfried Heinrichs und präsentiert einen europäischen Bürger Ungarns, der erste Titel ist bereits Programm: *Bekenntnisse eines Bürgers* – Sándor Márai. Ein nüchterner Orpheus, der nichts weniger beschreibt als den Untergang des Bürgertums unter dem Kommunismus nach 1945 (vor allem in seinen Tagebüchern, Heinrichs liefert sie in sieben Bänden) und damit die Spaltung, wenn nicht sogar den Untergang des damaligen Europa markiert. Mit der Herausgabe der Werke Sándor Márais durch Siegfried Heinrichs im Oberbaumverlag war die soeben schon wieder verlorene Historie innerhalb der ungarischen Literatur wieder kenntlich. Und diese Erkenntnis hat wohl nicht wenig beigetragen dazu, daß ein Autor von vielfacher Substanz, Judentum, Bürgertum, Kleinbürgertum, Ungar, im Jahre 2002 den Nobel-Preis zugesprochen bekam, Imre Kertész. Leuten wie Heinrichs oder dem Übersetzer von Márai, Hans Skiretzki, sei's gedankt. – Ende des Einschubs 2005.]

Nicht gesprochen habe ich heute abend von der besonderen Affinität des Schriftstellers und Verlegers Siegfried Heinrichs zu jüdischer Literatur, er hat Freunde in Israel, ich nenne nur Werner Kraft und Ben Chorin in Jerusalem, Mirjam Michaelis im Kibbutz Dalia. Er hat auch, wie bereits erwähnt, Mandelstam und Radnóti herausgegeben; Gertrud Kolmar, Nelly Sachs, Else Lasker-Schüler tauchen in seinem Werk immer wieder auf, als Adressaten seiner Gedichte, angerufene Weggefährten seines Leids. *In dieser Welt sind die Dichter Juden* ist ein Satz von Marina Zwetajewa, den Siegfried Heinrichs als Motto für eines seiner Bücher wählte.

Und von seinen literarischen Prägungen ist noch zu sprechen, Böll, Borchert, Pavese, Pound, Bobrowski, Malaparte, Hamsun nennt er selbst. Er liebt die Malerei, ein Umstand, der sich leicht an der Gestaltung der von ihm herausgegebenen Bücher ablesen läßt. Chagall, Kirchner, Nolde, Kokoschka sagt er, wenn man ihn nach seinen Vorlieben fragt. Eine enge Freundschaft verband ihn seit der gemeinsamen Gefängniszeit mit dem 1994 verstorbenen Sieghard Pohl, ein Maler, der bis zur letzten Lebensminute nach seinen von der Stasi verschleppten, bis heute verschollenen, frühen Bildern gesucht hat. Siegfried Heinrichs besitzt ebenfalls einen Teil des Werkes des deutsch-deutschen Malers, so will ich ihn bezeichnen, Roger Loewig. Kurz bevor der Maler Gerhard Altenbourgh tödlich verunglückte, am Silvestertag 1989, hatte er dem Oberbaumverlag noch die Abbildungsrechte für einige seiner Werke erteilt.

Nicht gesprochen habe ich von den gescheiterten Ehen Siegfried Heinrichs, der Bedeutung von Frauen für seine Gedichte und in ihnen, sein Gefallen an der produktiven Einsamkeit, aber auch seine »Einsamkeit in der Zelle, im Leben, in der Umarmung«, wie er es benennt, die andere, die zerstörerische Seite.

Und was für ein Gesicht Siegfried Heinrichs machte, von seiner Verwunderung und Verwundung habe ich noch nicht erzählt, als in den 80er Jahren eine neue Generation von Autoren auftauchte, auch aus Sachsen und Ostberlin, die in Darmstadt und Klagenfurt ihre braven Texte vorlasen, die Preise kassierten, während die Staatsverlage der DDR im Hintergrund die Lizenzen und Devisenverträge aushandelten mit Suhrkamp und Fischerverlag. Ein früher Verweis auf die Jahre im sogenannten »literarischen Leben«, die kommen sollten mit Verdrängung und Nicht-Thematisierung einer eben verschwundenen Diktatur in den 90er Jahren. Von den Autoren meiner Generation haben überwechseln können in die ganz großen Verlage des neuen Deutschland die Zahnlosen, die Stotterer und die Überschminkten, jedenfalls die, von denen von vornherein zu erwarten war, daß sie auf keinen Fall beißen und sich an die Absprachen des Literaturbetriebes halten würden. *Die verkauften Pflastersteine* – ja, die verkauften Landeskinder – nein. Die zerstörten Landschaften wurden beschrieben, nicht die zerstörten Menschen (das wiederum blieb einigen ehemaligen »Dissidenten« mit Außenblick wie z. B. Jürgen Fuchs in *Magdalena* und einigen vor Ort wie dem Leipziger Lyriker Roland Erb und wenigen jüngeren Dresdner Autoren vorbehalten, die teils in Kleinstverlagen publizieren.) Geradezu gierig gefressen vom (west)deutschen Feuilleton und hoch ausgezeichnet wurden dagegen die literarischen Werke ehemaliger Funktionärskinder, die Über-Väter-Bewältigungen. *Der Dienst, Die Gesamtliebe und die Einzelliebe, Stille Zeile Sechs* – kein Wort des Mitleids mit den Opfern ihrer Clique, nicht einmal der geahnte Hauch einer *anderen Schönheit*, der *Ästhetik des Widerstands*. Schmerzlich auffällig für mich, ja schreiend, die vollkommene Abwesenheit, als wäre ein menschliches »Gen« weggespült durch 60 Jahre Diktatur, das völlige Fehlen von Empörung! Kein Wort natürlich auch bei den *verabredeten* Autoren von »Ver-Wahr-Räumen«, »Hunde-Lauf-Gräben«, »Aus-Bürgerung«, den Wunden der deutschen Sprache, unseren Wunden im Leben. Zu den Dichter-Treffen, sagen wir, nach Wrocław, fahren also weiterhin gemeinsam die Mitglieder der Sächsischen Akademie Professor IM *Johannes* und der Lyrik-Dozent des staatseigenen ehemaligen Literaturinstituts *Johannes R. Becher*, der schon in den 70ern verkündete, der Mond könne nun als Mond nicht mehr beschrieben werden, nachdem Kosmonauten dort gelandet seien.

Da habe ich, heute abend, lieber gleich noch »vergessen«, meinen Lieblingssatz von Albert Camus vorzustellen, daß nämlich der Schriftsteller immer auf der Seite jener zu stehen habe, die Macht erleiden, und nie auf der von jenen, die Macht ausüben, und ich habe lieber auch nicht Jiří Gruša zitiert, der sagte, daß das, was die tschechischen, russischen, polnischen, ungarischen Schriftsteller von denen in der ehemaligen DDR markant unterscheide, sei, daß sie auf das *bezahlte Wort* nicht verzichten konnten oder wollten. So gelangten sie nicht zum freien Wort. Dostojewski saß in Sibirien, Siegfried Heinrichs in Waldheim und war anschließend 25 Jahre lang an der Produktion von Klo-Schüsseln beteiligt, das, und daß es womöglich ein weiter Weg ist zum künstlerischen, freien Wort, will ich lieber nicht mehr anmahnen heute abend.

Aber, ich mute es Ihnen zu, noch einmal möchte ich Jürgen Fuchs zu Wort kommen lassen, vorlesen aus einer Rede, die er im Mai 1994 bei einer Anhörung der Enquete-Kommission zur Aufarbeitung des SED-Unrechts im Berliner Reichstag hielt. Ich spreche ja heute zu Germanisten, denke ich, zu Studenten und Wissenschaftlern, die sollten das vielleicht auch kennen... Fuchs sprach zum Thema *Zur Auseinandersetzung mit den beiden Diktaturen in Deutschland in Vergangenheit und Gegenwart.* Ich zitiere:

»ANDERE SCHREIBEN UNSERE BIOGRAPHIEN. Als ich gestern die vielen klugen Gedanken hier hörte, die in den Seminaren der akademischen Welt schon lange behandelt werden und sich bestimmt fortsetzen mit neuen Diplomarbeiten, Dissertationen, Habilitationen und epochalen Veröffentlichungen in angesehenen Verlagen und Schriftenreihen, progressiv und kritisch, fragend und antwortend, provozierend und erklärend, begriff ich plötzlich, daß wir verloren haben.

...Ich will es zugespitzt und ungerecht-polemisch sagen: Betroffene, Häftlinge, Ausgebürgerte, ›Fälle‹ und Plebs werden angehört, bedauert und unterstützt, wo das möglich ist. Heimliches Helfen war dafür da und wurde zur Meisterschaft geführt. Es gibt die Dominanz der Helfer, siehe Stolpe, Schnur, de Maiziére, auch Gysi, alle haben geholfen, vermittelt und Gutes getan!... Und ihr Häftlinge, Zersetzten, ihr Minderheiten ohne Macht und Tadel, seid nicht undankbar heute...

...Am 9. November '89 rief Ralph Giordano an, sagte: ›Jetzt wirst du erleben, was ich erlebte nach ’45. Paß mal auf…‹ Da wußte ich noch nicht ganz, was er meinte…

Ihr sollt in Augenhöhe mit uns sprechen… Aber andere sollen nicht von Ferne kommen als Supervisoren und Wissenschaftler. Sie sollen sagen, warum sie koexistiert haben. Warum sie sich mit der Teilung und der Verletzung der Menschenrechte abfanden. Warum ihre DDR-Forschung ganz einträglich war, ihre Exkurse über die unvergleichliche Nazi-Diktatur auch. Warum sie Bonbons annahmen von Erich Honecker und selber welche reichten. Warum sie Polen als Warschauer-Pakt-Land aufgaben 1981, wo die zuständige Großmacht eben für Ordnung zu sorgen hat… Und warum einer, Heinrich Böll, sich zuerst äußerte. In einer Situation, Zitat Böll, ›als alle noch schwankten und spähten und schwiegen und nicht wußten, was zu tun ist.‹ Heute wissen es alle hier! Sehr gut wissen sie es, so sehr gut! Und darum meine Polemik, meine Trauer auch und die Gewißheit, die eigentlich nur nebenbei gesagt sein soll, daß wir verloren haben in einem Augenblick, nämlich jetzt, da es besser wird mit uns. Andere schreiben gelassen und akademisch konzentriert unsere Biografien. Auf dem Hintergrund einer gemeinsamen, umkämpften Geschichte. Das ist gut so und bitter zugleich. Wollen wir hoffen, daß wir dem standhalten, was schon wieder da ist oder kommt.«

Das war, was ich noch in den Raum stellen wollte, und vor allem noch, hinweisen darauf, daß ich heute viel zu wenig vom *Lyriker* Siegfried Heinrichs gesprochen habe, der er in hohem Maße ist. Kürzlich klagte der junge Dresdner Lyriker Christian Lehnert, daß es in der deutschen Lyrik kaum noch Autoren gäbe, die sich einer christlichen Metaphorik bedienten. Solcher Unsinn kann in Preis-Dankes-Reden öffentlich gesagt werden, wenn Lyriker wie Roger Loewig und eben Siegfried Heinrichs vergessen sind.

Zum Abschluß lese ich, Ihr Einverständnis vorausgesetzt, denn es ist spät geworden heute abend, einige Gedichte aus dem Band *Zeit ohne Gedächtnis* von Siegfried Heinrichs. Das Buch sammelt sein lyrisches Werk und wird im März zur Buchmesse in Leipzig erscheinen.

Ein letztes Wort: Über einen Freund zu schreiben, ihn anderen nahezubringen, schien mir am Anfang leicht, dann mußte ich aber, wie immer auch, meine Sicht auf den Autor und auch meine eigenen Positionen neu überdenken, ein Problem von Nähe und Distanz. Ich hoffe, Sie haben nicht allzu viel davon gemerkt, nur meinen Wunsch verspürt, nach mehr Entschiedenheit und Beteiligung, wenn Sprache bedroht und damit zu verteidigen ist, und damit auch mein Bekenntnis zu Siegfried Heinrichs, das sollten sie wahrgenommen haben. Die Freiheit nämlich, den Mond zu beschreiben als Mond, ist zu verteidigen gegen die Dozenten der Diktatur wie die Erde. Ich danke für die Einladung.

(Technische Universität Dresden, Institut für Germanistik, Januar 1995/aktualisiert 2005)

MEIN GEFÄNGNIS

Gefängnis ist tatsächlich eine Übersetzung der eigenen Metaphysik und Ethik, des persönlichen Geschichtsverständnisses und noch einiges anderen mehr in die kompakte Ausdrucksweise des täglichen Verhaltens. […] Im zwanzigsten Jahrhundert gehört das Gefängnis für Schriftsteller fast zum Berufsbild. Einigen Sprachen und Ländern erging es natürlich besser, anderen schlechter. […] Mit anderen Worten, ein Schriftsteller ist selbst eine glänzende Metapher für die condition humaine. *Darum sollte das, was er über das Gefängnis zu sagen hat, von großem Interesse für jene sein, die sich frei dünken […] Die Zeit, die man mit Lektüre verbringt, ist eine dem Handeln gestohlene Zeit; und in einer so dicht besiedelten Welt wie der unseren ist es am besten, sowenig wie möglich zu handeln.*

Joseph Brodsky, 1995

Vorspiele

Stellen Sie sich vor, was Ihnen nicht passieren kann. Als ich am 22. September 1979, sonnabends, mit dem Zug aus Leipzig, wo ich arbeitete, in Reichenbach/Vogtland eintraf, sagte mir ein Freund, daß M. seit gestern im Stasi-Gefängnis sitzt. Bezirksbehörde Karl-Marx-Stadt. Stellen Sie sich vor, was Ihnen nicht passiert ist.

Und wir wollten doch fortgehen, zusammen am Sonnabend den jungen Kalenderherbst feiern. Und überhaupt, warum?

Dann am Abend kommen die Freunde, wir versuchen zu erklären, zu trösten, aber keiner weiß etwas zu sagen. Nur einer, der hat ein Gerücht gehört im Stammcafé: M. ist verhaftet wegen Verbreitung »propagandistischer Literatur«. Dann gehen die Freunde, und nach zwei Stunden weiß ich plötzlich, als hätte ich es an der Zimmerdecke gelesen:

Es ist soweit. Das betrifft auch uns, meine Freunde, mich. Jetzt kommen sie. Dieser Weg, den M. vor ein paar Stunden ging, führt auch uns dorthin, wo sie jetzt einsitzt. Und es ist Abend, aus den *Vernehmungsprotokollen* von Jürgen Fuchs weiß ich, daß sie dort allein sind mit den Glasziegel-Fenstern und ihrer Angst.

Und ich schlafe nicht ein.

1970: Im Juni holt mich ein Herr vom Schulflur in ein Zimmer und stellt sich als Mitarbeiter des Staatssicherheitsdienstes vor. Es folgt ein sechsstündiges Verhör. Themen: Unsere Gruppe von Schülern, etwa fünf Leute, die mit Lenin-Abzeichen an ihren Pullovern auftraten, Philosophie lasen, die nicht an Schulen der DDR gelehrt wird (Hegel, Nietzsche, Kant), und die sich nach der von Friedrich Schiller an der Karlsschule gegründeten Gruppe *Oppositionsclub* nannten, unsere Kontakte zu dem ehemaligen Schüler dieser Erweiterten Oberschule Jürgen Fuchs; ob es wahr wäre, daß ich Gedichte schreiben würde. Entlassung mit der Auflage, mich in Zukunft ausschließlich »um den Lehrstoff zu kümmern«.

1971: Ich werde auf Antrag der Erweiterten Oberschule wegen »Beleidigung von Offizieren der Nationalen Volksarmee«, »Linksradikalität« und »Zersetzung des Klassenkollektivs« relegiert. Ich arbeite auf dem Güterbahnhof als Transportarbeiter.

1971 bis 1972: Elektromonteurslehre.

1973 bis 1975: Armeedienst.

1974: Ich besuche Reiner Kunze, um ihm meine Gedichte zu zeigen, erzähle ihm die Geschichte meines Rausschmisses aus der Schule. Er schreibt das Prosastück *Fahnenappell*, das er in seinen Band *Die wunderbaren Jahre* aufnimmt. Kunze schützt mich durch Anonymität (Der Schüler N. in X.).

1975: Stärkerer Kontakt zu Jürgen Fuchs. Im Herbst besuche ich Wolf Biermann.

März 1976: Ein befreundeter Arzt stellt einen Antrag auf Ausreise aus der DDR. Bei einem folgenden Gespräch mit Vertretern des MfS (Ministerium für Staatssicherheit) sagt man ihm, daß er ja auch »seltsame Freunde« hätte, »den Rachowski z. B. haben wir jetzt studieren lassen, aber zur Zeit benimmt er sich wieder unmöglich«. Sie zeigen sich informiert über Datum und Uhrzeit der Besuche bei Fuchs im Haus von Havemann in Grünheide.

Sommer 1976: Ein anderer Freund wird ins Lohnbüro der Renak-Werke Reichenbach beordert, dort empfängt ihn ein Mitarbeiter des MfS, verhört ihn über den Fall eines Fahnenflüchtigen, mit dem zusammen mein Freund einen Teil seines Armeedienstes ableistete. Grenztruppen in Thüringen. Dauer des Gesprächs: 15 Minuten. Dann bittet der Herr meinen Freund, in einem Auto Platz zu nehmen. Sie fahren in den Wald. Mein Freund wird befragt, ob er von der Existenz von Schallplatten und Büchern Biermanns, Havemanns und Kunzes bei einem von uns wüßte. Diese »Waldspaziergänge« wiederholen sich mehrmals. Sie dauern zwei bis drei Stunden. Die Wälder des Vogtlandes sind ozonhaltig und verschwiegen.

September 1976: Erneuter Besuch bei Jürgen Fuchs auf dem Grundstück Havemanns.

November 1976: Ausbürgerung Wolf Biermanns. Verhaftung von Jürgen Fuchs und anderen. Petition eines Teils der Schriftsteller der DDR an die Regierung.

Biermann wird am Dienstag ausgebürgert, Fuchs am Donnerstag verhaftet. Am Sonnabend stehen in Reichenbach mehrere Angehörige der Kriminalpolizei vor unseren Türen und fragen nach unserem Alibi für Freitagabend. Zeugenaussage bei einer Schlägerei. Für uns heißt das, sie wollen wissen, ob wir hier in Reichenbach sind und nicht verreist. In der von ihnen angegebenen Gaststätte gab es am Freitagabend keinerlei Schlägereien, keiner von uns war zu Gast.

April 1977: Eine Freundin, die Krankenschwester ist, wird auf dem Weg zur Frühschicht (Uhrzeit: 4.45 Uhr) in ein kurz haltendes Auto verbracht, zur Villa des MfS in Cunsdorf bei Reichenbach gefahren. Verhöre über Bücher, Schallplatten, Maschinenabschriften folgen. Als sie sagt, sie sei mit uns nur wenig bekannt, wird sie gefragt, wieso sie dann regelmäßig nachts bei uns aus dem Haus käme.

Mai 1978: Ich studiere inzwischen in Leipzig Medizin und habe den Kontakt zu den Reichenbacher Freunden etwas verloren. Diese werden Anfang Mai von ihrer Arbeit geholt und acht Stunden verhört. Sie geben alle Materialien von Biermann, Fuchs und Kunze heraus.

Haussuchungen. Bei einem meiner Freunde sucht man nach Farbtöpfen. Später erfahren wir von Inschriften in Reichenbach, die die Freilassung von Fuchs, Pannach und Kunert forderten. Ganz in der Nähe derselben Brücke, an der *Wählt Thälmann* und *Hoch Dubček* stand. Zu den jeweiligen Anlässen.

Ich mache mir Sorgen darüber, daß man mich nicht verhört hat, und begreife erst später: Sie wollen, daß nur noch du über die betreffenden Materialen verfügst und sie wieder an deine Freunde weitergibst. Dann wollen sie zuschlagen und alle kassieren. Das MfS will die zukünftigen Aktionen der von ihm Überwachten selbst planen. Wegen der Übersichtlichkeit. Wir haben ihm diesen Gefallen nicht getan. Nun sind sie den Weg über M. gegangen.

Oktober 1978: Eine Freundin beobachtet, wie meine Leipziger Wohnung fotografiert wird.

Mai 1979: Ein Herr spricht bei meinen Vermietern in Leipzig vor und erkundigt sich nach dem bei mir verkehrenden Personenkreis, ob ich Musik hören würde, wann die Schreibmaschine ginge.

September 1979: Es klingelt, ich öffne. Ein Beauftragter für Wohnungswesen stellt sich per Ausweis mit Lichtbild vor. Auf seine Bitte lasse ich ihn ein. Es interessieren ihn nicht gelöster Deckenputz, defekte Installtionsleitungen, eher schon Raumverteilung, Plakate, Zettelinschriften und Bücher. Als ich es bemerke, beeilt er sich zu gehen.

Am 22. September 1979 wird M. verhaftet. Und ich schlafe nicht ein.

Am Morgen stehe ich auf, auch an den folgenden Tagen. Meine Freunde besuchen mich, bringen, nachdem das Wochenende vorbei ist, neue Nachrichten. Zwei Leute, die uns zufällig bekannt sind, waren am Verhaftungstag von M. nach Karl-Marx-Stadt gebracht worden. Wahrscheinlich als Zeugen. Ich entschließe mich, sofort zu einem der beiden zu fahren. Er erschrickt, als er mich sieht. Ich frage direkt nach M., sage ihm, daß ich wüsste, er sei Zeuge in ihrem Fall in Karl-Marx-Stadt gewesen. Er reagiert abwehrend, ist überrascht, sein Mund wird starr. Sagt, er könne mir nicht helfen, jetzt hätte er selbst genug Probleme. Ich frage ihn, was M. eigentlich vorgeworfen wird. Er zögert und sagt dann: Menschen mit Masken. Ihr seid Menschen mit Masken. Dann schließt er die Tür. Ich gehe im Regen nach Hause, weil kein Bus fährt. Mir fällt ein, daß der, der gerade die Tür geschlossen hat, ein Lehrer, mir, als ich sechzehn war, Klaus Manns *Mephisto* geliehen hat. Wer sind die Menschen mit Masken?

Es vergehen zehn Tage. Das Gefühl, bedroht zu sein, läßt nach. Sie holen uns nicht, denken wir. Bis ich beim Sichern und Ordnen meiner Gedichte und Prosastücke bemerke, daß M. noch eine ganze Anzahl Gedichte von mir besessen haben muß, als sie verhaftet wurde. Jetzt ist mir klar, daß sie unabhängig von den Gründen für die Verhaftung M.s auch mich holen werden. Ich verabschiede mich regelmäßig vor dem Wochenende, das ich in Reichenbach verbringe, von meinen Leipziger Freunden. Sie versuchen, mir Mut zu machen und verweisen auf die anläßlich des 30. Jahrestages der DDR verkündete Amnestie. Sie gilt aber nur für bis zum 7.10.1979 *Verurteilte.* Einen Abend lang lasse ich mich überreden, daß M. unter die Amnestie fallen wird, und trinke mit Freunden in Leipzig Bier.

Am nächsten Tag werde ich in Reichenbach verhaftet. Es ist der 5. Oktober '79. Sie kommen am frühen Morgen.

Schuldigmachen im Erstverhör

Es klingelt um 8.20 Uhr. Das wird B. sein, denke ich. Meine Mutter sagt: Zwei Herren von der Kriminalpolizei wollen dich sprechen. Sie treten ins Zimmer.

Darf ich Ihre Ausweise sehen? frage ich. Sie sagen: Ziehen Sie sich an und kommen Sie mit.

Klärung eines Sachverhalts.

Worum handelt es sich? frage ich.

Das können wir Ihnen nicht sagen. Das erfahren Sie auf dem Revier. Ich ziehe meinen Pullover an, obwohl ein warmer Tag ist, keine Sandalen, wie gestern noch. Ich weiß Bescheid.

Meine Mutter gibt mir eine Butterstulle und einen Apfel. Ich beiße beides an und lasse es liegen. Nahrung der Pompejaner. Ich stecke Geld ein.

In der Tür schaue ich nach meiner Mutter zurück, die im Flur steht. Die Herren fordern mich auf, in einem Auto Marke *Trabant* Platz zu nehmen. Hinten.

An der Haustür sage ich: Nach Ihnen. Ich bin hier zu Hause. Ich suche die Fenster des Drei-Etagen-Hauses ab. Niemand schaut heraus. Oder sie stehen hinter den Gardinen.

Bei mir war es so. Alle, die ich dann traf, erzählten mir ihre Version. Der Bergbauingenieur, der nach der Schicht ausfuhr und erwartet wurde. Der Geiger und dessen Frau, die am Flugplatz empfangen und wenige Minuten später voneinander getrennt wurden. Ihr Sohn hielt den Spielzeugbären im Arm. Der Ofensetzer, der früh übern Hof zur Toilette ging, der Freund aus Ölsnitz, der zu seiner Großmutter sagte, sie solle den Kaffee warmhalten, er sei gleich wieder da. B. aus Annaberg-Buchholz, der beim Abendbrot saß, als die Tür ging: Komm rein, du kannst gleich mitessen, ich hab' Spaghetti gekocht. Was ist denn Johanna?

So und hundertfach anders und doch so haben sie uns aus dem Leben entfernt, aber wir leben noch. Und versuchen zu begreifen. Eigentlich wollten wir Kaffee trinken oder zu Abend essen. Jetzt sind wir auferstanden, essen und trinken. Lauschen auf die Geräusche der Welt, warten, ob es klopft.

Die Kastanienbäume fangen an, ihre Blätter zu verlieren. Der *Trabant* fährt am Mahnmal für die Opfer des Faschismus vorbei. Den Toten zur Ehre, den Lebenden zur Mahnung, lese ich. Dann rechts, noch fünfzig Meter. Dann links. Aussteigen. Ein alter Mann mit Stock bleibt stehen. Ich drehe mich um.

Im 3. Stockwerk werde ich in ein Zimmer geführt. Zwei Herren weisen sich als Mitarbeiter des MfS aus. Sie fordern mich auf, ihnen meinen Personalausweis zu zeigen und behalten ihn ein. Dann muß ich meine Taschen entleeren.

Ist das eine Leibesvisitation, oder was? Was wollen Sie von mir?

Wieso werde ich von der Kriminalpolizei vorgeführt, wenn Sie mich sprechen wollen?

Man verhört mich zwölf Stunden.

Mitwisser und Freunde werden zu Zeugen gemacht

Wenn du weißt, daß du nicht die verraten darfst, die deine Freunde sind, wenn du weißt, daß du denen, die dich geholt haben, nichts erzählen sollst, was wichtig für sie wäre – und alles Konkrete über dich und deine Freunde ist für sie wichtig –, dann kann dir nicht mehr passieren, als daß sie dich abends ins Gefängnis bringen. Aber das erste, das Nicht-Mitspielen, und das zweite, das mit einiger Sicherheit logische Resultat, deine Inhaftierung, mußt du vorher kennen. Und du mußt wissen, daß nicht das Erste zum Zweiten führt, also dein aktueller Widerstand während des Verhörs, deine Inhaftierung zur Folge hat, sondern deine permanente, vorhergehende Widerstandshaltung zur Festnahme führte, die deine Inhaftierung, »das Schlimmste« – Gefängnis –, zur Folge haben wird, wenn du dich nicht aufgibst, jetzt gerade beschließen willst, ein anderer zu werden, jetzt, wo du so wichtig für sie geworden bist, daß sie ihre Festungen verließen, jetzt wo der Triumph schon dir gehört, weil sie gekommen sind, um gegen deine Gedichte oder Meinungen vorzugehen.

Wenn sie dich wollen, solltest du nicht auspacken, ihnen nicht dienstbar sein, um dein Martyrium zu gestalten, das meine ich nicht, aber du solltest dich nicht verraten, indem du deine Freunde oder Gedanken verrätst. Ich war im Gefängnis und wollte es nicht, aber noch weniger wollte ich auf diesen Stühlen und vor ihren Augen sterben und in mir selbst. Sie geben dir scheinbar alle Möglichkeiten, alle Karten des Verrats oder des Märtyrers kannst du ausspielen, sie stecken sie dir zu, aber du verfügst über nur eine Karte, die sticht: über dich selbst. Du, den sie geholt haben.

Sie sagen mir, daß M. wegen Herstellung (Maschinenabschriften) und Verbreitung des Buches *Die wunderbaren Jahre* von Reiner Kunze einsitzt. Als ich versuche, M. zu entlasten, sie sei nur durch mich auf solche Gedanken gekommen, sie verstehe eigentlich nichts davon, brüllt einer der beiden Vernehmer: *Ich schlage Sie mit dem Kopf gegen die Wand, bis Sie wieder normal sind.* Und ich zünde mir eine Zigarette an, um die Hände zu gebrauchen, die ruhelos zittern. Das war nach einer halben Stunde. Der eine Herr gibt sich sanft und vernünftig, der andere geht ständig aus dem Zimmer und brüllt, wenn er wiederkommt. Das soll anscheinend meine Konzentrationsbögen zum Fallen bringen. Das ist die alte Tour, das wußte ich vorher, der Zerfall des Verhörs in Gut und Böse, vermittelt durch Personen, soll dich endgültig von einer Ecke deiner Seele in die andere treiben, dich endlich fertigmachen; die alte Tour seit der Inquisition.

Ihnen sei bekannt, sagen sie, daß ich »nicht nach dem Westen« gehen will. M. hat dies auch bestätigt und ihnen wohl noch gesagt, daß wir hier kämpfen werden. Ich bejahe, und sie sagen mir, daß jemand, der unsere Einstellung hätte, nicht im Vogtland leben könne. Ab jetzt würden »die Züge auf ganz anderen Gleisen fahren«. Ich fange an zu verstehen. Später ironisieren sie, sagen, daß ich wohl Schriftsteller, einer wie Heym und Seyppel, werden wollte. Alles im sächsischen Dialekt, laut und absichtlich nachlässig. Sie wollen einen Dreck aus einem machen. Nach zwölf Uhr übt sich einer der Herren in vulgärmarxistischen Monologen, die zwei Stunden dauern. Eine erneute Ermattungstaktik. Danach läßt er sich ablösen von mehreren schnell nacheinander wechselnden Herren, von denen mir einer das Rauchen verbieten will und der nächste mich dazu auffordert.

Dann kommen sie auf die bei M. gefundenen Gedichte zu sprechen. Hauptpunkt meiner Strategie ist: Biermanns, Fuchs', Kunzes und meine Gedichte sind keine »staatsfeindliche Hetze«. Man bringt bei mir in Reichenbach beschlagnahmte Materialien und macht deutlich, daß meine Leipziger Wohnung durchsucht wird. Es ist früher Nachmittag. Ich erfahre, daß auch alle meine Freunde hier sind und in den Nebenzimmern verhört werden. Dann bringt man mir ihre Protokolle, dann liest man sie vor, dann sagt man, daß sie alle entlassen seien. Nur ich nicht.

Oft verlassen beide Vernehmer das Zimmer und flüstern vor der

Tür. Ich höre einige Fetzen ihrer Gespräche: Der denkt, ihn könne noch was retten... laß mich das machen... dann gehst du rein. Später, nachdem ich die Protokolle meiner Freunde zu lesen bekommen habe, bringen sie, es ist jetzt 18 Uhr, ein Tablett mit Schinkenbrötchen und Gurken. Ich versuche, ruhig zu essen. Der ›Brüller‹ kommt plötzlich ins Zimmer, stellt sich vor mich hin: Essen Se nur gut, Rachowski, wer weeß, wann Se wieder was bekommen.

Später, im Gefängnis, fällt mir die Verhaftungsszene aus Günther Weisenborns *Memorial* wieder ein. Weisenborn und seine Freundin werden von der Gestapo nachts aus den Betten geholt...

»›Sie müssen beide mitkommen‹, sagte der Kommissar, ›es kann länger dauern. Packen Sie einen Koffer.‹

Joy packte einen Handkoffer.

›Sie denken wohl, Sie kommen in eine Gemeinschaftszelle‹, schnauzte er sie an.

›Packen Sie zwei Koffer.‹

Wir packten zwei Koffer. Als Joy stolperte, sagte der Kommissar: ›Falln Se langsam, dann ham Se mehr Jenuß davon!‹

Sie stand wie eine Flamme, voller schneidender Verachtung.

Zwei der Männer blieben in der Wohnung.

Unten warteten zwei Privatautos mit zwei Fahrern in Zivilkleidung. Die Hausbewohner starrten durch alle Gardinen. Sie wurde in das erste Auto gebracht und abgefahren.

Der Kommissar setzte sich zu mir und sagte dem Fahrer: ›Na, dann wolln wa mal.‹ Man fuhr mich in die Prinz-Albrecht-Straße, wo ich mit dem Lift in den Keller gebracht wurde. Und in die Zelle. An jenem Tag hatten die Gestapoleute noch jenen forschen, umgänglichen Ton, mit dem sie Vertrauen zu erwecken suchten, jenes ›wat denn ... wat denn ... nö, mein Lieber ... es geht alles vorüber...‹

Es ging alles vorüber.«

Nach dem Essen fragen sie mich, ob ich mit M. noch bis zuletzt geschlafen habe. Als ich antworte, das ginge sie überhaupt nichts an, ahne ich die Bedeutung ihrer Frage noch nicht.

Um 19 Uhr bastelt der *Besonnene* aus seinen Notizen ein Protokoll, das mit den Worten beginnt: Uns ist bekannt, daß Sie staatsfeindliche

Hetze betrieben haben. Äußern Sie sich dazu. Vernommener: Ja, ich habe staatsfeindliche Hetze betrieben. Das betrifft im besonderen...

Ich lache und weigere mich, eine einzige Unterschrift zu leisten. (Jede Frage soll einzeln und jedes Blatt insgesamt unterschrieben werden.)

Er brüllt, kommt auf mich zu, etwa 5 cm an mein Gesicht. Hält den Kugelschreiber vor meine Augen, schlägt auf die Tischplatte: Unterschreiben, los! Ich durchbreche die Konstellation, indem ich aufstehe und einen Meter zurücktrete. Er stutzt, wirft den Kugelschreiber auf den Tisch und verläßt das Zimmer. Ich zünde mir eine Zigarette an.

Nach einigen Minuten kommt der *Brüller* herein und protokolliert von vorn.

Das Erstverhör soll dich schuldig machen. Oder sie haben dich geholt, um dich als Zeugen zu gebrauchen. In beiden Fällen habe ich gelernt, daß Schweigen, zumindest im Erstverhör, das wirksamste Mittel ist, deine Lage erträglich zu machen. Du vermeidest Fehler, die später nicht mehr zu korrigieren sind. Ich kenne einen Fall, bei dem eine Großmutter, die ihre Brille vergessen hatte, dazu benutzt wurde, die entscheidende Aussage zu machen, die die Inhaftierung ihres Enkels für zwei Jahre zur Folge hatte.

Sich-nicht-erinnern-Können, Vergessen-Haben, Nicht-mehr-Wissen sind gute, aber empfindliche Mittel der Positionsverteidigung. Sie werden nicht geglaubt. Hinter dem Naiven vermuten sie den Mitwisser.

Gegen 21.30 Uhr kommen drei Männer ins Zimmer und werden von den anderen erleichtert begrüßt. Es ist ein Transportkommando aus Karl-Marx-Stadt, das mich holen soll. Es wird mir mitgeteilt, daß ich verhaftet sei und daß bei Fluchtversuch von der Schußwaffe Gebrauch gemacht werde. Ich werde noch einmal aufgefordert, alles, was ich bei mir habe, auf den Tisch zu legen. Sie fragen mich, was das für viele Fahrscheine seien und warum ich sie in der Tasche tragen und nicht wegwerfen würde. Ich sage: Das sind Erinnerungen an Besuche bei M.

Sie legen mir Handschellen um.

Guckt noch mal nach, ob er kein Messer einstecken hat, sagt einer.

Sie schubsen ein wenig, als ich die Treppe hinuntergehe, der mit der Glatze ist eifrig. Im Hausflur kommt mir ein Mädchen entgegen und geht in ein Zimmer.

An die Wand! Gesicht zur Wand, sagt einer.

Draußen steht ein *Barkas*. Ich muß an der Seite einsteigen, hinter dem Beifahrersitz. Sie schließen mich in eine fensterlose Zelle, so breit wie meine Schulter, ebenso lang, 1,40 hoch. Ist denn keiner mehr auf der Straße, jetzt Freitagabend, jetzt am Wochenende, zum 30. Jahrestag der DDR?

Ich sitze in Fahrtrichtung auf einem Brett. Bis zur Autobahn weiß ich alle Wege.

Omnipotenz der repressiven Mittel – dein Zuhause – die Zelle. Widerstandsformen

Die schlimmen Träume liegen vor der Verhaftung. Wenn sie geschieht, bist du hellwach. Nicht wie ein Film läuft das ab, dieser oft gebrauchte Vergleich trifft nicht zu, du bist von Anfang an der Handelnde, der alles bestimmt, was dich rettet oder zerstört. Du bestimmst jetzt deinen inneren Zustand, der, so oder so, die nächsten Monate anhalten wird. Wenn du weißt, warum du hier bist, wenn du nicht »angeschissen« hast, ist dir deine Persönlichkeit gewiß.

Gegen sie richten sich alle nun folgenden Angriffe.

Der *Barkas* stoppt. Ein Tor wird aufgeschoben, eine Stimme fragt, ob alles in Ordnung sei.

Ja, macht schon auf.

Alles ist in Ordnung, nur du sitzt eingepfercht in der Dunkelheit der Autozelle. Sonst nichts.

Die Tür wird geöffnet, ich steige aus und drehe mich um: Signaldrähte, Mauern, Lampen. Jemand stößt mich auf eine hochführende Treppe. Vorwärts, glotzen Se nicht rum.

Eine Tür, ein Gang. Halt. Gesicht zur Wand. Mehrere Männer

kommen gelaufen. Scherze. Begrüßungsreden für das Transportkommando. Sie nehmen mir die Handschellen ab. Einer in Uniform, ein Leutnant sagt: Folgen Sie.

Ich verstehe noch nicht ganz. Warum tragen die hier Uniformen der Armee? Kurze Zeit denke ich, das hier ist ein Armeegefängnis, aber ich erinnere mich, daß auch das MfS und das MdI (Ministerium des Innern) ähnliche Uniformen tragen.

In einem Raum muß ich mich ausziehen. Der Leutnant durchsucht alle Taschen, greift die Nähte der Unterwäsche ab und nimmt die Sohlen aus meinen Schuhen. Er diktiert einem Major Stückzahlen und Bezeichnungen in die Schreibmaschine. Während ich nackt vor ihm stehe. Ich höre zum ersten Mal den Begriff »Effekten« und »geht auf Effekten« (meine Brieftasche, Geld, Kamm und Schnürsenkel).

Dann darf ich meine Kleidung wieder anziehen, bekomme einen anderen Kamm ausgehändigt und nehme auf Anweisung einen Stapel auf: Decken, Bettwäsche, Zahnpaste, Zahnbürste, Trinkbecher. Ich bekomme Pantoffeln, darf aber meine Schuhe mitnehmen.

So war es bei mir, und später sagte mir einer: Das war noch gar nichts.

Ihm hätten sie »in den Arsch geguckt«, sagte er, und das Haarteil runtergerissen. Einer in Uniform hätte geschrien: *Maskiert, der ist maskiert!* Die Nähte seiner Jacke waren aufgetrennt, das sah ich, als er zu mir in die Zelle kam, und ich dachte: Verflucht, einer mit Glatze, ein Mörder.

»Der Mörder« erwies sich als »Staatsverleumder«, der seine Haare beim Bau eines Einfamilienhauses verloren hatte, so viel Nerven hätte es ihm geraubt, sagte er mir.

Er hatte Familie. Zwei Kinder. An seinem kleinen Haus wären ständig Militärfahrzeuge vorbeigefahren. Das hatte ihn aufgeregt. Er hatte die »Russen« beleidigt. Ein Freund, den er als Entlastungszeuge angegeben hatte, bestätigte dem MfS, daß S. »dem Kerl von Fahrer einen Stein ins Fenster werfen wollte«. Darauf wurde S. seitens des MfS mitgeteilt, daß ihm »der Arsch aufgerissen werden wird, bis ein D-Zug durchpaßt«. »Und die Russen, du Schwein, liegen hier im Dreck, damit deine Tanten im Westen in Saus und Braus leben können.«

Es handelte sich um zwei ältere Damen aus München. Manchmal weinte S., abends, wenn er an seine Familie dachte. Später rechneten wir zusammen seine Einkünfte in den letzten zwanzig Jahren nach. Mit Streichhölzern. Ihm wurde vorgeworfen, er habe in seiner Position als Lagerverwalter Material verschoben, um sich zu bereichern. Die Streichholzbilanzen fielen allabendlich zu seinen Gunsten aus: S. kämpfte um seine Persönlichkeit, als er glaubte, er könne für sein Recht kämpfen, hinter Glasziegeln, im Neonlicht, untermalt von den diffusen Geräuschen der Nahverkehrsmittel, deren jede Linie er auswendig wußte.

Nach dem Abendessen, zwischen 17 und 21 Uhr, als in jedem von uns das Entsetzen kein Ende nehmen wollte.

Anders war es am Tage. Dann wurde die Zelle manchmal zum Zuhause; aufatmend traten wir nach einem Verhör ein, empfangen von dem Lächeln des anderen, von einem Wort oder einer Zigarette: Rauch erstmal.

Ich habe mir nach vielen Verhören die Füße gewaschen, er kommentierte lachend: Hast wohl kalte Füße gekriegt, was?

Der andere. Mit ihm hast du leben müssen. Ihr konntet ihn euch beide nicht aussuchen. So konnte er auch zu einer »Haftverschärfung« (wie wir sagten) werden. Und die Zelle wurde zur Hölle. Solchen Bedingungen verpflichtet, bist du entscheidend verantwortlich für den anderen Menschen, der mit dir das gleiche Schicksal erduldet. Du bist für ihn die Verkörperlichung »des Menschlichen« überhaupt, wenn du zu ihm menschlich bist. Zusammen und miteinander überlebt ihr den grölenden Spott des »Unmenschlichen«, die Unterwerfung und Zerstörung der einzelnen Persönlichkeit.

Ich trage das Deckenbündel auf beiden Armen. Folgen Sie mir.

Der Leutnant schließt eine weiße Stahltür auf. Ich bleibe stehen und bin im Gefängnis. Erst jetzt, wo die Bilder Filmen gleichen, begreife ich mein Schicksal. Ich sehe ein Zellenhaus, dreistöckig, und mir ist klar, wo ich bin.

Hier rein.

Der Leutnant schließt eine Zelle auf.

Ein paar Schritte, fast neugierig, dann eilig entschlossen, gehe ich in die Zelle.

Erster Blick: Fenster – Glasziegel, starkes künstliches Licht, grell, auf einem gelben Ölsockel. Keine Raumangst, wie ich es gefürchtet hatte, als hinter mir zugeschlossen wird. Ich werfe das Bündel auf die Holzpritsche. Ruhe, fast Sicherheit überkommen mich. Es schließt. Ich zucke zusammen.

Duschen, sagt der Leutnant. Handtuch und Seife. Brauchen Sie Haarwäsche?

Der Leutnant gehört, was sich später immer wieder bestätigt, zu den Ruhigen. Als ich mich an der Tür zur Dusche stoße, sagt er, ich solle mich vorsehen.

Er schließt die Tür, sagt, ich solle, wenn ich fertig sei, Licht machen. Er zeigt auf den Schalter. Plötzlich habe ich Angst. Wenn nun... wenn nun aus der Dusche kein Wasser kommt. Sondern.

Diese Angst hat mir später in Cottbus einer bestätigt. Jetzt machen sie dich fertig, dachte ich, ich war doch als Tourist in Auschwitz gewesen, weißt du.

Als ich fertig bin mit Duschen, mache ich Licht und werde zurück in die Zelle geführt. Der Leutnant wünscht mir eine gute Nacht. Das Neonlicht und eine Glühlampe neben der Tür brennen die ganze Nacht.

Früh beginnt der Tag. Früh beginnt die Ohnmacht. Aufstehen. Bettenbau. Becher raus. Wieviel Brot. 182 Tage hat der Kassberg in Karl-Marx-Stadt für mich. Die Tage lassen sich, wenn sie vergangen sind, nicht mehr voneinander unterscheiden. Die, an denen Verhöre stattfinden oder meine Mutter kommt, bleiben.

Nach dem Frühstück – Brot, Margarine, Marmelade, ein öliger Malzkaffee – geht die Klappe an der Tür auf, einer, den ich nicht sehe, sagt: Fertigmachen zur Freistunde. Ziehen Sie Ihre Schuhe an und die Jacke. Das ist jetzt immer so, Freistunde, außer an Sonn- und Feiertagen und bei schlechtem Wetter. Aber das können Sie alles noch in der Anstaltsordnung lesen.

Da habe ich mich gefreut und schnell die Schuhe angezogen. Da dachte ich, jetzt triffst du die anderen, die von nebenan und gegenüber, die über dir Wasser laufen lassen und unter dir an die Wände klopfen. Das, was jetzt kommt, dachte ich, kennst du ja schon. Wir werden alle auf einem Hof im Kreis gehen, und keiner darf sich umdrehen. Und vielleicht steht eine Hundeblume dort. Dann beginnen sie draußen zu schließen, viele Türen, kommen immer näher, dann zu dir, es kracht, Riegel fliegen, Schlüssel drehen, zwei Haken schlagen um. Die Tür steht offen: Komm Se.

Die Schließer sagen kein Wort. Gesten: links, gerade, Treppe, halt, weiter.

Dann stehst du vor der Tür zum Freihof – und erstarrst: kein Mensch. Wieder nur du. Wieder allein. Über dir der Postenturm. Die Freizelle ist 5 m lang, vorn 1,20 und hinten 4 m breit. Mauern, doppelt so hoch wie du. Der Himmel zersplittert in Maschendrahtquadrate, von Mauer zu Mauer liegt ein Drahtnetz auf deinem Blick. Und du erstarrst.

Das haben sie gut ausgedacht: Glasziegel, Neonlicht, Einzelhaft, keine Zigaretten, der gelbe Ölsockel, gelb wie der Krieg, kein Spiegel, keine Uhr, kein Buch, diese acht Freizellen, »Raubtierkäfige« nannten wir sie.

Später, nach einigen Monaten, als wir Zeitungen bekamen, las ich im *Neuen Deutschland* den entsetzten Brief eines Lesers zu den Behandlungsmethoden gegen Beteiligte des Dekabristen-Aufstandes in Rußland im 19. Jahrhundert: »Der Zar hielt sie wie wilde Tiere in Käfigen.«

Das haben sie gut ausgedacht, für den Anfang.

Später drehen sie die Heizung auf. In der Zelle sind weit über 30 Grad. Ich habe die ersten Herzrhythmusstörungen.

Das ist so, sagen sie, als ich mich beschwere.

Erst nach 48 Stunden finde ich heraus, daß das Brett am Fenster waagerecht beweglich ist. Wenn ich daran ziehe, fällt aus dem Schacht, den 2x4 Glasziegelreihen bilden, Luft herab. Ich stehe und atme stundenlang. Hinausschauen ist unmöglich, auch wenn man auf den Tisch steigt. Der Schacht ist so eng, daß man den Kopf nicht hineinstecken kann, um über die äußere Glasziegelreihe hinwegzusehen. Sie ist um zwei Ziegelreihen höher als die innere Reihe. Schaut man senkrecht nach oben, sieht man den gemauerten Fensterbogen. Von ihm laufen senkrecht die Gitterstäbe zur äußeren Ziegelreihe. Das Eisen hat einen Durchmesser von ca. 6 cm. Das denken sie gut aus, dies allmächtige System ihrer Mittelchen, an denen du schön langsam, bei Gesunderhaltung deines Körpers sterben sollst.

Am Sonntag ist der 7. Oktober 1979, und sie feiern den 30. Jahrestag der DDR. Ich bin zwei Tage in Haft und stehe am Abend unter dem Luftschacht. Draußen knallt es plötzlich; zuerst denke ich: Schüsse. Deine Freunde kommen. Aber dann färben sich die Glasziegel rot, gelb und grün, und ich weiß: Draußen brennen sie ein Feuerwerk ab.

Es schlägt an die Tür, dann geht die Klappe auf: Runter vom Tisch!

In der Tür ist eine Glasscheibe eingelassen, als Spion, 5 mal 1 cm. Manche der Schließer schleichen von Tür zu Tür ohne Geräusche zu machen und heben auch leise die Lederklappe an, die von draußen davorhängt. Du weißt nie, ob gerade jemand guckt. Sie schauen den ganzen Tag, auch nachts, in Abständen von wenigen Minuten. Unregelmäßig; du kannst dir nichts vornehmen.

Die Türklappe geht auf, eine Hand stellt eine Schüssel darauf. Ich nehme sie herein, die Klappe schnappt zu. In der Schüssel ist etwas, was ich mit dem Löffel, der drin liegt, in meinen Mund schiebe, kaue und verschlucke. Die Klappe schlägt auf, ich stelle die Schüssel ab. Eine Hand nimmt sie herunter und drückt die Klappe wieder an. Aber selbst diesen letzten Vorgang kann ich nicht sehen, nur vermuten.

Später, als wir zu zweit waren, kannten wir die Geräusche und standen beim Herein- und Herausgeben der Schüssel an der Tür, schon bevor die Klappe aufging.

Beim Hereinnehmen des Essens gab ich acht, nicht zu drängeln. Die Portionen waren unterschiedlich groß und gleich kalt.

Am 7. Tag meiner Haft schließt es. »Vernehmung«, denke ich, nachdem ich »Freilassung« gedacht habe. Einer in Zivil, wie ich mit Bart, kommt durch die Tür, trägt ein Bündel auf beiden, vorgestreckten Armen: Meine Isolationshaft ist vorerst vorbei.

Im Juni 1979 sitze ich in Leipzig abends vor dem Fernseher und sehe die *Tagesschau*. Eine Meldung lautet, in der DDR gebe es »schwarze Listen« mit den Namen potentieller Staatsfeinde, die »im Ernstfall« verhaftet und »gegebenenfalls liquidiert« werden sollen. Es wird eingeräumt, daß es sich bei dieser Nachricht um eine Falschmeldung handeln könnte.

Ich lache. Ich lache, obwohl ich weiß, daß eben acht Schriftsteller aus dem Verband ausgeschlossen wurden, ich lache und habe Kenntnis vom Inhalt der Strafrechtsänderung zum 1. August 1979. Das Volk soll das Maul halten und die Schriftsteller ihre Fressen. Vor diesem Gesetz ist jeder gleich. »Die sozialistische Demokratie weiter gestärkt« stand in den Zeitungen.

Und ich lache und weiß, wie sie das Netz seit Jahren auch um uns, meine Freunde und mich, enger gezogen haben. Bei der Ausbürgerung Biermanns haben einige von uns noch Witze gemacht und wollten nicht verstehen, nannten unsere Diskussionen und Prognosen eine Hyperreaktion, weil wir zu nah an den Betroffenen hingen. Aber Brechts Worte »Dem Judaskuß für das Volk ist der Judaskuß für die Künstler gefolgt« trafen auch für die DDR zu, nur in umgekehrter Weise. Erst wurde versucht, die Künstler 1976–1979 zum Schweigen zu bringen, und dann mit den Maulkorbgesetzen zum 1. August '79 die Arbeiter.

»Im Ernstfall verhaftet und gegebenenfalls liquidiert.« Und wenn es so käme?

Jede Diktatur ist somit zuallererst bestrebt, gleichzeitig die Arbeit und die Kultur zu versklaven. In der Tat müssen sie alle beide geknebelt werden, denn die Tyrannen wissen wohl, daß anderenfalls früher oder später die eine für die andere aufstehen wird.

Albert Camus

In der Zelle. Widerstandsformen.

Sei nicht dienstbar. Wenn sie deine Fingerabdrücke nehmen, halte nicht still, lache beim Foto fürs »Verbrecheralbum«.

Sie enthalten dir jeglichen Genuß (Rauchen, Lesen, Schreiben) vor. Verlange Bücher und Zigaretten. Schreibe an die Wände oder auf den Tisch.

Höre nicht auf, nach Genüssen zu fragen, du fragst nach Leben. Wenn sie dich isolieren, sing deine Lieblingslieder, zieh den Luftschieber, verschaffe dir Gerüche. Nimm Klopfkontakt zu den Nebenzellen auf, du glaubst nicht, was es zu erzählen gibt! Mache auf dich aufmerksam: Melde dich zum Arzt, zum Anstaltsleiter. Bestelle dir Tee. Frag nach der Zeitung. Nach Briefen für dich. Wenn sie drohen, höre auf für eine Zeit und fange dann wieder von vorn an. Zu klopfen, zu lachen, zu nörgeln, Licht zu machen.

Sei kein Komplize. Die »höflichen« Schließer sind Teil der »Hofgesellschaft«, die dich zerstören will. Sie wollen dich »weich« machen für die Verhöre. Mache dich nicht kaputt, wenn ein Vernehmer sagt: Morgen hole ich Sie.

Das kann Wochen dauern. Schalte ab.

Bei unklaren Punkten des Verhörs sagen sie oft: Darauf kommen wir noch zurück. Bereite dich vor, darauf, auf das, was du sagen wirst, aber quäle dich nicht; mit solchen Versprechungen wollen sie den Terror in die Zelle tragen.

Der Rothaarige hockt vor der Türklappe. Vorher hat er von innen die rote Lampe draußen auf dem Flur angeschaltet. Sie sollen kommen.

Machen Sie Licht, wenn Sie ein Anliegen haben, sagten sie am Anfang.

Die Klappe geht auf.

Der Rothaarige: Frau Offizier, wie geht's denn?

Uniformierte: Mir? Gut, warum?

Der Rothaarige: Nun, ich habe gerade gesagt, daß ich draußen mit Ihnen gern ein bißchen erzählen würde, bei einer Tasse Kaffee. Andere wollen mit Ihnen nichts zu tun haben. (Er dreht sich um.)

Ich: Halt's Maul.

Der Rothaarige: Merken Sie nun, daß wir, meine Frau und ich, keine schlechten Menschen sind? Wir haben immer gearbeitet, von früh bis spät.

Uniformierte: Ja, ja. Ihrer Frau geht's gut. Sie hat eine Liegeerlaubnis bekommen. Sie können ganz beruhigt sein.

Der Rothaarige: Danke, Frau Offizier, vielen Dank.

Die Klappe wird angedrückt, er kommt mit strahlendem Lächeln auf mich zu.

Der Rothaarige saß wegen »Behinderung der Arbeit der Behörden«. Er hatte einen Antrag auf Übersiedlung in die Bundesrepublik gestellt und später in einem Brief darauf hingewiesen, daß er bereit sei, die »Nahrungsaufnahme zu verweigern« und nicht mehr zu arbeiten. An Gefängnis hatte er nicht gedacht.

Als ich nach zwei Monaten zu ihm in die Zelle kam, hatte er gerade, wie ich später in Cottbus erfuhr, einen Mitgefangenen denunziert. Dieser habe ihn überreden wollen, sagte er dem Vernehmer, nach »dem Westen zu gehen«. Aber er fand keine Gnade. Er wurde dennoch verurteilt, und noch aus der Zelle heraus über seinen Vernehmer ließ er seine Beziehungen zu einem Staatsanwalt in Annaberg-Buchholz spielen, für den er Autos repariert hatte. Seine Anklageschrift wurde 36 Stunden vor Prozeßbeginn zu seinen Gunsten verändert.

Seine Frau wäre bereit gewesen, eine längere Gefängnisstrafe auf sich zu nehmen, um ihr gemeinsames Ziel durchzusetzen. Sie bekam drei Monate, er ein halbes Jahr. Ohne Bewährung. Den er denunziert hatte, der ehemalige Direktor des Museums Glauchau, wurde für den gleichen Paragraphen zu 18 Monaten verurteilt. Er hatte, als sein Antrag auf Übersiedlung in die Bundesrepublik abgelehnt wurde, gegenüber einem Beamten geäußert: Da kann ich mich ja gleich aufhängen.

Das reichte für anderthalb Jahre.

Verhörpraktika für Anfänger

Schweigen ist Gold. Reden ist Silber.
Silber ein Handgeld für Judas.

Am 6. November, nach vierwöchiger Haft, habe ich mein erstes, längeres Verhör.

Vernehmer: Ich habe Sie jetzt erst holen lassen, denn wir hatten viel zu tun und haben eine Reihe von Fällen abgeschlossen. Darunter den von der... (M.). Sie ist ärztlich untersucht worden. Dabei hat sich herausgestellt, daß sie schwanger ist. Sie wissen ja, wer der Vater ist, klar. Die... (M.) wird wahrscheinlich noch diese Woche entlassen werden. Ich soll Sie von ihr grüßen.

Ich bin fassungslos, bitte um Zigaretten, gehe auf seinen Ton ein, als er das Verhör fortsetzt. Ein gefährliches Verhör, in dem ich fast redselig bin.

Es geht um meine Gedichte und Tonbandaufnahmen mit Biermann, Fuchs, Kunze.

Die Verhöre erstrecken sich bis Ende Januar.

Vernehmer: Heute geht es noch einmal um Ihre Gedichte. Ich habe die fünf, die schon beim letzten Mal zur Sprache kamen, wieder mitgebracht. Es sind Fotokopien. Die anderen Gedichte von Ihnen werden zurückgegeben, höchstens der Staatsanwalt zieht noch welche ein. Da kann ich dann nichts machen. Einige davon sind ja auch hart an der Grenze zum 106 [§ 106: »staatsfeindliche Hetze«]. Zum Beispiel das Gedicht *Hoffnung*. Eindeutig. (Zitiert): »Aber bitte / laßt euch nicht / abknallen / zwischen den Niemandsländern/ Schwarz Blut Gold«.

Aus Vernehmungen:

Schriftsteller wolln Se werden, Rachowski. Aber ni so eener wie Heem und Seeppel! Und was sind Se jetzt? Hofkehrer, Rachowski.

Wer is'n das, der so ähnlich wie sie heißt? Se haben Gedichte von ihm auf Tonband gesprochen. 'N ganzes Band voll.

Was ich? Kenne ich nicht.

Nach Wochen stellt sich heraus, daß es sich um Johannes Bobrowski handelt, den man in meinen Korrespondenzen und Adreßbüchern suchte, um ihn zu verhören. Er ist seit 1965 tot.

Und uff der Kassette is ooch Hetze, Rachowski. Von Ihrem Freind Fuchs. Warum sollte die Polizei böse werden auf den Herbst... Gemeint war ein Gedicht von Günter Bruno Fuchs. Es erschien in der DDR 1971. Der Autor ist seit 1977 tot. Ausgehend von meinen Tonbändern ermittelte das MfS bereits gegen ihn.

Jetzt drehn mir den Hahn zu! Anders geht's halt ni mit Ihnen und Ihren Freunden. Dr' Schriftsteller. Ha, ha, ha.

Was? Das Buch wolln Se wiederhaben? Cohn-Bendit is' Anarchismus, das wissen Se doch.

Na, mit dem Gedicht ieber'n Biermann kommen mer net weiter. Neh'mer mal das: *Thüringische Legende – für Reiner Kunze –*. (Liest): »Einen hat man vertrieben / dem zog der Jasmin nach.« Wer is'n der Jasmin, Rachowski?

Vemehmer II: Ich bin Ihr neuer Vemehmer. Der Oberleutnant hat einen anderen Fall übernommen. Ich hoffe, daß wir uns gut verstehen und Ihren Fall schnell abschließen können. Aber hier, lesen Sie erstmal. Ein Brief von Ihrer Mutter. Woll'n Se 'ne Zigarette?

Ich rauche und beginne, den Brief zu lesen. Die Tür geht auf, ein Herr kommt herein, ebenso beleibt wie Vernehmer II. Sie begrüßen sich.

Der Dicke: Das ist also Rachowski. Aha. (Pause) Wohl Konterrevolution machen in Reichenbach, was?

Ich: Wie bitte? Wer?

Der Dicke: Sie! Rachowski, aber da haben Sie sich verplant und jetzt sitzen Sie hier.

Ich: Wie sollte jemand Konterrevolution machen, wenn keine Revolution existiert?

Der Dicke: Das hätten Sie gern, das glaube ich! Und daß Ihnen nicht aufgefallen ist, daß wir die Macht haben. Die Arbeiter und Bauern.

Ich (zeige auf beide Vernehmer): Haben Sie schon mal 'ne Revolution mit 'nem Bauch gesehen?

Der Dicke wird knallrot und unterdrückt einen Wutanfall. Läuft wie wild im Zimmer herum.

Der Dicke (nachdem er zur Ruhe gekommen ist): Das werden wir Ihnen schon zeigen, Ihnen und Ihrem Freund Fuchs. Wissen Sie eigentlich, wo Fuchs Mitglied ist, in welchem Verein?

Ich: Nein.

Der Dicke: Den Namen will ich von Ihnen wissen! Wer hat noch Kontakt zu Fuchs? Die aus Reichenbach? K.? Sie?

Ich: Soweit ich weiß, verlegt Fuchs im Rowohlt Verlag.

Der Dicke: Verlag! Verlag! – *Gesellschaft für Menschenrechte*!

Vernehmer II: Klingt gut, was, Rachowski?

Der Dicke: Mitglied ist er dort! Aber wir kennen alle Aktivitäten. Dort haben wir auch unsere Leute. Aber das werden wir alles noch sehen. Wir wissen, wie diese Leute arbeiten. *Vereinigung freier Juristen*, das gab es schon vor zwanzig Jahren. Die haben die Gelder versoffen und waren später nicht mehr tragbar. Das kennen wir alles.

Vernehmer II: Wir kommen darauf zurück, Rachowski, aber jetzt lesen Sie Ihren Brief.

Sie verlassen beide das Zimmer, die Tür bleibt auf, Vernehmer II kommt nach kurzem Geflüster auf dem Gang zurück ins Zimmer.

Ich schlußfolgere später in der Zelle: Vernehmerwechsel vom Oberleutnant zum Major bedeutet, daß mein Fall in ihren Augen gewachsen ist. Sie haben in Kombination mit dem Brief meiner Mutter eine Überrumpelungssituation geschaffen, d.h. sie wollen mir den § 99 oder § 100 anhängen (staatsfeindliche Agententätigkeit). Dazu brauchen Sie eine Aussage über meine Kontakte zu Jürgen Fuchs. Natürlich ist Fuchs nicht Mitglied der *Gesellschaft für Menschenrechte*, aber mit meiner Aussage über Kontakte zu ihm, hätten sie die Anklage so konstruieren können.

Sie haben aber keine Aussage erhalten, sondern mir eine Information zukommen lassen: Meine Freunde, welche, die mir helfen können, wissen, daß ich sitze.

Und M. ist entlassen und wegen ihrer Schwangerschaft für ein Jahr geschützt. Ich bin froh.

Vernehmerzitate (aus Verhören Mitgefangener):

Ich stecke Sie in einen Sack, und wenn Sie dann immer noch nichts sagen, binde ich oben zu.
Du Verbrecher, du Schwein.
Sie lügen, daß de Blume de Kepfe hängen.
Meinen Namen werden Sie drüben erfahren, ich stand schon in der *Frankfurter Rundschau*.
Setzen Sie sich anständig hin, Ihnen gefällt es wohl bei uns?
Was halten Se vom Bumsen, oder sind Se ooch so eener wie X.? Kenn' Se X.s Frau?
Ich bin nicht impotent, wenn Se das meinen, und was heißt hier, wir bekämen unsere Frauen zugeteilt!

Jetzt werden wir gleich zusammen schlittenfahren, wir sind ja allein.

Ein anderer ballt mit einem Stück Knetmasse. Sagt: Das sind Sie. Wir können Sie immer wieder auffangen. Aber: Er läßt die Knete fallen und tritt darauf. Einige bauen Kartenhäuser: Blatt für Blatt können wir abtragen, wir können es aber auch so machen. Er wirft das Haus um. Sie treten an den Tisch, schlagen an die Stühle, auf Tische. Sie kommen nah heran mit ihren Gesichtern. In Hohenschönhausen spielt einer den Gefangenen mit seinem behaarten, faustgroßen Muttermal am Arm vor der Nase herum.

Und dir wird schlecht vor Angst und Ekel.

Nun ist alles schon lange her. Jetzt sitze ich für vier Wochen in dieser Villa am Wannsee, *Literarisches Colloquium Berlin*, dank der freundlichen Vermittlungen von Sarah Kirsch, Jürgen Fuchs und Walter Höllerer. Wenn kein Schnee fällt und der Nebel tagsüber steigt, kann ich aus meinem Fenster auf den Wannsee schauen. Stundenlang sitze ich unbeweglich, abends, wenn die Lichter der anderen Seite sich im Wasser spiegeln. Das ist selten, denn dieser Januar ist reich an Nebel und Schnee.

Eigentlich hätte ich viel zu tun. Am 3. November 1980 haben sie mich morgens 4.30 Uhr geweckt, um mich vom Strafvollzug Cottbus nach Karl-Marx-Stadt zu bringen. Auf dem Weg zum Transportkeller fiel der erste Schnee dieses Winters. Unter die taumelnden Schneeflocken mischte ich, sorgfältig verstreut, die Schnitzel eines winzigen Zettels, den ich bis zuletzt bei mir tragen wollte, obwohl ich ihn auswendig gelernt hatte. Auf ihm standen Stichpunkte zu Gedichten, Erzählungen, einem Hörspiel, die zu schreiben ich eigentlich viel zu tun hätte, statt abwechselnd eine weiße und dann eine blaue *Gauloise* zu rauchen und zu tun, als gäbe es vor dem Fenster anderes als Lichter und Schnee.

Prozeßvorbereitung. Staatsanwalt. Rechtsanwälte

Wenn sie den Zeitpunkt für gekommen halten, machen sie den Prozeß. Wann die Ermittlungen abgeschlossen wurden, spielt dabei keine Rolle. In der *Strafprozeßordnung* ist eine Frist für den Abschluß der Ermittlungen sowie die darauf folgende Distanz zum Prozeß vorgeschrieben. Eine Verschiebung eines Termins bedarf nur eines Anrufs. Der Bezirksstaatsanwalt sitzt um die Ecke, in einem Flügel des gleichen Hauses.

Ende Februar 1980, im fünften Monat meiner Inhaftierung – M. ist im sechsten schwanger und seit drei Monaten entlassen, das Verfahren ausgesetzt; nach der Entbindung drohen Prozeß und Zuchthaus Hoheneck – kurz vor der Nachtruhe geht die Zellentür, und ich werde zur Einsichtnahme in meine Anklageschrift geführt.

Das haben sie sich gut ausgedacht – so vor dem Schlafengehen. Die Anklageschrift hat acht Seiten, alle Titel, die ich »hergestellt und verbreitet« habe, sind einzeln und mit ihren Autorennamen aufgeführt.

Bei Verbreitungen aus dem Jahre 1976 wird die Anklage fallengelassen.

Wegen der damaligen Situation, sagt später der Staatsanwalt, aber Sie haben ja keine Ruhe gegeben und ständig weitergemacht. Bis zu Ihrer Verhaftung. Grundlage für die Anklage sind 52 Titel (Biermann, Fuchs, Kunze, Christian Kunert, Pannach; fünf meiner Gedichte). Ich habe sie laut Anklage 22mal verbreitet.

Nach dem Lesen im Bad werde ich in die Zelle zurückgeführt und belehrt, daß ich jeden Abend um diese Zeit [!] in die Anklageschrift Einsicht nehmen kann.

Ich erzähle dem anderen, Maschinenbau-Ingenieur und kühler Rechner, der sich die Zähne putzt, als ich zurückkomme, vom Inhalt. Jetzt hast du elfhundertvierundvierzigmal gehetzt, sagt er. Und wir lachen, bis uns die Bäuche wehtun.

Nachtruhe, sagt einer auf dem Gang und schaltet das Licht aus.

Am 10. März 1980 werde ich Prozeß haben, weiß ich nun, und immer denkt ein Stechen im Magen oder in der Brust, ein Stechen, das sich wellenförmig ausbreitet, bevor mein Kopf denkt: Prozeß.

Am Montag also, da liegt das Wochenende vorher, wo die Stunden, ja selbst die Sekunden stehen. Manchmal schreit dann eine Frau, und du weißt nicht, warum. Sonnabend, nachmittags, wenn das Mittagessen vorbei ist. Puddingsuppe oder Haferbrei, dann hörst du kein Geräusch; sonnabends und sonntags wird nicht geschlossen, keiner zur Vernehmung geführt, kein »Neuer« geduscht, werden keine Fingerabdrücke genommen. Und du begreifst das Dostojewski-Wort: *Totenhaus.*

Vielleicht bin ich etwas zu vorsichtig mit meinen Wertungen, weil ich nicht einzuschätzen vermag, in welches Land ich jetzt gekommen bin, aber eine, deren Sprache ich sofort verstand, Marianne Herzog, nennt es, wenn die Frauen schreien und an die Türen schlagen und du weißt nicht warum: Folter. Ich lege meine Vorsicht ab und setze meinen Bericht fort: Ja, das ist Folter.

Am Donnerstag vor dem Prozeß werde ich dem Staatsanwalt vorgeführt. Er protokolliert. Ich weise noch einmal auf das Unrecht der Anklage hin: Heimlich und still werden die literarischen Äußerungen ehemaliger Künstler der DDR zur »staatsfeindlichen Hetze« erhoben. Keiner der Autoren, deren Werke ich neben meinen Gedichten »verbreitet« habe, wurde in einem Gerichtsverfahren verurteilt. Nicht einmal durch ein Verfahren »unter Ausschluß der Öffentlichkeit«. Woher also sollte das Volk wissen, was den Herrschenden jeweils mißfiel? Die Tore der Willkür standen und stehen offen. Die Feigheit der verantwortlichen Stellen in Justiz und Kulturpolitik machte das Absurdum möglich, gegen die Namenlosen vorzugehen; der Kulturminister lächelt international befragt, der Vorsitzende des Schriftstellerverbandes, Hermann Kant, empört sich gegen Verdächtigungen, während im Hintergrund der Staatssicherheitsdienst ganze Landstriche von Biermann-Sympathisanten säubert.

Ich frage den Staatsanwalt auch das, was mich eigentlich diesen Bericht schreiben ließ: Wieso zwischen dem 20. 9. und 15. 11. 1979 im Bezirk Karl-Marx-Stadt ca. 30 Personen wegen »staatsfeindlicher Hetze« (Verbreitung von Literatur!) eingesperrt wurden, was hier denn gespielt wird, eine Razzia der »Stasi«, die »Endlösung der Biermannfrage im Vogtland und Erzgebirge« oder »Befriedung der DDR«? Oder wollen Sie mir erzählen, der Kassberg sei ständig überfüllt von Freunden Biermanns?

Der Staatsanwalt ist, für mich wirklich überraschend, verlegen: Gut gesagt, aber Sie sprechen von einer Aktion, einem Unternehmen. Ich klage an, was nach dem Gesetz strafbar ist, aufgrund der Ermittlungen des MfS. Was ich von diesem Untersuchungsorgan an Gesetzesverstößen erfahre, bin ich verpflichtet anzuklagen.

Später sagen welche, die ich im Vollzug treffe, immer wieder: Was? Deshalb seid ihr hier, bei uns standen die Biermann-Platten im Regal, und das Buch von Bahro haben wir bündelweise vervielfältigt und weitergegeben.

Als ich im Verlauf der U-Haft durch Zufälle wie Verlegungen, Klopfzeichen und Inschriften mitbekam, daß viele Personen gleichzeitig und wegen des gleichen Vorwurfs eingesperrt waren, dachte ich, es handle sich um eine DDR-weite Razzia gegen Literatursympathisanten, die erstens zur Auffüllung der wegen der Amnestie in Kürze leerstehenden Strafvollzüge dienen und zweitens aus Zwecken der Reinigung der DDR-Szene auf diese Art und bei Verbüßung einer kürzeren Strafe nach dem Westen komplimentiert werden sollten. Diese zwei Punkte bestätigten sich präzise. Der Staatssicherheitsdienst erwies sich als »planwirtschaftlich« denkend. Seine Unternehmungen erstreckten sich jedoch nur auf den Bezirk Karl-Marx-Stadt. Verbindungen und Fälle, die mir in den Bezirken Gera und Erfurt bekannt sind, wurden nicht verfolgt, aber heute kann ich hinzufügen, daß ca. ein Jahr später diese Fälle, die eben mit der Vogtland-Razzia in engem Zusammenhang standen, ohne Ausnahme kassiert wurden.

Ein Beispiel. Der in Erfurt lebende Schriftsteller R., dessen Name den zuständigen Stellen in Bonn seit einiger Zeit bekannt ist, gab 1979 an M. einige Bücher weiter. M. wurde verhaftet, wie beschrieben, in Zusammenhang mit Verbreitungen im Vogtland. Der Staatssicherheitsdienst äußerte gegenüber M., daß auch alle Aktivitäten von R. bekannt seien. Sie hätten ein Strafmaß bis zu fünf Jahren zur Folge. In dieser Zeit, da im Bezirk Karl-Marx-Stadt die Verhaftungswelle lief, wurde R. nicht einmal verhört. Ein Jahr später erfuhr ich von seiner Verhaftung und Verurteilung im Bezirk Erfurt. Er wurde zu dreieinhalb Jahren verurteilt und befindet sich zur Zeit noch in Haft, weswegen ich nicht ohne sein Einverständnis seinen Namen nennen will. Ein Verfahren übrigens, das ich erst hier im Westen »erlernt« habe, mit dem man angeblich inhaftierte DDR-Bürger schützen will und das ich für sehr zweifelhaft halte. Ein Stillschweige-Abkommen zwischen den westöstlichen Anwaltsbüros und Regierungen. Der Staatssicherheitsdienst beschränkte sich also bewußt auf einen kleinen Personenkreis und geographischen Raum, vor allem wohl deshalb, um keine internationale Öffentlichkeit auf den Plan zu rufen. Verhaftungen von Prominenten oder zum Beispiel Massenverhaftungen in Berlin, wo die Kontakte zum Westen selbstverständlich sind, hätten zwangsläufig ein Interesse seitens westlicher Medien gefunden.

Alle Fälle, die aus unserem Kreis von Verhafteten im Westen bekannt wurden, waren an Adressen zuständiger Rechtsanwälte gelangt, auf privaten Wegen, jeder Fall vom anderen isoliert, keiner ahnte, was geschehen war, die Medien schwiegen. Ein Aspekt dieses Berichtes hier ist auch zu verhindern, daß unbemerkt von westlicher Öffentlichkeit in anderen Bezirken geschieht, was im Bezirk Karl-Marx-Stadt geschah und vielleicht im Bezirk Erfurt wieder geschehen ist.

Weil ich hilflos ansehen mußte, wie der Staatssicherheitsdienst Stadt für Stadt, gemächlich von Norden nach Süden, meine Heimat durchkämmt hat: September: Ölsnitz/Vogtland – Zitat: Sie mußten zweimal fahren, weil die Wagen, die sie mitgebracht hatten, nicht gereicht haben. Mich haben sie in einem *Barkas*-Lieferwagen mit der Aufschrift *Saßnitzer Fisch* abgefahren. – Ende September: Falkenstein/Vogtland – Zitat: Sie hatten alle abgeholt, meine sämtlichen Bekannten waren plötzlich versammelt. Einige haben sie laufen lassen, weil ihre Väter private und lokal bekannte Handwerker waren. Das hätte zuviel Staub aufgewirbelt. Du weißt schon, ihre Bündnispolitik. Aber die Arbeiterkinder mußten dran glauben. – Ende September: Greiz/Thüringen – Zitat: Vor der Buchhandlung, unter den Augen aller Leute, als ich gerade aus dem Bus gestiegen war, haben sie mich ins Auto geladen. – Anfang Oktober: Annaberg-Buchholz/Erzgebirge, Aue/Erzgebirge, Reichenbach/Vogtland – Zitat: Als ich zum 30. Jahrestag hier einfuhr, war der Knast voll, nicht einmal die mir zugedachte Einzelhaft konnten sie mir verabreichen, und ich dachte, Mensch, müssen die einen Schiß haben vor uns paar Tramps und Typen, denn zuerst glaubte ich, sie hätten mich geholt, damit ihren Festlichkeiten zum 30. nichts passiert. – In Karl-Marx-Stadt und Zwickau wird hauptsächlich im September, doch nicht mehr nach dem 7. Oktober »ausgeschickt«. – Zitat: Jeden Früh um vier lassen sie die Motoren laufen, dann schlagen sie wieder zu; und abends hörst du, wie sie wiederkommen, und nach zehn Minuten werden die Zellen aufgeschlossen.

Nach dem 7. Oktober wird »nachgelesen«. Vereinzelte Verhaftungen in Plauen und Karl-Marx-Stadt. Der letzte mir in diesem Zusammenhang bekannt gewordene Fall ist am 15. November fällig. In Plauen wird ein eben erst von der Armee entlassener Freund verhaftet, weil er auf einer Fete Biermannlieder vorspielte.

Die Verhaftungen in Plauen sind am umfangreichsten und dauern bis zur jetzigen Stunde. *Polen* und *Solidarność* schreien die Flugblätter von den Scheiben der Supermärkte, »vier Jahre« schreien die Staatsanwälte.

Das Unternehmen im Herbst '79 war zu Ende. Die Vernehmer sahen übermüdet aus. Am Wochenende zerteilen Frauenschreie die Stille des Totenhauses. Einmal, an einem Sonntag, als die Stille unerträglich wurde, spielte jemand in der Zelle gegenüber die *Internationale*. Auf einem Kamm.

Am nächsten Tag meldet sich der Rechtsanwalt bei mir. Er ist Mitte dreißig und freundlich. Er gibt sich menschlich und interessiert. Eine Ausnahme, wie ich von anderen Häftlingen weiß.

Er sagt mir, er könne nur meine Person verteidigen, nicht die Sache, wegen der ich einsitze. Ich trage ihm meine Verteidigungskonzeption vor, er macht Einwände, versucht einen Kompromiß zu finden, um mich zufrieden zu sehen und Staatsanwalt und Gericht nicht unzufrieden. Ich frage ihn nach dem zu erwartenden Strafmaß. Er legt sich nicht fest, sagt aber: Bestimmt unter drei Jahren. Er bietet mir von seinen Zigaretten an, Marke *Dunhill*, er ist gebräunt und war eben zum Wintersport. Als er geht, drückt er mir fest die Hand und verspricht, mir Zigaretten zu besorgen. Er hält sein Versprechen. Später, beim Prozeß, in der Pause wird er sich mit Richter und Staatsanwalt über die in Karl-Marx-Stadt fahrenden *Peugeots* unterhalten, »Westwagen«, dazu neue, sind eine Attraktion in der DDR. Er legt eine gute Rede hin, betont meine Arbeitshaltung im Betrieb, macht mich ein bißchen zum verführten, unschuldigen jungen Menschen. Er ist sympathisch und tut mir leid, wenn ich später an ihn denke.

Prozeß. »Du bist ganz allein.« Urteilsverkündung

Am 10. März 1979 ist mein Prozeß. Die Schließer legen ein feiertägliches Verhalten an den Tag: Wollen Sie noch etwas von den »Effekten« haben? Socken vielleicht oder eine andere Hose?

Ich werde in Jeans gehen, die durch sechs Monate Haft ziemlich ruiniert sind, mein brauner Pullover ist verfilzt.

Einige, die ich vor mir an diesem Tag sah, legten allen Wert auf ihre Kleidung. Was sonst unmöglich war, nämlich neue Wäsche zu bekommen von »draußen« – an diesem Tag wurde jede Ausnahme gemacht, um Anzüge oder Krawatten per Paket oder Besuch hereinzubekommen. Hilfreich griffen die Vernehmer unter die Arme der Gefangenen. Wer sich für »guten Anzug« entschied, um verurteilt zu werden, war bereit, den Maskenball, das Gespinst aus Lüge und Verdrehung auch vor Gericht anzuerkennen. Von ihm war nicht mehr zu befürchten, er würde sich wehren, schon gar nicht mit der Wahrheit. Machen Sie sich fertig, sagt eine Stimme zur Türklappe herein. Dann hörst du draußen Geräusche, Schlüsselklirren, mehrere Stimmen. Gleich geht es los, denkst du, noch eine Zigarette und noch eine. Das Gemurmel der Stimmen wird lauter und kommt näher, jetzt!, denkst du – doch es ist nur wieder etwas aus ihrem Repertoire, ein bißchen Nervenkitzel. Nach ca. 40 Minuten sperrt es wirklich, und wenn du bis jetzt nicht »fertig« bist, wie sie es vorher verlangten, haben sie noch einige Überraschungen für dich.

Du wirst z. B. in einen Seitenflügel geführt, bekommst jetzt Schnürsenkel. Sie sperren dich in eine Stehzelle. Warten, noch ein wenig Geduld, sagt ihr Repertoire.

In der Zelle lese ich an der Wand die zwei Spitznamen von Plauener Freunden, die sich an der Wand schriftlich voneinander verabschiedet haben. Mach's gut! Wohin sind sie, frage ich mich. Im Strafvollzug, im Westen?

Die Tür wird geöffnet, ich werde belehrt: Bei Fluchtversuch wird von der Schußwaffe Gebrauch gemacht. Sie legen mir Handschellen an. Vier Leute begleiten mich, darunter der Vernehmer in Zivil. Ein Dicker in Uniform läßt seine Kanone über dem Hintern blitzen. Dann geht die Tür auf: Zum ersten Mal seit einem halben Jahr ist kein Drahtnetz unter dem Himmel, und meine Augen wachsen nach oben. An Mauern vorbei mit Signaldrähten, Spitzeisen, die nach innen zeigen. Glasscherben.

Eine Stahltür wird geschlossen. Halt! Kommandos. Dann darf ich gehen. Ich sehe ca. 30 Mädchen in einem Hof. Sie stehen bewegungslos und mit dem Rücken zu mir, die Aufseherin grinst meine Gorillas an; einer sagt zu mir: Na, Rachowski, lange nicht mehr gesehn, was!

Plötzlich schreit die Aufseherin, ich drehe mich um und sehe noch, wie ein Mädchen sich nach mir umdreht, ehe ich mit einem Stoß in der Tür des nächsten Gebäudes lande.

Dann bin ich fast fröhlich, ein dümmlicher Stolz kommt auf: jemand hat mich gesehen.

An diesen Bildern, wenige Minuten vor meinem Prozeß, begriff ich das Unrecht des gesamten Systems, das auch diese Mädchen hinter Gitter brachte, vielleicht weil sie ein paar Wochen nicht zur Arbeit gegangen waren oder im Warenhaus geklaut hatten. Ich begriff die Welt, in der ich lebte. Einen Teil davon, den ich zu kennen geglaubt hatte. Begriff, wie sie Angst und Leiden säten, um ihre Häuser und Wagen, ihre Einkaufscoupons und Gespielinnen nicht aufgeben zu müssen. In einem Gefängnishof in Karl-Marx-Stadt, als ich die Liebe hinter Gittern sah, wußte ich, daß es zu kämpfen galt und der Preis herrlich sein würde.

Dann, im Gebäude, werde ich vier Treppen hochgeführt, durch Gänge, Türen und Flure geleitet. Vor einer Tür warten mein Bruder und seine Frau und mein Rechtsanwalt. Er geht auf mich zu und gibt mir die Hand. Ich trage immer noch Handschellen.

(geschrieben November 1980 bis März 1981, Berlin Tempelhof)

NACH FELLBACH REISEN

Es ist gleich der Süden. Ich war noch im Wintermantel losgefahren mit einem Wochenend-Ticket der Deutschen Bahn in der Tasche, diesmal nicht aus Kostengründen, sondern weil man meine nördliche Stadt im klimatisch rauhen Streifen des Vogtlandes zwischen Oberfranken und Sachsen nun endgültig vom Fernverkehr abgehängt hatte. An der Station Reichenbach im Vogtland, gelegen an einer der ältesten Bahnstrecken Deutschlands mit den durch gigantische Ziegelsteinbrücken überwundenen Tälern, das größte Bauwerk davon, die Göltzschtalbrücke, steht im Guiness-Buch der Rekorde und ist bekannt als Pilgerziel für Selbstmörder, inzwischen auch deutschlandweit, an dieser Station auf der Strecke Nürnberg – Bayreuth – Hof – Plauen – Zwickau – Dresden hielten die schnellen, durchgehenden Züge, die hier 150 Jahre gehalten hatten, seit zwei Fahrplänen nur noch früh und abends einmal pro Richtung und nur an den Wochentagen. – Aber es war ein Sonntag, als ich mich entschied, die langsamen Züge zu nehmen, auch über Hof und Nürnberg hinaus, und damit zugleich billig nach Fellbach zu kommen. Am Abfahrtsort auf dem Bahnsteig noch im Mantel, legte ich diesen in Hof beim Umsteigen schon ab, verpackte ihn fest auf der Reisetasche bei einem längeren Halt in Nürnberg, riß alle Fenster des Abteils auf bis Waiblingen, stieg dort in die S-Bahn, weil ich mir dachte, hier kennst du dich ja schon ein wenig aus (oder noch immer), wenn du so langsam auf dein Ziel zufährst, hast du auch Zeit zu überlegen und festzustellen, daß du nicht erst bis in das hektische Stuttgart reinfahren mußt, also S-Bahn ab Waiblingen, du mußt dich nicht blöder anstellen, als du bist. Ich stieg an diesem Sonntag im März in Fellbach aus und dachte, und alle Sinne dachten es mit: Es ist gleich der Süden hier. Vor etwas mehr als zehn Jahren aber, es war November, bin ich schon einmal hier gewesen, damals zum ersten Mal.

Es war kurz nach dem Ende der Eiszeit. Zwei Jahre vorher waren die Menschen meines Landes im Osten auf die Straße gegangen und ließen sich von dort nicht mehr verjagen, nicht mehr einschüchtern, bis die 28-jährige Grenze gefallen war, die zu alte schon, schneidende, blutige Todesgrenze, die durch mein Land ging und durch mein Leben. Ich nämlich war über zehn Jahre ausgebürgert gewesen wegen einiger meiner Gedichte, es waren genau fünf, um derentwillen ich des Verbrechensparagraphen der »staatsfeindlichen Hetze« angeklagt wurde und zu zwei Jahren und drei Monaten Gefängnis verurteilt, die Hälfte davon absaß in zwei Zuchthäusern des östlichen Landes, nach Interventionen durch die Hilfsorganisation für politisch Gefangene *Amnesty International* von Ost nach West verkauft wurde, »freigekauft«, da war mir wenig geholfen, wenn man seinen Bruder nie mehr sehen kann und seine Mutter, das hieß dann Exil. Das hieß dann Westberlin, freiwillig gewählt innerhalb der Möglichkeiten einer Emigration bei beibehaltener Sprache, »eine Fremde, die meine Sprache spricht« (Max Frisch), da wollte ich die Teilung auch im Persönlichen beibehalten, die freie Wahl, das Wiederaufrichten der Identität hieß für mich: das geteilte Berlin. Obwohl, einmal machte ich einen Ausbruchsversuch und lebte einige Monate in einem kleinen Flecken (Nörten-Hardenberg) bei Göttingen, wo ich die Riten einer Land-Wohngemeinschaft erlernte, Ziege hüten, Schnaps brennen und Haschisch-Kuchen backen, das machte Spaß, aber es war halt das falsche Land, in dem ein Emigrant nie zurechtkommt, und sei es das Paradies, so lange, bis sein Land wieder das richtige ist, im Kopf und auf den Füßen, das heißt frei ist, dann kann auch er überall leben. – In dieser Zeit lief mir noch der Satz eines westdeutschen Schriftstellers die Gedanken entlang, ich glaube, er ist von Peter Schneider, der schrieb, angesichts des geteilten Berlin käme ihm jede westdeutsche Stadt wie eine Lüge vor. Das half mir, ich zog wieder zurück nach Kreuzberg, in die Nähe der Mauer. Die Eiszeit währte noch lange und ging zu Ende in einem November, als der oberste Minister der Geheimpolizei in meinem östlichen Land den Leuten zurief: »Genossen, ich liebe euch doch alle!«, und diese ihn auslachten, da war es vorbei.

»Fellbach, woher soll ich wissen, wo das ist, irgend so ein Kaff bei

Stuttgart, aber den Preis kriegst du, Wolf hat dich vorgeschlagen, für den Förderpreis, ja Mörike, Eduard, habe ich dir doch schon gesagt. Mit der Kohle kannst du schon mal rechnen.« Mein Freund. Mein lebender Freund. Mein lebendiger Freund. In seiner typischen Weise zu reden, leicht genervt bei überflüssigen Nachfragen. Dieser Anruf im Mai 1991. Mein toter Freund. Mein Freund ist tot und starb im Mai, acht Jahre später. An Blutkrebs, bis heute ist unklar, ob ihn der Geheimdienst nicht doch mit einer radioaktiven Substanz verstrahlt hat während seiner Zeit im Gefängnis. Er starb, zumindest, an dieser blutigen Grenze. Die Eiszeit ging vorbei, und an den Rändern der Gletscher tauchen die toten Freunde auf, die Kollegen: Rudolph Bahro, Jurek Becker, Gerulf Pannach, Jürgen Fuchs, Klaus Schlesinger. Alle Krebs und verstorben in der Reihenfolge ihres Auftretens gegen die zweite deutsche Diktatur. Mörikes »blaues Band« verbindet auch sie: Sie sind alle im Frühling gestorben.

Mörike also, wußte ich, und Fellbach, irgendwo bei Stuttgart. Esslingen, die Künstlergilde, den Förderpreis zum Andreas-Gryphius-Preis hatte ich schon vor ein paar Jahren bekommen, die Schwaben müssen doch 'ne Menge Knete haben, dachte ich ganz preußisch-bescheiden, aber nicht weniger stolz. – Damals gab es noch die schnellen, durchfahrenden Züge, die Interregios, die wie selbstverständlich auch alle zwei Stunden in Reichenbach hielten, ohne Umsteigen bis in das Allgäu oder eben nach Stuttgart. Ich fuhr damals schon von Reichenbach ab und nicht in Berlin, obwohl wir noch keine gemeinsame Wohnung im Vogtland besaßen, das folgte erst im Frühjahr darauf, als ich endgültig wieder nach Sachsen zurückzog. Ich habe diese, wie andere Zugfahrten in den Jahren nach der »Wende«, in merkwürdiger Erinnerung, irgendwie hatte ich durch die eingemauerten Jahre in Westberlin »verlernt«, vergessen, mich zu bewegen, so seltsam das vielleicht klingt, denn meine Erfahrungen sagten mir, daß sich aus dieser Stadt hinauszubegeben hieß, mit »ihnen« wieder in Berührung zu sein: mit denen, die ihre Fahndungslisten in klappbaren Bauchläden vor sich her trugen, ihre Pistolenhalfter, die verhaßten schmutziggrünen Uniformen, ihre Hunde, die unter den Zügen entlang schnüffelten, während gruppenlärmend ihre Herren einstiegen, in den jeweiligen Zug, den man zwischen Bahnhof Zoo und der letzten freien Station Wannsee noch für einen ganz normalen Reisezug der Deutschen Bundesbahn halten konnte. Bei Zwischenhalten im östlichen Land waren die Bahnsteige durch Postenketten der blauen Transportpolizei abgesperrt und einmal hörte ich, als der Zug einige Minuten in Bitterfeld stand, wie ein solcher Trapo zu einem DDR-Bürger schrie: »Halt, stehenbleiben! Dieser Bahnsteig ist jetzt Grenze für Sie! Treten Sie nicht an den Zug!« Gereicht hat es mir endgültig, als ich selbst einmal eine Kippe aus dem stehenden Zug warf und ein mitfahrender Grenzer auf dem Gang mir auf die Schulter tippte und sagte: »Verunreinigung des Territoriums der Deutschen Demokratischen Republik kostet 30 Mark!« – Ich war also regelrecht traumatisiert, auch noch, als ich nach Fellbach fuhr und die Hunde unter den Zügen schon über ein Jahr arbeitslos geworden waren und ich losfahren konnte aus einer Stadt, die mir zehn Jahre lang verboten war und in der meine Mutter lebt. – Reisen hieß damals für mich begründete unbegründete Ängste, rasender Puls, Schweißausbrüche mit nassen Händen, eine Reise war eine vollkommene Aufregung, seltsamerweise aber nur innerhalb Deutschlands, wenn ich im Flugzeug nach Kreta oder fünf Tage im VW-Käfer nach Portugal saß, war ich die Ruhe selbst. –

In Stuttgart also nervös angekommen, stieg ich in die S-Bahn nach Fellbach, nachdem ich vorher das dortige Kulturamt angerufen hatte, nahm ein Taxi vom Bahnhof zum Hotel, konnte am Horizont die Weinberge nur ahnen und wartete auf zwei Mitarbeiter des Kulturamtes, die mich zum Abendbrot eingeladen hatten und mich im Hotel abholten. – Damals hatte ich schon von dem Indianer gehört, der von Amerika über den Atlantik geflogen war und sich in Europa drei Tage in sein Hotelzimmer eingeschlossen hatte, bis, wie er erklärte, seine Seele nachgekommen sei und er wieder beieinander war. Ich war zwar jetzt dieser Indianer, aber nach drei Tagen wären die Fellbacher Literaturtage vorüber gewesen, und ich hätte Mörike und Wolf Biermann verpaßt, samt den schönen Stunden, die hier auf mich warteten. Also stand ich am nächsten Morgen vor dem Fellbacher Rathaus und dachte neidvoll an den Schwaben Hermann Hesse, der es sich zum Lebensprinzip gemacht hatte, an einem Tag nie mehr als 60 Kilometer per Bahn zurückzulegen, goldene Zeiten, wie gesagt.

Das Rathaus erschien mir bei meiner ersten Begegnung im November abweisend wie eine normannische Burg, ganz anders jedoch zehn Jahre später im März, da teilte ich die Meinung von Christa vom Kulturamt reinen Sinnes, daß es in der Sonne die Ruhe einer urbanen Oase ausstrahlt, ein Renaissancebau, man kann sich mit einiger Einstimmung in die Toskana versetzt fühlen. Selbst versteinert und nicht mediterran gestimmt, betrat ich 1991 den Stein und erfuhr, daß die angesetzte Pressekonferenz, obwohl ich pünktlich war, bereits begonnen hatte, Wolf Biermann war schon da, was sollte man da auf den Förderpreisträger warten, ich klopfte ihm auf die Schulter und setzte mich an den Rand des Podiumstisches, in der Hoffnung, von keinem möglichst nichts gefragt zu werden. Wolf hatte ein paar Wochen vorher den renommierten Büchner-Preis erhalten und dabei eine Reihe von Namen ostdeutscher Künstler und falscher Bürgerrechtler genannt, die allesamt mit der Geheimpolizei, der »Stasi«, zusammengearbeitet hatten. Einen Namen nannte er nicht, sondern sprach von einem »gewissen Sascha Arschloch«, jeder im Osten wußte, wer gemeint war. Auf diese Äußerung stürzte sich die gesamte Presse des westlichen Landes mit der unsichtbaren Schlagzeile: Der berühmte Biermann verleumdet widerständischen jungen Ost-Schriftsteller. Über die anderen Namen, die er genannt hatte, wurde kein Wort verloren. Natürlich stimmten die Fakten in allen Fällen, dafür hatte in mühsamer Arbeit und mit Unterstützung des Geraer Bürgerkomitees Jürgen Fuchs gesorgt, aber man erinnere sich, die Einsicht in die Akten des Staatssicherheitsdienstes war damals noch nicht möglich, für jedermann dann erst zwei Monate später. Die Presse belagerte an diesem Tag den Fellbacher Rathaussaal, und Wolf nahm in der Tat das Wort »Arschloch« zurück, in einem *ARD-Brennpunkt*, der live in Fellbach von Fritz Pleitgen moderiert wurde, weil, wie Biermann sagte, dieses Wort zu harmlos für einen jahrelangen, effektiven Spitzel sei und er es sich bewahren, aufheben wolle für einen guten Freund etwa, der mal eine Dummheit gemacht habe und dem man dies an den

Kopf wirft in der ersten Rage. Am Abend dann die Preisverleihung, am nächsten der 55. Geburtstag von Wolf, an dem er sich und den Fellbachern das unvergeßliche Konzert mit unzähligen Bezügen auf Mörike gab. Auf Video kann man es nacherleben. – Ich ging an diesen Tagen mit Pamela und Wolf, Freunden und neuen Bekannten durch Fellbach, ohne viel von dieser Stadt zu wissen, erfuhr, daß Mörike hier einen knappen Herbst lang, von September bis November 1873, wohnte (das Haus wurde 1972 abgerissen, sehr zu meiner Enttäuschung), lediglich ein als Mörike-Keller eingerichteter Raum bestand weiter. Auch das Wetter in diesen Novembertagen lud nicht zu Spaziergängen ein, ich lief abends auf dem Weg zu meinem Hotel immer an der Mauer des Friedhofes entlang, beschwingt durch einige »Viertele« (so sagt man wohl hier) Fellbacher Weins, ging tagsüber aber kaum über einige Straßen um das Rathaus hinaus, sah die Schwabenlandhalle, redete mit der Buchhändlerin, die sehr freundlich zu mir war, obwohl ich damals gerade ein einziges lieferbares Buch vorweisen konnte, die anderen Titel waren vergriffen – wie wir überhaupt sehr freundlich aufgenommen wurden von den Fellbachern. Nur einmal, als ich abends ins Hotel zurückkam, bewegte sich der Rausschmeißer, seiner Sache sicher, direkt auf mich zu, aber eine Dame hinter der Rezeption rief: »Nein, nein, das ist unser Preisträger!«, worauf der Mann sofort von mir abließ, geradezu zurückwich, was ich wiederum zum Anlaß nahm, mich mit einem Schoppen Fellbacher Weißen an die Hotelbar zu setzen und dort mit einem Tausender zu bezahlen, den ich Stunden zuvor im Kulturamt eingesackt hatte, was nichts anderes heißen sollte als: Ich bin wirklich der Richtige und gehöre hier rein. Ich blieb auf Einladung der Stadt sogar noch einen Tag länger als Pamela und Wolf und hörte mir am Samstag ein schönes Konzert im Rathaus an. Am Tag vorher erfüllte mir ein Fellbacher, der der Partei der Grünen angehörte und bei Daimler in Stuttgart arbeitete, meinen Wunsch, die »Wilhelma« zu sehen, was meinem Interesse an Aquarien und Zierfischen entsprang, am Ausgang wartete schon mein neuer Bekannter Gottfried auf mich, zu dem ich sofort ein freundschaftliches Verhältnis fand, er lud mich zum Essen ein, und wir sprachen lange und vertraut über Literatur.

Ich war also freundlich aufgenommen und wurde rührend betreut. Hintergründe, Geschichtliches, das Eigentliche, das Besondere Fellbachs habe ich damals mit Gewißheit nicht aufgenommen. Das erfuhr ich erst später aus Büchern, vieles davon wiederum zehn Jahre später, als ich im März hier weilte. Jetzt sagt mir auch der Name Bengel etwas, schwäbischer Pietismus, Bengel, Oetinger, Hahn, die »Geistesahnen« der Hölderlin, Schelling und Hegel, ihre geistigen Väter. Ein Nachfahre von Bengel liegt in Fellbach begraben, Christa hat mich an seine letzte Ruhestätte geführt. Hölderlin hatte in der DDR für die Autoren, die eher der »Inneren Emigration« angehörten, eine nicht zu unterschätzende Rolle gespielt, selbst Wolf zitierte bei seinem Konzert im November 1976 in Köln ein ganzes Gedicht von ihm, um den Zustand des Landes zu beschreiben, die Seelenlage der Menschen dort (»... Die Mauern stehn sprachlos und kalt/Im Winde klirren die Fahnen« – *Hälfte des Lebens*). Es war dieses berühmte Konzert, nach dem und wegen dessen Wolf ausgebürgert wurde, Ausbürgerung, eine Maßnahme, die es in Deutschland seit den Nazis nicht mehr gegeben hatte, und der endgültige Anfang vom Ende der DDR war das auch. – Ich las mit großem Interesse das Buch über die Pietistin Marie Frech, die in Fellbach gelebt hatte, hörte von Gottfried, den ich nach elf Jahren wiedertraf, als hätten wir uns gerade mal zehn Tage nicht gesehen – wir knüpften sofort an unser damaliges Gespräch beim Essen an –, hörte von einem Professor aus einem Nachbardorf, der die gesamte deutsche Literatur von ebendiesem schwäbischen Pietismus ableitete, jedoch seit 1945 keinen Autor mehr gelten ließ (was mich nicht sonderlich betrübte, angesichts eines Trollingers im Rathausrestaurant). – Auffällig, wie intensiv die Stadt ihren Wurzeln, den historisch-geographischen wie den geistigen, in immer neuen Publikationen nachgeht, von der Frühgeschichte bis zur Gegenwart, einen Vergleich mit meiner Stadt (etwa mit der gleichen Einwohnerzahl) kann ich kaum anstellen, so sehr überwiegt die genaue, von allen Seiten und unter vielen Aspekten angestrebte und betriebene Bearbeitung des Fellbacher Stoffes. Die kulturelle Konzeption, auch der unweiten Großstadt Stuttgart mit Ausstellungen, Konzerten, Lesungen und Festivals ein Angebot zu machen, auf's Land zu kommen, ist sicherlich einmalig, bekannt bis über Tübingen hinaus, wie ich selbst feststellen konnte. Eine Bibliothekarin aus Gomaringen schwärmte mir nach einer Lesung dort den ganzen verbleibenden Abend davon, was die Fellbacher erreicht hätten, was für eine beharrliche jahrelange Arbeit dahinter steht, solch einen Status erreicht zu haben, daß auch in Stuttgart und großen Teilen Schwabens Fellbach und Kultur Synonyme geworden sind. »Regen Sie sich jetzt ja nicht auf«, sagte ich, »ich kenne doch die Christa Linsenmaier-Wolf!« »Sehen Sie«, rief die Bibliothekarin aus, »das ist der Beweis, daß die Frau Linsenmaier sogar Sie kennt!« »Danke«, sagte ich trocken. –

Bei meinem zweiten Besuch in Fellbach fragte ich auch nach der Wirtschaft, den Steuern, der Arbeitslosigkeit, kam hier jedoch zu keinem gerechten Vergleich mit meinen ostdeutschen Städten, die gegen die westdeutschen wirken, als hätten sie einen Krieg hinter sich, was ja auch irgendwo stimmt, Diktatur ist Krieg gegen Menschen und ihren Lebensraum. Vielleicht stimmt dieser Vergleich überhaupt am ehesten, wenn man hinter die inzwischen leuchtenden Fassaden der ostdeutschen Städte sieht, dahinter die Stimmung der Menschen wahrnimmt. Nicht die Verheerungen, der Verfall, man denke an Fellbachs Partnerstadt Meißen, sind das Auffällige, Zählebige, sondern die weitergeführte, scheinbar hoffnungslose Grundstimmung, das Abwertende und Verächtliche gegenüber dem Erreichten sind, denke ich, die Kennzeichen des immer noch nachwirkenden Krieges, des tatsächlichen, der 1945 endete, wie der des anschließenden Systems gegen die freien Lebensäußerungen der Menschen. Man spürt in westdeutschen Städten wie Fellbach die durchgehaltene Kontinuität des Aufstrebens, daß der Wille dazu stärker ist als die Verheerungen der Geschichte, auch dauerten sie kürzer, waren nicht bestimmend für eine Grundhaltung, die der Entwürdigung und Knechtschaft entsprang und sich über mehrere Generationen hinweg hat halten können. Das Beste, was man über Fellbach vor diesem Vergleichshintergrund sagen muß, ist, daß es eine ganz normale aufstrebende deutsche Stadt ist. Diese Bilanz finde ich keineswegs nüchtern oder gar enttäuschend, ist es doch das, was ich zu sagen über meine ostdeutschen Städte mir am meisten wünschte.

Es ist gleich der Süden. Hier fahren schnelle und langsame Züge. Der Bahnhofskiosk hat geöffnet am Sonntagmittag. Ein sonniger Märzentag, noch vor dem Kalenderfrühling. An der Straße parallel zu den Gleisen hat eine Gruppe von schön gekleideten Menschen einen Tisch aufgestellt, mit weißen Tüchern, an dem sie essen. In den fünfziger Jahren ist hierher ein ganzes kalabresisches Dorf ausgewandert. Hier scheint es, daß Menschen voneinander gelernt haben. In die Fabriken will ich an diesem Sonntag nicht schauen. Ich will mir heute ein paar Illusionen bewahren. Christa kommt mit ihrem kleinen Auto an den Bahnhof, mich abholen. Wir erkennen uns sofort wieder, nach elf Jahren. Am Abend wird mich Gottfried zum Essen einladen und zum Trollinger. Aber jetzt fahren wir direkt zu den Weinbergen am Kappelberg, gehen die Lehrpfade entlang, die Christas Vater einst anlegte. Schönes Deutschland. Alles ganz normal. Und beneidenswert.

(2002)

»ICH BIN DER HERRSCHER DES TAGSTERNS«

POETOLOGISCHES

Wenn man weiß, wie falsch alles ist, wenn man imstande ist, das Maß des Falschen zu ermessen, dann, aber nur dann, ist Eigensinn das Beste: unaufhörliche Gänge des Tigers an den Gitterstäben entlang, um den einzigen winzigen Augenblick zur Rettung nicht zu versäumen.

Elias Canetti, *Die Provinz des Menschen*

»ICH BIN DER HERRSCHER DES TAGSTERNS«
Einführung in die Dresdner Poetik-Dozentur Jiří Grušas

Sehr geehrte Damen und Herren,
liebe anwesende Freunde,
sehr geehrter Jiří Gruša,

ich bin von der Universität gebeten worden, der 2. Dresdner Poetikdozentur zur Literatur in Mitteleuropa, die an den Schriftsteller und jetzigen Botschafter der Republik Tschechien in Wien, Herrn Jiří Gruša, vergeben ist, eine kleine Einleitung voranzustellen. Und ich habe »Einleitung« in zweifachem Sinne verstanden, einmal als Einführung, besser noch »Hinanführung« des vortragenden Autors an sein Publikum, als auch sein Hineinführen, möglichst behutsam, in eine ihm unter Umständen nur wenig bekannte Landschaft, die politische eingeschlossen. Es gebietet mir die Höflichkeit gegenüber unserem Gast Jiří Gruša, unter dem zweiten Aspekt zu beginnen: Hineinführen also in eine, diese unsere, gegenwärtige Landschaft.

Vor etwa zwei Jahren, in November 1996, nahm ich an einer Podiumsdiskussion in der Alten Nikolaischule zu Leipzig teil, die unter dem Thema stand *20 Jahre Ausbürgerung von Wolf Biermann.* Mit auf dem Podium saßen unter anderen der Schriftsteller Werner Heiduczek und mein im vorigen Jahr verstorbener Freund, der Liedermacher Gerulf Pannach. Im Saal waren auch und nahmen an der Diskussion teil in der DDR verfolgte und gedemütigte Autoren wie Horst Drescher und Roland Erb. Ich habe dort von Ihnen, lieber Jiří Gruša, einen Satz zitiert, der mir nicht nur an diesem Abend übel genommen wurde, sondern den zwei Tage später die *Leipziger Volkszeitung* wiedergab wie folgt: Ich würde behaupten, ein gewisser Juri Krusa (der Vorname in der Mitte mit »u«, der Nachname am Anfang mit »K«) hätte gesagt, die DDR-Autoren würden sich seinerzeit von ihren tschechischen, polnischen oder ungarischen Kollegen vor allem darin unterschieden haben, daß sie nicht bereit gewesen wären, auf das bezahlte Wort zu verzichten. – Soweit zur überwiegenden sächsischen Presse. – Abgesehen davon, daß die Tatsache Ihres von mir zitierten Satzes, mir und nicht Ihnen angelastet wurde, hatte der Schreiber des Artikels diese zur bloßen Meinung umgefälscht, nach Hannah Arendt eine typische Umgehensweise mit mißliebigen Argumenten, der einfachste Weg nämlich, sie zu umgehen. Daß es inzwischen ein Hannah-Arendt-Institut hier in Dresden gibt, dessen Aufgabe darin besteht, Totalitarismen und ihre in der Realität vergangenen oder gegenwärtigen Strukturen zu erforschen, halte ich für eine glückliche Tatsache, die ebenfalls zu der Landschaft gehört, die ich Ihnen nahebringen möchte.

Aber eben auch, und es geschieht scheinbar wie nebenbei und kommt daher als unwesentliches Detail, daß ein Kollege und Freund, wie ich nach der »Wende« aus Westberlin nach Sachsen zurückgekehrt, in einer mittelgroßen Stadt am dortigen Theater beim Intendanten vorspricht, einige dramatische Arbeiten von sich vorlegt und wieder geht. Einige Minuten danach klingelt das Telefon in der Intendanz, und der Bürgermeister der Stadt verlangt ein genaues Gesprächsprotokoll über den Besuch des Autors. Hinzu kommt, daß der Bürgermeister selbst Künstler ist und einigen zentralen sächsischen Gremien vorsteht; der Intendant jedoch lehnt diese Art von Zuarbeit ab, mit den eher erschrockenen als spöttischen Worten: Ist es schon wieder soweit? Es ist immer noch soweit, ist meine Antwort, und auch ich bin erschrocken und ratlos bis in die Seele, wenn eine jüngere, begabte sächsische Autorin, von der ich sicher bin, das sie mir nichts Böses will, sagt, sie könne es nicht mehr ertragen, wenn bei einer Einführung zu einer gemeinsamen Lesung als biographisches Detail genannt würde, daß ich wegen meiner Gedichte im Gefängnis war. Offenbar hat sie diese Tatsachen nicht zur Kenntnis nehmen wollen oder vielleicht nicht aushalten können.

Oder ich sehe in meiner kleinen Stadt einen Lehrer mit einem Netz lustig-bunter Bälle über den Marktplatz gehen; hat er vor 20 Jahren eine junge Frau, die mit meiner Tochter schwanger ging, ins Gefängnis gebracht, weil sie das Buch *Krebsstation* besaß und verbotene Texte von Reiner Kunze abtippte? – Überredet eine Professorin an der TU Chemnitz eine polnische Studentin, eine angestrebte Magisterarbeit über Reiner Kunze (übrigens ein Solitär als Vermittler zwischen den Kulturen Tschechiens und Deutschlands) nicht zu schreiben, da Kunze ein »letztrangiger und eher unbekannter Schriftsteller« sei, darüber hinaus ein Mensch von niedrigem Niveau, der an der Grenze zur Psychopathie stünde, denn er habe Akten veröffentlicht, um anderen zu schaden. – Oder ein Angestellter der Telekom klingelt bei mir und will sich um den Kabelanschluß kümmern, ich erkenne ihn sofort als den, der vor Jahren über ein Dutzend Telefongespräche von mir abgehört hat; ich fand sie säuberlich notiert in den über mich angelegten Geheimdienstakten. – Oder wer lehrte bis vor kurzem an der Universität in Pilsen Kinderliteratur, hat dieser deutsche Professor die Luthergemeinde in Zwickau mit unterwandern helfen und wurde ausgezeichnet, hat dieser Professor seine Karriere vielleicht ausschließlich seinem angepaßtem Leben in der kommunistischen Diktatur zu verdanken? – Alle wissen diese Dinge – und schweigen. Denn das ist ja das Markante an dieser Landschaft, die ich zu zeichnen suche, daß über eine Diktatur ein demokratisches System gestülpt wurde, wie auch nach der ersten deutschen Diktatur, und daß dieses System keineswegs bereits angenommen ist, geschweige denn aktiv durch die Mehrheit der Menschen belebt wird oder bisher gar verinnerlicht wurde, sondern sich vielfach und erschreckend leicht mit den alten totalitären Strukturen vermischt. Nur die Attribute haben, so scheint es mir, gewechselt, aus *sozialistisch, real-existierend* wurde *demokratisch und machbar*. Es nimmt mich wunder, daß die abschließende Briefformel nicht schon »mit demokratischen Kampfesgrüßen« lautet, das würde nämlich der ignorant-arrogant-manifesten Stimmung der von mir gezeichneten Landschaft am ehesten entsprechen. Nun läuft Sachsen vielleicht nicht gerade Gefahr, das Zweite Rom der neuen Bundesländer zu werden, aber schaut man nach Berlin, etwa an die Ecke Leipziger Straße/Potsdamer Platz und hat Hannah Arendts andere Worte vom besinnungslosen Tätigsein der Deutschen nach dem Kriege noch im Sinne, ist es vielleicht schon wieder zu spät, erschrocken zu sein. Oder spätestens dann, wenn man an die Entwurf-

Monster aus Stein denkt, die ein Mahnmal für die ermordeten Juden Europas werden sollen. Da freut es mich schon, wenn jetzt (1998) aus Dresden ein humaner Entwurf zu solch einem Mahnmal nachgereicht worden ist; ein Wäldchen, darin, auf ein Zentrum zulaufend, eine Deutsche Klagemauer, die, so ist es gedacht, sich mit den Jahren durch Flugpollen sozusagen selbst begrünen wird. Und doch sehe ich auch in Dresden die Fortsetzung der preußischen Gigantomanie in anderer Weise, von meinem Kunstgeschichtsstudium her weiß ich noch, daß man diese Art von Sanierung, wie sie sich vor aller Augen vollzieht, architektonische Antiquitätenfälschung nennt.

Beschreibung einer gegenwärtigen Landschaft. Was gehört noch dazu? Was muß ich Ihnen, lieber Jiří Gruša, noch einführend von dieser Landschaft, die meine Heimat ist, erzählen? Denn ich finde es legitim, daß ein Kollege dem anderen den Hintergrund malt, vor dem der andere zu Gast weilen wird, um über Poesie und von seiner Poetik zu sprechen. Vielleicht noch etwas über die Angst der Menschen, die sich vergißt, weil sie in der Erinnerung leicht wird, jedoch vor wenigen Jahren noch das tägliche Atmen ausmachte, das eher einem Ersticken glich. Ganz gegensätzlich zur Liebe, die immer schwer wiegt, im Gegenwärtigen als auch in der sichernden Reflexion. Aber das weiß der Autor Jiří Gruša selbst, weil es überall so ist, das muß ihm keiner erklären. – Und neue Ängste sind hinzugekommen, hier, und haben die alten überlagert, auch deshalb, weil Politik über Menschen sich anmaßte, in einer verheerenden Verkürzung, diese Menschen mit ihren maroden Produkten und Arbeitsstätten gleichzusetzen. In Prag jedenfalls soll es kaum Arbeitslose geben – aber weniger Ängste?

Dann noch – der Hinweis für Sie, auf eine in Dresden erscheinende Literaturzeitschrift mit dem Namen *Ostragehege*, die 1993 gegründet und – auch dies gehört zur Landschaft – vom Sächsischen Kunstministerium großzügig gestützt, nach knapp fünfjähriger Existenz unter die vier besten Literaturblätter Deutschlands gewählt wurde. In aller Bescheidenheit. Schon das Heft 2 hatten wir schwerpunktmäßig der tschechischen Literatur gewidmet. Es finden sich darin Namen wie Ivan Blantý, Jiří Orten, Konstantin Biebl, Jan Skácel, Jaroslav Seifert,

Jan Zahradníček, Ludvík Kundera, Antonín Brousek, Peter Ambros, Tomáš Kafka, Jáchym Topol, – und es gibt natürlich ein Gedicht darin von Jiří Gruša. Ich will es vorlesen, es hat den Titel *Freimal*:

…wieder am ort, wo mir dinge
passiert sind, urige dinge im spiel, der
mondkönig kommt, mein bruder – er will
meine krone…

ich bin der herrscher des tagsterns
und drehe mich um, unsere reiche zu
tauschen, es muß also herbst sein, wespen
lassen sich nieder, begatten das fallobst;
es werden firnis und honig gemacht

und aus dem landhaus tritt meine
mutter mit flackerndem haar, hellichte
mutter und ich – ich warne: du loderst,
doch sie ist sorglos, sie lächelt

es stehen in flammen: das dach, der
schuppen dahinten und dieser lange schon
schwellende kamm eines berges, von mir
noch unbenannt,
sie zündet den ahorn mitten im hof,
mein freimal, den blitzbaum der sippe,
und mich zündet sie an, mich der ein königreich aufgibt,
wir beben, wir brennen,
grausig brennen wir am ufer der
Elbe…

Ich hoffe, Sie haben gespürt, jetzt beginnt mein Teil zwei, die Vorstellung Jiří Grušas gegenüber einem Publikum, und wie sie hörten, habe ich mit dem Herantragen der Landschaft des Jiří Gruša, *seinem* Hintergrund, begonnen.

Jiří Gruša wurde 1938 in Pardubice geboren, er genoß seitens seiner Familie eine katholische Erziehung. In Pardubice hatte der Salesianer-Orden einen Sitz. Noch als Kind sah er, wie im Jahre 1950 dort eines nachts sämtliche Priester mit einem Lastwagen abgeholt, die Gebäude verriegelt wurden und gegen Betreten gesichert. Nachts drang er zusammen mit Freunden dort ein und nahm die verbotenen Bücher über Don Bosco und Franz von Asissi mit, auch Schauspiele über Leiden und Martyrium der Heiligen gehen in seinen Besitz über und werden bald zu seinem geistigen Besitz. Möglicherweise weist diese Spur seiner Kindheitserlebnisse und Jugendlektüre noch bis in die Jahre des Prager Frühlings, als Eduard Goldstücker, sein Schwiegervater, der Prorektor der Prager Karlsuniversität, in den fünfziger Jahren selbst verfolgt und inhaftiert, ihn zum Eintritt in die reformierte kommunistische Partei überreden will, Jiří Gruša ihm den entschieden zornigen als auch wissenden und vorausschauenden Satz entgegenhält: »Das brave Mädchen, das ins Bordell kommt, wird eher zur Hure, als daß das Bordell sich in ein Kloster verwandelt«.

1963, ein Jahr nach seiner Heirat, schloß Jiří Gruša sein Philosophiestudium in Prag ab, leistete den Militärdienst. Schon 1962 war sein erster Gedichtband mit dem Titel *Torna* erschienen. Als Nicht-Parteimitglied blieb er ohne feste Anstellung, gründete zwei Literaturzeitschriften, *Tvář* und *Sešity*, bis er zu Beginn des Prager Frühlings Ende 1967 eine Redakteursstelle fand. Im April 1969 wurde Alexander Dubček endgültig entmachtet, kurz vorher erschien noch Jiří Grušas *Die Abenteuer des Kudlásek*, ein Kinderbuch, der Gedichtband *Folterübungen* und auszugsweise ein Vorabdruck seines großen Romans *Mimner* (erster vollständiger Abdruck erst 1973), über den die Kritik schrieb: »Da müssen wohl sogar die Kollegen aus Argentinien – ich meine die Herren Borges, Bioy Casares und Cortázar – zugeben, daß da einer genauso viel Dampf hat wie sie. Und auch Herr Tolkien scheint mir zwar umfangreicher, aber keineswegs geistreicher, gehaltvoller und phantasievoller zu sein.«

Als Redakteur wurde Jiří Gruša im März 1969 gekündigt, er arbeitete vorübergehend in einer Werbeagentur, danach als Polier und Angestellter bei einer Baufirma. Und dies mit Einsatz und Engagement, gegen die manchmal aufkommende Verzweiflung, vor allem aber aus der Überzeugung heraus, daß er nicht hassen dürfe, die Welt nicht, nicht seine Situation, nicht sich selber.

Jiří Gruša schrieb in dieser Zeit seinen Roman *Der 16. Fragebogen*, wegen dessen Erscheinen in der halblegalen *Edice Petlice* er im Jahre 1978 verhaftet wurde. Diese Edition »Hinter Schloß und Riegel«, in der über 200 Bücher verbotener Autoren erschienen sind, hatte Jiří Gruša selbst mitgegründet. In diesem Roman betrachtet ein Jan Chrysostomos die böhmische Geschichte von der Nazi-Okkupation 1939 bis zu der des Warschauer Paktes 1968, indem er einem Parteifunktionär den ihm abverlangten 16. Fragebogen ausgefüllt vorlegt. Mit Antworten gespickt, die für die Bürokratie völlig unbrauchbar sind, und die diese künstlich konstruierte, ideologische Welt quasi mit humaner Essenz aufsprengen. Ein Beispiel: »Für mich ist die Kunst kein Entertainment. Der Dichter hat die Pflicht, keine falschen Märchen zu schreiben. Die Pflicht der Literatur besteht darin, nicht etwas Neues zu schreiben, sondern das gleiche zu sagen, was andere vor dir gesagt haben. So hat es die Philosophie getan, deshalb ist Plato nicht rückschrittlich und Kant, weil er später gelebt hat, fortschrittlich. Der Unterschied zu früheren Dichtern besteht für mich nur in der anderen Distanz oder Nähe, die sie zu ihrem Ende, für mich, zu Gott haben«. Und auf seine Inhaftierung angesprochen sagt Gruša: »Obwohl ich kein bigotter Mensch bin, habe ich immer wieder in lateinischer Sprache diese Worte wiederholt, und es hat mir geholfen«. Die Rede ist vom einfachsten, vom *Vaterunser*.

Und: »Jeder Mensch muß fast etwas Mystisches haben, sonst ist er verloren«. Dann sein Schlüsselsatz: »Der unwahrscheinlichste Weg bietet eine Lösung.«

Nach seiner Freilassung aus dem Gefängnis aufgrund internationaler Proteste arbeitete er an seinem Roman *Dr. Kokeš, der Meister der Jungfrau*, in Deutschland leider unter dem marktkonformen Titel *Janinka* erschienen. Auch hier greift der Autor Jiří Gruša auf ein Sujet der mittelalterlichen Welt zurück, neben dem Faust-Thema, das er benutzt, spürt er der Auseinandersetzung zwischen Mensch und Tod nach, reflektiert über den Sinn des Lebens an Hand jenes um 1400 geschriebenen Prosadialogs des Johannes von Saaz (*Der Ackermann von Böhmen*), der in der Umbruchszeit zwischen Mittelalter und Renaissance das Aufbegehren des einzelnen gegen veraltete Glaubensprinzipien gestaltet.

Im Sommer 1980, sein Roman ist beinahe fertiggestellt, drängt ihn die politische Polizei in Prag zur Annahme eines Studienaufenthaltes in den USA. Als Gruša zögert, beginnen sie mit dem damals Üblichen: Verhöre, Zeugenvorladung gegen Freunde, Drohungen, Erpressungsversuche. Als Jiří Gruša merkt, daß er selbst wieder vor der Möglichkeit einer erneuten Inhaftierung steht, verläßt er das Land. Am 22. Dezember 1980 kommt er in der Bundesrepublik an.

Als Autor versucht er nun, vollständig in der deutschen Sprache Fuß zu fassen. Er überzeugt darin so sehr, daß Harald Hartung über seinen 1994 erschienenen Gedichtband *Wandersteine* schrieb: »Der Dichter, der Botschafter ist, überbringt uns mehr als eine Botschaft – ein Geschenk an die deutsche Sprache.« – Und er leistet dabei das Schwierigste, füge ich hinzu, denkt neben dem Künstlerischen das Politische mit, hält beides in sich aus, trägt es aus, war Mitgründer der Charta 77, ab 1991 Botschafter in Bonn, Kulturminister, ist jetzt Botschafter seines Landes in Wien. Deshalb habe ich mir auch erlaubt, in meinem ersten Teil ihm selbst und dem Publikum Bilder zuzumuten, die scheinbar mit Poesie nichts zu tun hatten. Ich bin sicher, dieses mitzudenken, es zuzulassen, gehört mit zur Poetik gerade Jiří Grušas. Andere sind daran gescheitert und lagen nach kurzer Zeit genau auf dem Niveau der Zeitungen – und blieben dort liegen, künstlerisch auf der Meinung des Tages.

Und ehe ich nun an Jiří Gruša selbst das Wort weitergebe, will ich ihn nochmals zitieren, übrigens ein Zitat, das Parteichef Novotný Ihnen, lieber Jiří Gruša, in der *Rudé Právo* als Frechheit ankreidete und das Sie damals als öffentlichen Autor vernichten sollte. Sie schrieben: »Ein Dichter ist nur dann ein Dichter, wenn er sich niemals auf eine ideologische Form des Schaffens einläßt. In der Poesie geht es um die Poesie. Entweder bist du ein Propagandist, dann bist du ein Politiker – oder du verläßt dich auf deine ureigenste Fähigkeit, die Realität selbst zu eröffnen, sie neu zu schaffen«. – Sie aber haben wunderbarerweise diese beiden Enden verknüpfen können, vielleicht ein Wunder, vielleicht weil Sie in *beiden* Eigenschaften Ihrer Existenz allen Ideologien ihren *eigenen* Satz vorzogen und an ihn glaubten:

»Der unwahrscheinlichste Weg bietet eine Lösung.«

Dieser Satz ging mir noch lange durch die Sinne, als ich im vorigen Sommer in Jena zusammen mit Ludvík Vaculík nach einer gemeinsamen Lesung in einem nächtlichen Terassen-Café saß, und er mir sagte, daß in seiner Heimat kein Hund mehr einen gedanklichen Bissen von einem »Dissidenten« nehmen würde; dann sang Vaculík, ermuntert durch einige Gläser Saale-Unstrut-Weines, über Stunden hinweg deutsche Volkslieder, von denen mir gut die Hälfte unbekannt war. Erst gegen Morgen wurde mir klar, und ich verstand endlich, daß er unseren begonnenen Dialog auf unwahrscheinlichen Wegen gerade fortsetzte.

Lieber Jiří Gruša, seien Sie herzlich willkommen in der vielleicht gemeinsamen Landschaft der Elbe, willkommen in Dresden!

(Vortrag, gehalten am 22. Januar 1999 im Kulturrathaus Dresden)

Um es gleich zu sagen, vorschnell und etwas vorlaut, mein Begriff der »Poesie« kommt aus dem 19. Jahrhundert, dazu von deutschen Prosaautoren, Kleist, Büchner (*Lenz*), der Heine in Prosa, aber auch und besonders die gespenstisch realen Geschichten des Amerikaners Edgar Allen Poe (ganz im Unterschied zum faden deutschen »Gespenster-Hoffmann«), Hölderlin, Schiller: mir fremd in Poesie und Prosa, zu pathos-tauglich, wer keinen Herzfehler hat, wird einberufen, obwohl vielleicht berufen, zieht mit den Liedern davon. Kopfschuß. – Das ist gewiß ideologisch, auch verbraucht, die beiden so auszuliefern, aber haben wir denn gelernt?! – »Jetzt kann ich Ihnen auch nicht mehr helfen«, sagte der damalige Feuilleton-Chef der F.A.Z., Frank Schirrmacher, nach einer Radio-Diskussion anläßlich der Wiedereröffnung des Schlosses Wiepersdorf 1992 zu mir, »was Sie sagen, das ist ja das reinste 19. Jahrhundert.« Anwesend auf dem Podium waren jedoch recht gegenwärtige Kollegen wie Sarah Kirsch und Jochen Schädlich; gefallen gerade der vom deutschen Feuilleton geerdete Spitzel-Titan S. Anderson, der geschlagen unter den von ihm geschriebenen Aktenbergen schnaufte und Dampf spie. Die geistige Landschaft der Mächtigen des verwalteten schönen Wortes also im Nebel, Kommunikation im Eimer, Sicht nicht in Sicht.

Im Vorgespräch von Wiepersdorf eine Frage an mich: Waren Sie auch in der Partei? Das nicht, klar…, sagte ich und hatte den ersten Fehler des Abends begangen. Aber meine Frau, sagte der Lenker des schönen Schreibens, sie kommt ja aus Leipzig, und ich spürte, wie er mich ein wenig aus dem Spektrum rückte, in das ich für kurze Zeit durch eine feuilletonistische Preisung Wolf Biermanns geraten war. – Ob denn einer wie ich, der für seine Literatur gesessen hätte, dem Feuilleton jemals verzeihen könnte, daß es jemand wie S. Anderson fortlaufend privilegiert hätte, war die erste Frage an mich auf dem Podium. – Klar, sagte ich in gewohnter Kürze, freute ich mich, wenn die mindeste Moral wieder in das deutsche Feuilleton zurückkehrte. Und ich grinste.

Dafür und vielleicht, weil ich nicht der Partei beigetreten war, bekam ich dann nach Mitternacht die Quittung (und 1000,– Mark Honorar) für diesen heißen Augustabend im Park der Bettine, in dem ich nicht zeitgemäß in Erscheinung getreten war, sondern im Ambiente geblieben unerträglich. Standesgemäß, im offenen Wagen, aber von Arnimschen Mücken zerstochen fuhren Schädlich und ich am nächsten Morgen nach Berlin zurück.

Schnell verbliesen dann die schreibenden Federn den Nebel und Dampf, die gebündelten Bälge der Macht machten Wind in den Blättern nach manchem Unfall, bei dem einer unter die eigenen Akten geraten war. Der Frankfurter Hephaistos schmiedete in Folge seine Lichtgestalten selbst, die das trübe Bild verblühter Landschaft wieder ausfüllen würden, und eine nach diesen Bedingungen: Die Person mußte Troja überlebt haben und bei keiner Seite in der Partei auffällig geworden sein, sie mußte eine trojanische Biografie besitzen, möglichst im Künstlerviertel der Hauptstadt neben den gefallenen Titanen niemandem aufgefallen sein, zur zusätzlichen Panzerung wäre ein jüdischer Nachname von Vorteil (der hier enthaltene funktionelle Antisemitismus ist nur ein Reflex auf das Verfahren des installierenden Handwerkers). – Voilà! Büchnerpreis für die Erfindung des mechanischen Webstuhls! Denn auch ich liebe ja – wie bewiesen – das 19. Jahrhundert! – Sie geben das Los aus, weben den Faden, schneiden ihn ab! Die Moiren aus Frankfurt, Berlin und München. Klappern die Metaphern oder die Knochen? »Der Reim stimmt noch? – Rotz wie Reinheit.« Schrieb der ganz junge Jürgen Fuchs in einem Gedicht, das er mir 1969 vorlas, da waren wir beide noch Schüler des Ostens.

Lasker-Schüler, Trakl, Bobrowski, Huchel, Namen wie Sterne – oder wie Frisch über Trakl schrieb: »wir gehen, er fliegt« – führen mich zurück zum Innern der »Poesie«, alles andere verweht – aber – erst *nachdem* man mitgemischt hat, beteiligt war in Zorn und Schmerz.

Ich schrieb zuerst Lyrik, komme »von dort«, später und immer, wenn mir nicht Metaphern dazwischenkommen wie »Dr. Dr. Böttger, praktizierender Facharzt für Psychiatrie und Neurologie in Berlin-Hohenschönhausen, steht vor Gericht«, lyrische Prosa (Und ist vorstehender Satz nicht eine wirkliche Metapher für einen agilen Täter?!). – Aber nur einmal, bei meinem geliebten amerikanischen Saufschwein, diesem Poe aus Virginia, dem Prosa-Schreiber (sein großes Gedicht *Der Rabe* ist nur ein Flügelschlag von den Firsten seiner erzählten Dichtungen), fand ich die Begründung für die Instanz der Poesie, vielleicht der Literatur überhaupt, das Festmachen ihrer Berechtigung: sie bewahrt die Liebe. Kennen Sie ein Gedicht über den Hunger, das den Hunger in Ihnen wieder auferstehen läßt? Ich nicht. – Von Knut Hamsun, vom »trockenen Schwarz-Brot der Prosa« (Biermann) spreche ich jetzt nicht. Natürlich, dort klappt das. Aber nicht, denke ich, im engeren Bereich, im Reich der »Poesie«. Dort gelingt es nur der Liebe, sich zu verpuppen, haltbar zu sein, bis die Hand eines Lesers die Seite findet, die Spiegel seiner Seele die verkarstete Landschaft absuchen, bis er begreift, dies war einst sein eigener Garten, der Boden aufreißt, das *Erdbeben* beginnt. *Das Wunder zurückkommt.* Haben wir denn gelernt? In diesen Dingen. In einer seiner allerbesten Erzählungen, *Eleonora*, schreibt Poe ziemlich zu Beginn sinngemäß etwa so: Aber wo bleibt eine der größten Energien des Menschen, die Liebe, die gelebte, und die nicht, die nur einseitig vergebene, die vergebliche, auf dieser Welt? Wohin geht sie? Wo bleibt sie?

Ich weiß es nicht. Auch mir alterndem Nachtfalter bleibt nur, die Biologie zu überlisten, den Kokon selbst ins Geäst zu hängen – denn auch ich weiß es nicht.

2. 4. 2001

Aber:

Weißes Papier geblieben

Ist das Glück
Nicht aufgefunden
Downtown Verona
Es hängt ein Balkon

Dreimal gewunden der Fluß
Der hinreist ist
Immer der gleiche

Weinten wir nicht
Als man uns schlug
Träumten wir nicht
Die Orgien seien in Rom
Blau verwundert manchmal
Abends in Blasewitz
Verwundet blau

(*Giulietta de Capulet*, 1997)

EDUARD MÖRIKE, DER ETTERSBERG, ICH UND BLAUE FLÜGELKARTUSCHEN

»Frühling läßt sein blaues Band wieder flattern durch die Lüfte«, sang meine Mutter, auf einem Spaziergang, unterwegs, sonntags im Februar, als nach einer Reihe trüber Tage mit schmutzigem Schnee und Dunst auf den Feldern die Sonne plötzlich wieder schien. Als ich noch klein war.

Diesen einen Satz vergaß ich nicht, ohne ihn vielleicht noch zu wissen, was ein Unterschied sein kann.

Später lebte ich immer wieder für längere Zeit, immer ein bis zwei Jahre, in Häusern, die von Mauern umgeben waren, vor denen, näherte man sich, auf Menschen geschossen wurde. Und noch etwas hatten all diese Häuser gemeinsam: Ihre Bewohner zählten die Tage, die sie dort zu verbringen hatten.

Das erste Haus, von dem ich erzählen will, besaß noch keine Gitter vor dem Fenster und hieß »Kaserne«. Der Blick ging über die Felder einer Großgärtnerei, auf deren Boden Weiß- und Grünkohl gezogen wurden, keine Blumen, dann über die Zubringerstraße der Autobahn und eine andere Kaserne hinweg, bis nach Weimar, zum Ettersberg, dem Konzentrationslager, mit dem Glockenturm von Buchenwald.

In diesem ersten Haus zählten die Bewohner, nach Dienstgraden und Dienstzeiten unterschieden, ihre letzten 150 Tage mittels Stoffbandmaßen, die sie am Abend eines Tages um je einen Zentimeter verkürzten. Ich aber hatte das Haus und seine Rituale schon eher satt als 150 Tage vor dem Abgang, war hierher befohlen und diesem Befehl gefolgt, um »nicht aus der Reihe zu tanzen«, um meine Familie nicht zu enttäuschen, um Abitur machen zu dürfen und aus einigen Gründen mehr, mit denen ich mich belog.

Ich kaufte mir schon früh einen Tages-Abreiß-Kalender, mit 365 Blättern, auf deren Rückseite je ein Gedicht pro Tag zu finden war.

Und ich riß die Blätter, im Gegensatz zum Brauch des Bandmaßschneidens, am Morgen ab, jeden früh. Der Tag, an dem ich *Er ist's* von Mörike auf einem der Blätter fand und an den sonntäglichen Satz meiner Mutter erinnert wurde, einst im Februar, war wirklich ein sonniger Maientag, und der Ettersberg schien mit einem Male näher zu stehen als sonst.

Wir wurden auf Lastwagen verladen und in ein Munitionslager gefahren, um dort Granaten einzufetten. Mit der gleichen Bewegung, wie man Frauen streichelt – und wie lange hatten wir das nicht mehr getan –, die Hände starr von Fett, mit abgespreizten Fingern, strichen wir Granaten ein: Flak 54 mm, Panzer-Brand 100 mm, die blauen Flügelkartuschen, die den Tod lautlos bringen, ohne vorhergehenden Pfeifton.

Und ich dachte: »Frühling laß dein blaues Band ...« oder so etwas wie »Laß, o Welt, o laß mich sein«. Halte durch. Beuge dich. Dann kommt der Frühling von selbst, das Abitur, die schönen, verwöhnten Mädchen an den Universitäten. Noch eine Weile. Halte still.

Aber ich dachte auch: Von wegen »nicht aus der Reihe tanzen«. Familie. Karriere. Rücksichten. Sie sollen mich am Arsch lecken. Wenn du jetzt nicht diese Fesseln zerbrichst, wenn du Granaten streichelst, als wären es Mädchen, wenn du *dieses* Band nicht zerschneidest, wird das blaue Band nie mehr für dich flattern, werden deine Augen nicht mehr sehen, deine Hände das Granaten-Fett nie mehr loswerden, wenn du später ein Mädchen streichelst. Deine Gründe sind Lügen. Komm' nie mehr hierher zurück!

Aber, um ehrlich zu sein, es war nur ein Entschluß. Ich riß die Blätter meines Kalenders ab, bis zum Ende, bis zum letzten Tag. Ich hatte noch keinen Weg, wußte nicht »wie«. Später hießen die Wege: Heinrich Böll, Wolfgang Borchert, Jürgen Fuchs, der seit frühen Tagen mein Freund ist, Wolf Biermann – das Beispiel.

Aber es war auch *mein* Entschluß gewesen, den ich an diesem Maientag, der mit Eduard Mörike begann, gefaßt hatte. Ich folgte ihm. Ich sagte: Nein. Und lernte die anderen Häuser kennen, mit den gleichen Ritualen, in denen nicht mehr der burschikose Ton der Kampfgemeinschaft herrschte wie: »Ihr Bettenbau, Rachowski, ist Marke Nagasaki«, sondern: »Ich trete Sie ins Kreuz/Ich schlage Sie mit dem Kopf an die Wand, bis Sie wieder vernünftig werden/

Ich werde Ihnen mit dem Knüppel beibringen, was es heißt, sozialistischer Strafgefangener zu sein«. In den Häusern mit Gittern vor den Fenstern, wo die Tage mit dem Fingernagel in die Wand geritzt wurden, sprach man Klartext. Aber ich fühlte mich frei. Ich hatte einen Entschluß gefaßt.

Und die Hände: Nicht zum Granaten-Fetten. Das Herz: flattert blau. Angst oder Liebe. Ja, Angst auch. – Vor den Augen: Das blaue Band. Eines neuen Anfangs. Der Hoffnung. Vielleicht.

Die verwöhnten Mädchen sind Frauen geworden, sie sagen: Mein Mann, den ich an der Universität kennengelernt habe, spricht nie von seiner Zeit in der Armee, manchmal erzählt er was Lustiges, was zum Lachen.

Ich habe Eduard Mörike viel zu verdanken. Damals, in dem ersten Haus, das eine Kaserne war, verdankte ich ihm den Anfang zu etwas, das, wie ich heute weiß, selten ist auf der Welt, ich verdanke ihm nichts weniger, nichts Geringeres, als mein schlechtes Gewissen.

29.10.1991

»KEHRE NIE ZU EINEM ORT DEINER VERGANGENHEIT ZURÜCK!« Ein Gespräch

Jörg Bernig: Utz, was hast Du in den Jahren 1989 und '90 geschrieben sowie gelesen, und konntest Du beides ungebrochen über die Zeit der Umbruchsereignisse hinaus fortsetzen?

Utz Rachowski: Ich war vollkommen gelähmt. Alle Leute – Freunde, Verwandtschaft – besuchten mich in Westberlin. Die U-Bahnen brachen auseinander, das Verkehrsnetz stand kurz vor dem Kollaps. Ich hatte mich total eingeschlossen. Vollkommene Starre, auch Gefühlsstarre. Ich sah nur fern. An Schreiben war in diesen Wochen nicht zu denken. Das ging vielen ähnlich. Ich sah dann, wie mein Freund Jürgen Fuchs aktiv wurde, in Leipzig Anfang Dezember mit Biermann auftrat. Dann kurze Zeit später diese Geschichte im Haus der jungen Talente – »Verlorene Jahre« hieß sie –, wo sich die Liedermacher sammelten. Zuerst Leipzig, dann Berlin. Ich beobachtete das alles, sprach – in diesem Dezember dann schon – mit wenigen Leuten. Ab und zu einmal mit Fuchs, mit Biermann ganz wenig. Es war ja so, daß wir – die Dissidenten, die in Westberlin und der Bundesrepublik saßen – nicht einreisen durften, aber alle anderen DDR-Bürger saßen uns auf dem Hals. So war die Situation. Wirklich eine absolute Lähmung, unterdrückte Gefühle und die Frage: Was wird nun? Denkt überhaupt noch jemand an uns? Ich reiste am 23.12.1989, als auch die Dissidenten wieder einreisen durften, ein. Dann kam ich relativ oft nach Leipzig, Dresden und Hof und habe relativ schnell – das wundert mich noch heute – einen Text geschrieben: *Die alte Stadt* [1].

Er ist genau in dieser Zeit – im Januar, Anfang Februar – entstanden. Es ist eine literarische Collage, die die Themen Weggehen, Wiederkommen, Fremde und Exil angesprochen hat. Immer nach meinen Besuchen habe ich kurze tagebuchartige, lyrisch überhöhte Notizen

[1] Utz Rachowski: Die alte Stadt. In: Namenlose. Berlin: BasisDruck 1993, S. 168 ff.

gemacht. Meine Essenz, die ich damals hatte. Diesen Text habe ich Ende Februar zusammen mit Jürgen Fuchs in Plauen im Theater gelesen. Der sehr wendige Intendant – der natürlich dann auch IM war und sich nach Marburg retten konnte – hatte uns – Axel Reitel noch dazu – überraschenderweise dorthin eingeladen. Er ist heute am Theater in Marburg. Nach 1990 ist er von Plauen weggegangen und hat dort diese sogenannten Montagsgespräche eingeführt – natürlich in Absprache mit der Staatssicherheit. Er war ein sehr hochkarätiger IM. Wir traten also in Plauen auf, und das war meine erste Begegnung mit dem Ostpublikum. Sehr bewegend. Die Leute, die auch auf der Straße waren, saßen dann auch zu hunderten in diesem Theater. Und was ich gelesen habe zu dieser Zeit? Am 23. Dezember 1989, als ich über die Oberbaumbrücke ging, hatte ich in der Brusttasche meines verschlissenen Exilmantels – ich war von denen, die einst aus der DDR weggegangen waren, einer der ärmsten Schriftsteller in Westberlin – *Die Reiterarmee* von Isaak Babel stecken. Ich bin mir ganz sicher, daß es ein aggressives Moment gegen diese Ostleute war, also den Tätern gegenüber. Ich hatte schon das Gefühl: Jetzt kommen wir und jetzt räumen wir ein bißchen auf! Und wir sagen ein paar unangenehme Wahrheiten, auch über die Ansprüche der Bürgerbewegung hinaus. Ein bißchen schärfer. Aber dieser Isaak Babel, das war ja ein Aggressionskrieg gegen Polen! Daß ich den einstecken hatte, weist auf meine Stimmung. Ich hatte doch eine aggressive Stimmung

J. B.: Ich greife Deine Frage auf: »Denkt überhaupt noch jemand an uns?« Zynisch formuliert, könnte man sagen: Die Stasi hat immer noch an Euch gedacht, auch über Lesungen, die kanalisiert waren. Wobei sich die Frage nach dem Grund stellt, denn das Publikum waren ja die Demonstranten. Du hast von einem Gefühl gesprochen, aufräumen zu müssen und stärkere Töne artikulieren zu müssen, als die moderaten, nach Vermittlung suchenden Töne der Bürgerbewegung. Hat sich nach zehn Jahren dieser Anspruch realisiert?

U. R.: Vielleicht schon. Viele Teile wurden vielleicht doch erfüllt, auch von denen, die wir uns gewünscht haben. Es ist ja schon erstaunlich, daß 1991 Schriftsteller mit den bürgerbewegten Leuten die

Stasizentrale in Berlin besetzt haben. Ich meine jetzt nicht die Januarbesetzung von 1990, sondern die, bei der in den Hungerstreik getreten wurde, um Akteneinsicht zu erlangen. Das waren dann doch Bohley und Biermann und Sarah Kirsch und andere Leute von der Bürgerrechtsbewegung. Es war dann doch so eine Ost-West-Einbindung. Es gab ja auch eine Ablehnung eines Teiles der Bürgerbewegung gegenüber den Dissidenten. Fuchs wollten sie in Berlin erst einmal gar nicht hereinlassen: Nicht, daß die schon wieder kommen, war der Tenor, die so berühmt sind. Das ist unsere Sache, das ist unsere Bewegung. Es wurde eine richtige Feindschaft z. B. gegen Biermann spürbar.

Man muß auch sehen, daß die Leute, die heute unter Bürgerrechtler geführt werden, besonders Leute waren, die sehr spät angefangen hatten nachzudenken. Meistens kamen sie aus urkommunistisch-großbürgerlichen Elternhäusern und waren nicht wie wir schon mit sechzehn von der Schule geflogen und hatten nicht da schon die ersten Reibereien. Die haben bis in die 80er Jahre hinein noch fest an das Modell des Sozialismus und Reformierbarkeit geglaubt. Wir haben schnell gesehen, mit welchen Leuten wir es da zu tun hatten. Das waren so die Edelutopisten, die zu diesem Zeitpunkt '89 in der Bürgerrechtsbewegung standen. Es gibt auch sehr selbstkritische Leute an diesem Punkt, zum Beispiel mein Freund Wolfgang Templin, der sagt, er hätte, wenn wir uns in der DDR getroffen hätten in den 80ern, mich sicher überreden wollen, daß der Einmarsch in die Tschechoslowakei 1968 doch eine rechtliche, gute Sache war. Er ist erst durch die Polenereignisse Anfang der 80er, durch seinen unmittelbaren Kontakt mit polnischen Widerstandsleuten anderer Meinung geworden.

J. B.: Aber nichts drückt die Spaltung zwischen den »Edelutopisten« und denen, die keinen Versuch mehr über den eigenen Leib ergehen lassen wollten, vielleicht deutlicher aus, als der Aufruf Für unser Land *im November 1989.*

U. R.: Das habe ich in Stockholm gelesen und gedacht: Mensch, mit was geben die sich zufrieden! Ein paar Tage vorher, am 6. November, kam das neue Reisegesetz. Wir lachten in Stockholm und bestellten uns eines der dort sehr teuren Biere. Wir dachten: Mensch, jetzt haben die 30 Tage Einreise und kriegen 3 Mark am Tag oder 3,50 Mark oder 7 Mark – ich weiß nicht, wie die Bedingungen waren. Damit lassen die sich jetzt abspeisen. Aber so war es dann Gott sei Dank nicht. Aber damals hielt man das für eine Reform! Das MfS benannte sich um in AfnS, die SED in SED-PDS. Das waren die revolutionären Ergebnisse! Jeder, der denken konnte und das von außen sah, hat das schnell gesehen.

J. B.: Ich glaube, das sind die Punkte, die damals schon die Lager gespalten haben. Einerseits das Festhalten an einem utopischen Konzept, andererseits die Verweigerung gegenüber derartigen Versuchen.
U. R.: Richtig. Ich habe in Reichenbach in der kalten Wohnung – meine Mutter lag im Krankenhaus – meiner Mutter gesessen und die Vormittagsübertragung vom runden Tisch gesehen. Ich wußte natürlich nicht, daß ein Drittel von der Stasi war, wie sich später herausstellte. Aber was ich sah, war, daß der Runde Tisch sich schon selbst vom Tisch gewischt hatte. Er war eine Plapperkiste geworden im Februar 1990. Es war schon lächerlich. Allein schon der versöhnliche Ton!

J. B.: Hat es während dieser Zeit ein signifikantes Ereignis gegeben oder ein Datum, an dem Dir bewußt wurde, daß Du Dich in etwas anderem, also nicht mehr in der alten Westberliner Umgebung, auch nicht mehr in der noch älteren Vogtländischen Umgebung und Realität, sondern in etwas ganz anderem befindest?
U. R.: Sofort am Tag meiner Einreise, wo ich sagte, jetzt ist eigentlich die Normalität wieder hergestellt. Ich war ja auch ein armer Dichter und konnte mir lange Zugreisen nicht leisten. Ich konnte also nicht zum Skilaufen mal schnell in den Harz fahren oder ins Fichtelgebirge. Für mich war es die Befreiung aus dieser Stadt Westberlin, die ich nicht sehr freiwillig gewählt hatte. Ich sage das auch heute noch bei Lesungen: »Im Grunde genommen bin ich Ihnen bis an mein Lebensende dankbar, liebes Publikum.« Egal, wie sich das alles entwickelt hat, für mich ganz persönlich war es so, daß mich die Ereignisse – die Leute, die auf die Straße gegangen waren und die Mauer indirekt zu

Fall gebracht hatten – befreit haben. Es war richtig signifikant: Spätestens ab Januar hatte sich mein Leben verändert.

J. B.: Du hast eben gesagt, daß es eine Wiederherstellung von Normalität gewesen sei. Das siehst Du immer noch so?
U. R.: Ja. Das andere war der krankhafte Exilstatus. Das Wort Exil benutze ich also auch für die weggegangenen DDR-Leute. Dafür bin ich oft angegriffen worden, z. B. in Lüneburg von Erich Loest. Worauf dann – als Loest mich angriff – einige vor Freude mit den Füßen trampelten.

J. B.: Loest ist ja nicht der einzige, der auf die vermeintliche Besetzung des Terminus hinweist. Aber auf die Exilthematik möchte ich später zurückkommen. Du hast im Januar 1990 wieder anfangen können zu schreiben. Hatte sich Dein Schreiben verändert?
U. R.: Eigentlich nicht. Es war eine Ermutigung, jetzt doch ein bißchen mehr zu sagen, als ich vielleicht gesagt hätte, weil es ja auch eine Interessenlage war, daß man mir zugehört hat und allen zugehört wurde, die diese Biographien hatten. Die gesamtdeutsche oder deutsch-deutsche Problematik stand nun auf einmal für ein, zwei Jahre im Mittelpunkt. Da habe ich sehr gern etwas dazu gesagt. Ich war in der Zeit etwas produktiver, als ich gemeinhin bin.

J. B.: Kannst Du mit einigen Worten umreißen, wie jemand wie Du zu einer Autorrolle findet in einer Umgebung, die eigentlich – so finde ich – autorfeindlich gewesen ist, trotz aller scheinbaren Fördermechanismen und -institutionen, wie z. B. FDJ-Poetenseminar, Schreibzirkel, Literaturinstitut usw.
U. R.: Mit diesen ganzen offiziellen Geschichten hatte ich nie etwas zu tun. Ich habe einige freche Leserbriefe verschickt, z. B. ans *Forum,* der FDJ-Zeitschrift der DDR. Und dort ist mal etwas abgedruckt worden. Das war eine sehr bekannte Zeitschrift, die im 14tägigen Rhythmus erschien mit dem Untertitel: ›Für die geistig kulturelle Problematik der Jugend‹. Da hat Kuczinsky geschrieben: »Gibt es antagonistische Widersprüche im Sozialismus?«, das war nicht schlecht.

Genau in diese Thematik habe ich mich leider mit reingehängt. Davon habe ich nie wieder was gehört. Ein Freund sagte zu mir: »Na, Dein Brief,« es handelte sich um einen als Leserbrief getarnten Essay von 15 Seiten, »der ist jetzt bei der Stasi.« Es herrschte ja Anfang der 70er Jahre – bis '75 ungefähr – eine Offenheit, nach dem Wechsel von Ulbricht zu Honecker. Da hat das eine relativ große Rolle gespielt. Auch Rathenow und Fuchs haben da fürs *Forum* geschrieben. Aber das ist der einzige Kontakt, den ich je hatte. Ich habe nie was gemacht für Poetenbewegung, *Junge Welt*, Hannes Würtz, geschweige denn für das Literaturinstitut. Obwohl ich mich einmal dort beworben habe. Aber ich hatte damit nichts zu tun. Ich bin in diesen Kreisen überhaupt nicht aufgetreten. Zum Schreiben kam man in so einer Kleinstadt durch den ungeheuren Druck von Schule, Kleinstadtmief, Verzweiflung, suizidaler Gefährdung in der Pubertät. In Reichenbach ist es in besonderem Maße eng. Ich empfinde es auch heute wieder so. Ich bin dann in andere Städte gekommen, die gar nicht so weit weg lagen, dort war mehr Offenheit. Geschweige denn Leipzig, wo ich dann als junger Student anfing, Medizin zu studieren. Das war ein ganz anderes Flair. Ich hatte nie wieder solche Selbstmordphantasien und gegen mich selbst gerichtete Depressionen, wie in diesem Reichenbach. Fuchs ging es ähnlich.

J. B.: Ist es nicht symptomatisch für die DDR, in der viele Aggressionen sich nach innen, also gegen sich selbst richteten?
U. R.: Es kommen aber wirklich noch die Mentalitätslage und das Lokalkolorit dazu. Ein Spinner war man dort ganz schnell. Schneller als an anderen Orten, kann ich mir vorstellen. Es gab dann auch diese Industrievermischung. In Gera z. B. – kann ich mir vorstellen – war es auch nicht viel besser. Da hatten Kunst und Kultur überhaupt keinen Stellenwert. Ich meine jetzt einen wirklichen Stellenwert. Die Leute, die es für sich gepachtet hatten, waren dann Studienräte. Die waren auch in Blockparteien Mitglied und haben dann so eine Hochkultur gemacht, die mich ebenso abgestoßen hat: Die guten, fleißigen Mädels aus den bürgerlichen Kreisen, die dann auch mal irgendwann Germanistik studiert haben. Dann unter der Hand Hermann Hesse

verteilt, obwohl der in der Bibliothek stand. Das war diese Art. Fuchs und ich kamen da irgendwie anarchischer daher, auch plebejischer. Nicht so sehr proletarisch. Fuchs vielleicht ja. Das war ein Unterschied zwischen uns. Deswegen auch stürzte er sich auf Lenin, ein Interesse, das ich dann nur vermittelt über Jürgen mitvollzogen habe. Diese Art von Marxismus-Rezeption hat mich nur als Waffe gegen die Lehrer interessiert. Daß man mehr wußte als sie.

J. B.: Ist Schreiben für Dich als Jugendlicher in einer solchen Umgebung ein Mittel zur Erhaltung Deiner mentalen Gesundheit in diesem alltäglichen, institutionalisierten Irrsinn gewesen?
U. R.: Ja. Rettung, Rückzug ins Aristokratische auch, um sich trotzdem von solchen Leuten, die Hochkultur in der Kleinstadt gemacht haben, zu unterscheiden. Das war schon absolut die Rettung, mit 19 Jahren Kafka zu lesen und dann wieder früh in den Betrieb zu gehen. Ich war von der Schule geflogen und wurde mit Erdarbeiten und Hacke und Schaufel in diesem Elektromonteursgewerbe versorgt. Dann am Feierabend und Wochenende Kafka zu lesen und dann auch einen anderen Umgang zu haben! Es kamen ja Freunde zurück, die in Leipzig studiert haben. Mit denen und mit Ärzten aus dem Krankenhaus war ich zusammen. Ich hatte einen Umgangskreis, wenn mich da ein Kollege getroffen hat, ist der umgefallen und dachte: »Wie kommt der zu einem Arzt als Kumpel?« Der sich aber auch in der Kneipe sein Weinglas auf den Kopf stellte und mit mir balancierte, wer es länger durchhielt. Es war ein bißchen Bohème, ein bißchen anarchisch. Einmal tauchte am dortigen Krankenhaus meiner kleinen Stadt eine Ärztin auf, eine ungarische Schönheit… Und alle Kollegen begannen, sich um sie zu prügeln, das ganze Krankenhaus stand Kopf, gestandene Familienväter eingeschlossen. Das war eine gute Lehre, fürs Leben und eine osteuropäische dazu: Um die Schönheit muß man sich schlagen, bedingungslos, koste es, was es wolle! Man kann sie nicht kaufen. Nicht dort.

J. B.: Würdest Du es in der Retrospektive als etwas Typisches für den Osten Deutschlands beschreiben?

U. R.: Ja. Für Osteuropa überhaupt. Bei Kundera unheimlich gut nachgezeichnet, wo denn auf der Welt gibt es so verrückte Ärzte? *Buch der lächerlichen Liebe* zum Beispiel. In Reichenbach gibt es sie und in Aussig in Böhmen gibt es sie wieder. Das ist mir schon irgendwie klar, daß das mit der Diktatur zusammenhängt und mit Osteuropa, und auch ein bißchen mit osteuropäischen, slawischen Mentalitäten. Wir sind ja da unten in Reichenbach nicht weit von Böhmen weg und solche Kauzigkeiten gab es, das war das Schöne daran. Es gab aber auch das verbissene und schnelle Verurteilen. Die Härte war dort unten auch besonders ausgeprägt.

J. B.: Aus Deinen Texten kann man erfahren, daß das, was für Dich und die Bohème immer wichtig gewesen ist, eine Generationenkonstellation war. Gehe ich richtig mit der Annahme, daß Du nicht nur einen *Schreibgrund hast, die Erfahrung der Diktatur, sondern* zwei, *nämlich die zwei ineinander übergegangenen deutschen Diktaturen?*

U. R.: Ich habe zwei andere Schreibkonstellationen und für die eine wäre das, was Du jetzt gesagt hast, nur eine Untergruppe. Das eine ist das Politische, das sich mir aufgedrängt hat, das ich aber auch gern angenommen habe, weil man da besonders frech sein konnte und, um die Wahrheit zu sagen, auch auffällig werden konnte. Das hat Spaß gemacht und man fühlte sich ganz gut. Das andere ist eine individuelle Verletzungsgeschichte. Deswegen habe ich auch immer versucht, in politische Texte viel Poesie hineinzubringen. Das ist dann immer eher diese Einzelner-in-der-Masse-Problematik. Dann die Grunderfahrung, aus der Schule zu fliegen – 300 Leute sprechen sich gegen einen aus. Das habe ich mit siebzehn erlebt. Man wird gezerrt und die Freunde wechseln die Straßenseite. Wenige halten nur noch zu dir. Solche Grundgeschichten! Das war auch die Zeit, in der ich anfing zu schreiben. Also ich würde eher sagen, es gibt bei mir zwei Grundkonstellationen: diese Verletzung durch irgendwelche Massengruppen, Distanz zu Gruppen, Abstand zwischen mir und Gruppen schaffen und dann diese politischen Interessen. Das sind die zwei Schreibmotive, die sich durchziehen.

J. B.: Das sind Grunderfahrungen in der Diktatur. Diktatur ist ja Vermassung, die Verneinung des Satzes »Die Würde des Menschen ist unantastbar.«
U. R.: Übersetzt in die 70er, diese Honecker-Losung: »Keinen zurücklassen. Jeden gewinnen.« Das habe ich als das Absurde erlebt.

J. B.: Das heißt Truppentransport.
U. R.: Genau. Jeden auch unterwandern und wer sich weigert, wird zurückgelassen und ganz schlimm verfolgt. Dem wird gefolgt, er wird nicht nur zurückgelassen.

J. B.: Beim Wiederlesen Deiner Texte ist mir ein Stichwort eingefallen: anarchistischer Individualismus. Anknüpfend an Max Stirner, daß es immer um den Einzelnen geht und daß jedes Gemeinwesen nur einigermaßen gesund sein kann, wenn die Einzelnen gesund in sich sind. Das greift noch einmal auf Deine Jugenderfahrung zurück, die suizidale Umgebung: sehr viele zerbrochene und gebrochene Typen. Das ist sicher eine weitere Erfahrung, die sich für viele in Ostdeutschland verallgemeinern läßt. Inwieweit viele diese Erfahrung an sich heranließen oder in sich eindringen ließen, sei dahingestellt. Dort liegt der große Unterschied der Erfahrung. Ich habe aus Deinen Texten über eine Generationenkonstellation, die zur Beschäftigung mit der ersten deutschen Diktatur zwingt, eine zentrale Fragestellung herausgelesen. Es ist eine Fragestellung, die sich bis in unsere Zeit fortpflanzt und die von Jüngeren aufgegriffen wird. Du sprichst im Text Der Vater[2] *nämlich von einem Pflichtteil, das die Älteren den Jüngeren immer noch vorenthalten. Dieses Pflichtteil ist ein Bekenntnis von Schuld. Begeben wir uns wieder ins Jahr 2000, zehn Jahre nach dem Zusammenbruch der zweiten deutschen Diktatur: Glaubst Du, daß in den letzten zehn Jahren dieses Pflichtteil ausbezahlt wurde,*

[2] Utz Rachowski: Erinnerungen an eine Jugend. Essays, Akten, Tagebuch. Chemnitz: Chemnitzer Verlag 1995, S. 126.

daß zumindest etwas Spürbares ausbezahlt wurde, was die mehr als sechzig Jahre vor 1989 betrifft?
U. R.: Es klafft da eine ganz große Lücke bzw. ist es eine Schere zwischen dem Leben der kleinen Leute, dem Bewußtseinsstand oder der dortigen Verarbeitung und Kenntlichmachung dieser Fragestellung, und der Wissenschaft sowie der literarischen Öffentlichkeit. Ich glaube, daß es auf dieser einen Seite – offiziell sozusagen – gerade in den 90er Jahren eine sehr fruchtbare – auch literarische – Aufarbeitung für die Wissenschaft gab. Die Vätergeneration wurde kenntlich gemacht und dieses gespaltene Verhältnis der Söhne dazu. Jeder, der ein Intellektueller ist, weiß das jetzt. Unter der grauen Alltagsschicht hat es aber überhaupt keine Bewegung gegeben. Im Gegenteil. In den 90er Jahren hat sich fast eine gegenteilige Tendenz in dieser nichtintellektuellen Bevölkerungsgruppe bemerkbar gemacht. Werte der Vätergeneration sind ungeprüft, frech und manchmal schon grausam einfach übernommen worden, z. B. die jüdische Problematik. Das fällt mir auf. Mütter, Tanten auf jeder Familienfeier ganz verschiedener Familien lassen jetzt ihren Antisemitismus heraus. Das brauche ich gar nicht zu suchen. Die haben da nie drüber geredet. Das Wort ›Juden‹ war in diesen Schichten vierzig Jahre überhaupt kein Thema und in den 90er Jahren knallt das voll raus.

J. B.: Ist es für die vierzig Jahre nach dem Krieg ähnlich, daß Haltungen, vielleicht auch Werthaltungen, perpetuiert werden, daß sie gar nicht gebrochen daherkommen oder jetzt schon wieder ungebrochen?
U. R.: Die DDR geht ungebrochen weiter. Die ganzen Strukturen der DDR sind im Grunde genommen irgendwo erhalten, von Volkssolidarität bis zu Wohngebietsobleuten. Wenn man in einer Kleinstadt wohnt, ist alles schön übersichtlich und sehr oft treffend. Die Leute, die früher ihre Kinder nach der achten Klasse zum Längerdienen auf das Wehrkreiskommando prügelten, sind heute im Verband *VdK*.[3] Das sind die Kriegsdienstveteranen, aber auch die Wehrdienstgeschädigten. Das ist alles ungebrochen. Ich habe das in der Kleinstadt nur

[3] V.d.K. Verband der Kriegsdienstveteranen.

so erlebt, daß Ablösungen stattgefunden haben, daß aber nur Bereiche oder Kreisstädte getauscht wurden. Da ist man eben zwanzig Kilometer weiter gegangen. Man hat die gleiche Person wieder auf die gleiche Position gesetzt. Das Höchste war, daß ein Stellvertreter nach oben wechselte und der andere dann Stellvertreter wurde.

J. B.: Es gibt also mehr Kontinuitäten als Brüche?
U. R.: Ja. Ich war ja jetzt fast verwundert. Für mich ist sonnenklar, daß die DDR in ihren Strukturen – im Überbau, wie man früher gesagt hat, das ist ein marxistischer Begriff – weitergeht. Der Überbau ist, trotz aller wirtschaftlich und ökonomisch fehlenden Basis, in der Struktur vollkommen erhalten geblieben. Ich hatte 1993 eine Erbschaftsangelegenheit und im letzten Hinterzimmer saß derjenige, der meine damalige Verlobte angeklagt hatte: Der Bezirksstaatsanwalt von Chemnitz saß jetzt als Rechtsanwalt in Reichenbach bei einer Rechtsanwältin. Wie haben uns ganz offen unterhalten. Ich bin ihm ein einziges Mal begegnet, als ich in Haft war. Mir fiel damals schon auf, daß er einer war, der sprach. Das war nicht bloß so eine Sau, sondern er war jemand zum Vermitteln über Worte. Mit dem konnte man sprechen. Natürlich hat mir das keinen Tag weniger Haft eingebracht, aber der fiel mir damals schon als Ausnahme auf. Er sprach auch über sich. Er sprach auch darüber, was er zu seiner Seelenrettung gemacht hat, daß er die Stasiakten 1991/92 mit versiegelt hat mit den Bürgerrechtlern. Ich habe mit dem offen geredet. Das waren so zwei Superfälle von Struktur: Die beste Connection des Wehrkreiskommandos ist jetzt VdK. Der Staatsanwalt sitzt als Zivilanwalt beim Rechtsanwalt und macht Erbschaftsangelegenheiten.

J. B.: Sprechen wir noch einmal von Deinen Texten. Du hast gesagt, daß sich unter einer gewissen Alltagsschicht nicht so viel verändert. Weder in der Mentalität, noch in den Werthaltungen. Trotzdem nimmst Du in Deinen Texten oftmals eine poetische Perspektive von unten ein und bestehst auf diesem Blickwinkel. Du überträgst auch das in Bilder. Der Kel-

ler der Erfahrung ist ja nicht nur der Gefängniskeller, sondern wirklich der Keller der Erfahrung: Von da unten ist die Welt zu sehen.
U. R.: Genau. Der ist viel reicher.

J. B.: Das hat natürlich literarische Parallelen. Ob das nun Dostojewski, Solschenizyn oder Kleist ist. Aber bei allem doch eher Skeptischen und Pessimistischen ist mir aufgefallen,, daß Du immer wieder auf einem ganz wichtigen Punkt beharrst: auf so etwas wie Beistand, Hilfe und Liebe in einer Umwelt, in der man es eigentlich nicht erwartet. Ist das ein bewußter Kontrapunkt?
U. R.: Ein rein gefühlsmäßiger. Es ist einfach so eine Veranlagung, würde ich sagen. Daß ich mich auch mit Leuten in einer Kneipe eher verstehe, daß wir uns sofort erkennen, als mit Westberliner Studenten in einer Studentenkneipe. Ich habe auch immer sehr gelitten in solchen Studententreffpunkten, weil es auch Massenaufläufe waren. Dieser Großkonzern *Freie Universität* hat mich zutiefst erschüttert. Ich mißtraue seitdem auch der Effektivität von Lehre und der ganzen Welt der Universität überhaupt.

J. B.: Survival of the fittest.
U. R.: Man muß sich erst einmal als Mensch amputieren, um irgendwie ein Ziel zu erreichen. Diese Amputationen sind dann nicht spurlos. Davon bin ich überzeugt. Ich weiß auch nicht, ob die Wissenschaft zu einer Humanisierung der Welt beiträgt. Ich habe mir sagen lassen, daß aus dem Weisheitszahn – das ist dieses Studibürogebäude in Leipzig – zum Beispiel kein Einziger mit auf der Straße war.

J. B.: Von den Lehrkräften? Ich habe keinen gesehen. Das überraschte mich aber nicht. Ich weiß wohl, daß jüngere Semester mit der Exmatrikulation bedroht worden sind, wenn sie sich an diesen »konterrevolutionären Erscheinungen« beteiligten.
U. R.: Ja, ich weiß nicht, ob es in anderen Ländern anders ist. Ich habe manchmal das Gefühl, daß das in den südlichen, mediterranen Ländern anders ist. Daß die Excelenzia oder der Dottore auf der Straße eine andere Verbundenheit mit seinem Gemüsehändler hat. Ich

bin absolut geisteswissenschaftsskeptisch, würde ich fast sagen. Ich denke nicht, daß sie zur Entgröberung der Welt oder zur Humanisierung von Menschen beitragen kann. Deswegen komme ich auch noch einmal auf die Schere zurück: Die Väter-Söhne- und Diktatur-Problematik ist gut verarbeitet, hervorragend archiviert, auch im Bewußtsein intellektuell hochgehoben, aber unten geht alles weiter. Die Wirkungen der Diktatur gehen auch weiter.

J. B.: Du erwähntest einen Freundeskreis, der ein literarisch prägender Kreis geworden sei?
U. R.: Zu dem aber nur teilweise Literaten gehörten...

J. B.: Wie war das nach Deiner Inhaftierung und Deiner Abschiebung aus der Haft heraus?
U. R.: Dieser engere Freundeskreis hat gehalten. Ich konnte eigentlich relativ schnell nahtlos anknüpfen. Eine Friedensbewegung oder so etwas gab es damals noch gar nicht. Das waren einfach Leute, die auch für Biermann eingetreten waren und gegen seine Ausbürgerung protestiert hatten. Ich kam dann ein paar Jahre später im Westen zu dieser Gruppierung und da hatte ich relativ schnell wieder Anschluß. Zu Westintellektuellen hatte ich in den 80er Jahren eher wenige Kontakte. Das kam eher in den 90ern.

J. B.: Woran lag das? War das Hermetismus auf beiden Seiten, war das Unverständnis, war es die Skepsis einer Westlinken?
U. R.: Man muß die Westberliner Situation sehen. Die Maoisten und Trotzkisten waren damals an den Universitäten in den Geisteswissenschaften politisch absolut tonangebend. Da konnte man natürlich nicht kommen und sagen: »Es gibt einen üblen Prügler, der ist Aufseher hundert Kilometer von Euch.« Der lebt allerdings in der DDR und wird *Roter Terror* genannt. Rot war in deren Augen gut. Wenn ein prügelnder Aufseher von einem einfachen Strafgefangenen *Roter Terror* genannt worden wäre, hätten mir schon zwanzig Westintellektuelle entgegengeschrien, daß das ein denunzierendes Wort sei. Man konnte sich gar nicht verständlich machen.

J. B.: Hat sich das im Verlauf der letzten zehn Jahre geändert?
U. R.: Sehr! Die Westlinken sind zerbrochen, würde ich sagen.

J. B.: Gab es ein Eingeständnis des eigenen Versagens oder der Restriktion der eigenen Wahrnehmung?
U. R.: Ja. Es gab von einigen Intellektuellen solche Erkenntnisse durch die Zeit und auch die Aufklärung. Solschenizyn war zum Beispiel ein absolut verhaßter Mensch. Ein Autor, den man in irgendeiner normalen Lesung vor jüngeren oder gleichaltrigen Leuten nicht einmal erwähnen durfte. Mit meiner Generation war kein Pfifferling zu gewinnen. Eher hat schon die Generation, die damals, als ich dreißig war, bereits in den Fünfzigern war, angefangen nachzudenken. Ich habe das an einigen wenigen Beispielen erlebt, etwa an dem Lyriker Arnfried Astel, der immer sagte: »Ich habe durch Euch so viel verstanden, was eigentlich Osteuropa auch ist.« Manfred Wilke, Professor an der FU, Hannes Schwenger, ganz wenige Leute. Auf solche Leute konnte man bauen. Hannes Schwenger war ein ganz wichtiger Mann. *Freiheit und Sozialismus* hieß sein Komitee, noch ohne Fragezeichen. Er hat sich aber schon dafür eingesetzt, daß die politischen Häftlinge im Osten aus den Gefängnissen kamen. Dann gab es aber wiederum Vereinigungen wie *Die Freiheitsglocke*, wo eigentlich auch Siegmar Faust dann zu Hause war, *Museum des 13. August* in der Friedrichstraße, wo ich nicht so gern hingegangen bin. Ich habe zwar dort eine Lesung gehabt – das Museum leitet ja heute noch ein alter Herr – nette Leute, aber die wollten halt in kurzen Sätzen immer etwas bestätigt bekommen, was vorher schon in den Zeitungen stand. Dort war irgendwie keine Lebendigkeit. Es war tot dort. Ich habe es so empfunden.

J. B.: 1990 versuchte der Schriftstellerverband, sich zu reformieren. Es gab die Idee, daß die vertriebenen, verkauften und hinausgeekelten Autoren gemeinsam mit Autoren des Schriftstellerverbandes in Ostdeutschland lesen sollten.
U. R.: Ich habe eine Einladung bekommen, daraufhin schrieb ich einen der bösesten Briefe meines Lebens an Heinz Kahlau. Ob er nicht im Bauch spüren würde, daß es fällig wäre, sich aufzulösen.

J. B.: Kahlau war übrigens Vorsitzender einer sogenannten Kommission zur Aufarbeitung der Geschichte des Schriftstellerverbandes.
U. R.: …und IM, wie wir heute wissen. Die Einladung war von Kirsch und Kahlau unterschrieben. Ich habe sie mit einem wütenden Brief ausgeschlagen. Es gab auch kein Treffen.

J. B.: Ich habe das im Archiv recherchieren können. Nach diesem Versuch hat es eine Reihe Neugründungen von Vereinen und Verbänden gegeben. Betrachten wir den sächsischen Raum, die Strukturbildungen dort. Ist jemand auf Dich zugekommen und hat gesagt: Hier haben wir ein Landeskind. Wie können wir die verlorenen Landeskinder in die entstehende neue Literaturlandschaft einbinden?
U. R.: Ja, und das gehört zu meinen glücklichsten Erfahrungen, auch im Leben, daß eines Tages die Frau Brendel eine Buchhandlung in Plauen anrief und fragte: »Gibt es denn in Plauen einen Schriftsteller?« Ich wohnte aber in Reichenbach. Ja, da sind welche zurückgekommen. Der eine heißt Reitel und der andere Rachowski. Die Frau Brendel – Staatsministerium für Wissenschaft und Kunst – hatte die Namen natürlich noch nie gehört. Die hat mich dann sofort angeschrieben. Sie hat mir vorgeschlagen, doch in die ASSO einzutreten. Das habe ich dann auch relativ schnell gemacht. Ich wollte ja wieder im Vogtland leben. Das war ausschließlich persönlich begründet.

J. B.: Wie hast Du die Bildung von Vereinen und Vereinigungen erlebt? Sahst Du bei einigen eine Fortführung des Schriftstellerverbandes der DDR?
U. R.: Die literarische Förderung ist unvergleichlich anders und stärker als in den westlichen Gefilden, die ich kennenlernte. Da spreche ich immerhin von Westberlin, wo eine Ansammlung von Kunst und Schriftstellern war, und von Niedersachsen, das ich in dieser Hinsicht auch gut kenne. Da mußte man schon einen ganz großen Namen haben, um mal ein Jahresstipendium zu kriegen. Das war für einen jungen Autor fast unmöglich, dort mal ein bißchen frei arbeiten zu können. Frau Brendel hat mir dann auch erzählt, was in Leipzig los ist. Der letzte Kulturminister der DDR, auch ein IM, ist mit Millio-

nenkoffern – sie meinte damit Bargeld – durch Leipzig gereist und hat dort die Strukturen gelegt, die jetzt angeblich neu sein sollen. Das *Haus des Buches* ist ein Kind dieser Aktion, er hat seine Leute jedenfalls versorgt, die dann auch die Traditionen hielten. Ich glaube, ich kann das jetzt offen sagen, auch den Namen Brendel in diesem Zusammenhang offen nennen. Sie hat es mir mehrmals erzählt. Mit Millionen wurden die neuen Strukturen und Vereine gegründet. Deswegen bot sie mir auch an, die ASSO zu wählen, weil dort vielleicht nicht so bekannte Autoren, jüngere Autoren, vielleicht auch schwächere Autoren eine Chance bekommen. Es ist ja wirklich so, daß bei den im Schnitt fünfzig oder siebzig Mitgliedern sehr, sehr viele schwache Leute dabei sind. Ein Superbeispiel ist Chemnitz. Aus regionalen Gründen bin ich dann auch noch Mitglied des Chemnitzer Verbandes geworden. Die hatten sich so ziemlich freigeschwommen und die harten IMs nicht mehr unter sich weilen lassen. Die sind teilweise auch verstorben. Ich nenne jetzt den Fall Dr. Klaus Walther. Der war Bezirksleitungsmitglied, ein Büchernarr. Ein Mann, der immer mit der Kultur und Literatur zu tun haben wird und auch in der DDR damit zu tun hatte. Ich habe ihm innerlich irgendwie alles verziehen. Der hat mit mir und Axel Reitel auch immer produktiv gearbeitet. Er hat zum Beispiel mein Buch *Erinnerungen an eine Jugend*[4], das im *Chemnitzer Verlag* erschienen ist, lektoriert. Er hat da ohne meine Zustimmung kein Komma weggenommen. Damals von mir so gedacht, an dem Ort, wo ich in Untersuchungshaft inhaftiert war und wo auch die Stasiverfolgung stattfand, soll auch das Buch erscheinen. Daß ich da über den Klaus Walther gegangen bin, da mußte ich auch mir selbst ein Auge zudrücken. Das waren solche Leute, mit denen man zu tun hatte. Ich hatte mich aber entschieden, hier zu leben, und dachte, versuch es mal.

J. B.: Hier ist eine Vielzahl von Strukturen entstanden, Du bist jahrelang

4 Utz Rachowski, Erinnerungen (wie Anm. 2).

Redakteur der Zeitschrift Ostragehege *gewesen. Sind Biographien wie Deine auch instrumentalisiert worden?*
U. R.: Das ist vollkommen klar.

J. B.: ...von einigen, die einen Platz in diesen neuen Strukturen finden wollten.
U. R.: Das ist richtig. Das bezieht sich sowohl auf die Chemnitzer als auch auf die Dresdner.

J. B.: Siehst Du eine Ursache dafür, daß die Strukturen und Institutionen recht zersplittert sind? Es gibt ja kaum literarische Kontakte zwischen den Städten Leipzig, Chemnitz, Dresden.
U. R.: Ja. Es gibt keine Freundschaften. Es kommt mir so vor, als würden sie alle in festen Kesseln leben.

J. B.: Damit sprechen wir einen weiteren Punkt an, nämlich Fragen der Identität, Mentalität und Regionalität. In Deinen Texten thematisierst Du immer wieder einen Heimatbegriff. Er scheint mir das Resultat eines Verlustes zu sein oder stärker noch das Nicht-Gehabte, weil Vorenthaltene. Spielt die Region eine große Rolle für Dein Schreiben oder ist diese Kategorie für Dich entbehrlich?
U. R.: Ich bin mir an diesem Punkt unsicher, weil ich diese Frage nämlich in verschiedenen Jahrzehnten anders beantwortet hätte. Durch diesen harten Bruch, früh aus dem Bett geholt zu werden, und dann die geliebten, gewohnten Bäume zehn Jahre nicht wiederzusehen, schien mir Heimat als etwas Unentbehrliches. Jetzt lebe ich wieder seit zehn Jahren dort und damit verwischt es sich wieder. Jetzt denke ich manchmal, was ich auch vorher dachte, als ich den Verlust noch nicht kannte, daß ich zum Beispiel auch am Golf von Neapel leben könnte.

J. B.: Ich habe es aber auch so gelesen, daß Heimat für Dich ein imaginierter Ort ist.
U. R.: Rein theoretisch würde ich das auch bestätigen. Dem Blochschen Verdikt – dort wo noch niemand war, das uns aber alle in die

Kindheit zurückstrahlt, das noch keiner gesehen hat –, diesem theoretischen Heimatbegriff würde ich mich anschließen. Bevor ich da ab und zu auch noch mal eigene Erfahrungen einfließen lassen würde.

J. B.: Zu diesem Heimatbegriff gehört immer das Exil, die Fremde. Beides verwendest Du expressis verbis. Deine Begründung in dem Text Aus dem Tagebuch meines Exils[5] *ist sehr stichhaltig. Es ist eine Thematisierung des Exils ohne Scheu vor der vermeintlichen Besetzung des Begriffs und zugleich sprichst Du davon, daß sich der Ort der Sicherheit als Fehlort erweist. Zum Beispiel wenn Dir – wie in dem Gedicht* Biographie[6] *– nach Deiner Ankunft im sicheren Hafen gesagt wird: »Und für Sie haben wir Geld ausgegeben.« Hat das Exil für Dich ein Ende gefunden mit Deiner Rückkehr, mit Deinem ersten Besuch in Reichenbach oder perpetuiert es sich als eine nicht heilende Wunde?*
U. R.: Das zweite natürlich. Obwohl ein Teil meiner Sehnsüchte aus den 80er Jahren, als ich mich in dem von mir selbst beschriebenen Zustand des Exils befand, in den 90er Jahren natürlich eingelöst wurde. Daß heißt, es erfolgte eine gewisse Anerkennung als Autor, ich konnte in Deutschland frei reisen, wohin ich wollte. Das war ja wichtig für mich, nicht zwei Stunden Transit fahren zu müssen, um Bäume zu sehen und in einem Wald herumzulaufen, der den Namen verdient. Ein Teil von diesem Aspekt ist natürlich eingelöst. Andererseits geht es natürlich weiter. Erst einmal durch die Prägung, die man erfahren hat, das verlorene Grundvertrauen. Dieses Urvertrauen ist gebrochen, es ist absolut weg. Man fühlt sich immer irgendwo bedroht. Andererseits ist das gar nicht so wahnhaft, sondern die Bedrohungen sind real. Es gibt bis in die jüngste Vergangenheit Morddrohungen – anonym auf den Anrufbeantworter gesprochen –, oder meine Mutter wird in Reichenbach angerufen. Kaum wird ein Film ausgestrahlt, in dem ich mich äußere, klingelt eine Minute später das Telefon. Darauf kann man sich verlassen. Es gibt Aktivitäten in dieser Richtung, die einen realen Hintergrund haben. Dann dieses kleinstädtische, idiotische

[5] Utz Rachowski: Tagebuch meines Exils. In: Rachowski, Erinnerungen (wie Anm. 2).
[6] Utz Rachowski: Biographie. In: Mein Museum. Dresden: Hellerau-Verlag 1995 (= YESS, Nr. 15).

Schneiden der Person. Aber es gibt auch eine Aufnahme derart, daß man etwa von jemandem um eine Meinung ersucht wird. Ansonsten geht dieser Zustand weiter. Man hat auch mehr sehen müssen, der Erfahrungskeller ist breiter, größer und tiefer, in manchen Bezügen einfach schwärzer als der von Menschen, die Klassenkameraden von mir waren und ein normales Leben führten. Man kann es manchmal gar nicht vermitteln, wie tief eigentlich die Furche ist, die einen von anderen Menschen trennt. Die ist schon gewaltig. Eines will ich noch zum ganzen Begriff sagen. Ich war ja einer der wenigen dissidenten Autoren, die im Westen auf dem Begriff des Exils bestanden. Ich habe mir das richtiggehend erarbeitet. Ein türkischer Schriftsteller sagte es mir und auch ein Tscheche hat mich darauf gebracht. Er meinte: »Im Grunde genommen sind eure Familien zerstört. Ihr dürft nie wieder nach Hause. Wir dürfen wenigstens vier Wochen im Jahr einreisen und leben trotzdem hier in Berlin. Aber obwohl wir in einer fremden Sprache leben, trifft es Euch auf vielen Seiten anders und ihr seid in manchen Punkten tiefer im Exil als wir.« Weil es dieselbe Sprache ist und man dann doch – wie ich mit fünfundzwanzig Jahren – in einen völlig anderen kulturellen Raum kam. Siehe *Freie Universität Berlin*, meine Generation war eine ganz andere. Das bezog sich auch auf das andere Geschlecht. Das ist übrigens eine sehr interessante Frage. Man konnte mit Frauen überhaupt nicht über das reden, was einen eigentlich anging. Mit einer Wessifrau konnte man weder über das Vogtland reden, weil sie nicht wußte, wo das Vogtland ist, noch über die Messe in Leipzig, weil sie da noch nie war, und gleich gar nicht über einen Gefängniskeller in Hohenschönhausen oder in Chemnitz/Karl-Marx-Stadt, weil sie sich das nicht vorstellen konnte, aber sehr wohl davon überzeugt war, daß es in Peru sehr wohl viel schlimmere Gefängnisse gab, was wir anzweifelten oder zumindest auf eine gleiche Ebene setzten. Ich habe durch das Exil auch das Leben meiner Generation verloren. Das ist für mich eine ganz wichtige Sache. Jürgen Fuchs hat sich noch besser schlagen können, weil er auch der politisch klügere Kopf ist – oder vielmehr war, er ist ja voriges Jahr gestorben. Er hat sich in die Friedensbewegung hineinbegeben, wurde dort kurz ausgebeutet und gründete dann seine Jenaer Friedensbewegung mit. Das war im Nachhinein – über die Jahrzehnte gesehen – sehr klug. Ich habe gesagt, daß ich für die Stationierung der Waffen sei. Dieses osteuropäische System könne nur mit dieser Art von Sprache in Schach gehalten werden. Ich war davon überzeugt, daß ein zusammenbrechendes System einfach expansiv reagieren und einen dritten Weltkrieg entfesseln müsse. Ich habe das Jürgen – natürlich nicht öffentlich – gesagt, woraufhin er meinte, daß ich wahnsinnig sei. Meine Ansichten lehrte mich aber die Geschichte seit 1917. Da schrien natürlich alle Linken auf. Finde da nochmal eine Freundin in deiner eigenen Generation. Das betraf fast alle männlichen Autoren, Künstler, Musiker, die aus dem Osten kamen. Wir sitzen hier in einer Berliner Wohnung, die Gerulf Pannach angemietet hat, dann aber nicht haben wollte, um bei seiner Frau bleiben zu können. Das Herausbrechen aus der eigenen Generation durch das Exil ist eine wahnsinnige Erfahrung.

J. B.: Was Du auf eine sehr persönliche Ebene verlagerst, nämlich daß Angehörige Deiner eigenen Generation in Westdeutschland Deine Erfahrungen bestreiten oder relativieren wollten... fandest Du, daß sie sich damit aus einer Verantwortung gegenüber dem, was im eigenen Land (in beiden Teilstaaten) geschieht, stehlen wollten?
U. R.: Ich denke, sie haben typisch deutsch-intellektuell damit reagiert: Das Abweisen von allem, der Willen, eine Utopie möglichst weit weg zu situieren. Als in Grenada der Konflikt ausbrach, demonstrierten 30.000 Leute, als in Polen, also in der Nachbarschaft, Kriegsrecht verhängt worden ist, kamen 300 Leute. Es war fürchterlich, als politisch denkender und das dann auch künstlerisch verarbeitender Mensch unter solchen Bedingungen zu leben.

J. B.: Ist das die dem Exil immanente Unsichtbarkeit, von der Du sprichst?

Hier ist der Satz: »Dem Exil entkommen heißt, der Unsichtbarkeit ein Bild zu geben und das Bild aber ist negativ.«[7]
U. R.: Genau, ich habe es als tiefste Fremde empfunden, als Verschwinden.

J. B.: Ist es Dir im Lauf der letzten zehn Jahre gelungen, »der Unsichtbarkeit ein Bild zu geben«? Und wie steht es diesbezüglich um die Rückkopplung von Lesern und Zuhörern?
U. R.: Einerseits sind die Wunden noch offen und die alten Strukturen und Funktionäre müssen angegriffen werden – das hat Fuchs gemacht, er hat sich darüber ziemlich aufgerieben –, andererseits würde ich auch gern meinen Weg weitergehen. Das erscheint mir manchmal wie ein Verrat an einem Freund, wie dem Jürgen, nicht beide Seiten zu beachten. Also auch politisch ab und zu einmal auf der Bühne zu stehen und das einfach zu leisten und mich nicht in poetische Prosa zurückzuziehen. Aber wie gesagt, ich habe eine absolute Hemmung, die aus diesen Gründen erwächst. Interessant ist vielleicht eine Aussage Rosenlöchers, der ganz schnell nach der Wende zugab, 1976 seine Unterschrift für die Ausbürgerung Wolf Biermanns gegeben zu haben. Er schrieb, daß ihn das unheimlich ärgere. Er wollte damals nicht schon wieder scheitern, nur dies eine Mal noch... und ging dann im nächsten Satz auf die Dissidenten ein. Es sei unverzeihlich für seine im Land gebliebene Generation, daß sie den Dissidenten die Drecksarbeit überlassen habe, um sich besseren, schöneren Themen wie Umweltschutz oder der satirischen Krittelei zuzuwenden. – Das ist mir sowieso aufgefallen, wieviel Komiker und Kabarettisten vom Kulturbetrieb der DDR nach der Wende übriggeblieben waren, wie beim Antifaschismus scheint es eine verordnete Witzigkeit gegeben zu haben. Man mußte nur die Eintrittskarten lösen.

J. B.: *Ja, das war dann in den 80ern dann auch gestattet.*
U. R.: Ja, genau. Ab 1986 haben das alle getan. Die Sorgen um die Umwelt kann man nachlesen bei Czechowski, Kirsten, auch die groß-

[7] Rachowski, Erinnerungen (wie Anm. 2), S. 78.

en Leute durften endlich und haben es auch gemacht. So etwas konnte ich überhaupt nicht aushalten. Natürlich hätte es viel eher gemacht werden müssen und nicht nur das. Es hätte darüber hinausgegangen werden müssen. Und Rosenlöcher sagte: »Nie können wir es uns verzeihen, daß wir die politische Aufarbeitung den Dissidenten überlassen haben, aber vielleicht werden die Dissidenten auch nur gegen dieses eine System gekämpft haben«. So etwa sinngemäß. Die Realität ist ganz anders. Diese paar Dissidenten haben sämtliche Aufarbeitung im literarischen Bereich dann auch in den 90er Jahren machen müssen. Die ganzen anderen Schriftsteller waren an diesen Punkten nicht zu finden – Joachim Walther mal ausgenommen.

J. B.: Interessant ist dann natürlich, daß Rosenlöcher einerseits sagt, daß sie die Aufarbeitung und Auseinandersetzung den Dissidenten überlassen hätten, daß er andererseits aber mit Texten wie Ostgezeter *im Land herumgereicht wird – besonders in Westdeutschland – und en passant gewissermaßen die offizielle oder abschließende Version der DDR-Vergangenheit zeichnet.*
U. R.: Ja, ja, die sehr entschärfte Geschichte. Ich halte ihn für ein großes Talent – das muß ich ausdrücklich sagen – und auch für einen netten Menschen. Aber etwas kommt irgendwie nicht zustande. Das ist vielleicht ein interessantes Thema: Es gibt so ein letztes Zögern gegnüber dem Anderen. Ich habe das bei Norbert Weiß gesehen, bei Wüstefeld, die immer wieder behaupten, daß man von ihnen gefordert habe, die DDR doch auch zu verlassen. Das ist vollkommener Quatsch. Das hat keiner gefordert. Vielleicht hat das westdeutsche Feuilleton das gefordert. Aber keiner von uns. Es ist ja keiner richtig freiwillig gegangen. Es war immer ein hoher Druck dahinter, auch bei Leuten, die dann einen Reisepaß hatten, wie Klaus Schlesinger. Und heute gibt es, selbst wenn man sich kennt, immer letzte Ressentiments gegenüber dem Anderen, also gegenüber der anderen Biographie. Auf beiden Seiten. Man bleibt dann auch irgendwie doch fremd in diesen Teilen. Man wird eingeladen. Es gibt Bekanntschaften, auch Freundschaften, die sich über Jahre dann entwickeln, aber eine absolute Urnähe wird nicht hergestellt. Aber, lieber Jörg, noch zu dem anderen

Aspekt Deiner Frage. Ich mache zwar noch einen etwas exotischen Eindruck, wenn ich in Leipzig oder Dresden oder Chemnitz lebe, weil ich diese andere Biographie mit mir rumschleife und mitbringe, es gab aber auf jeden Fall ein Interesse daran. Das war dann natürlich durch die Umstände bis Mitte der 90er gegeben – das Interesse an einer Aufarbeitung unter Intellektuellen. Im Herbst '99 zu den Zehnjahresfeiern der »friedlichen Revolution« habe ich schon anderes bemerken müssen. Es soll etwas willentlich abgeschlossen werden, von der aufklärenden Thematik über zwei deutsche Diktaturen soll möglichst wenig ins nächste Jahrtausend gerettet werden, alle, die Literatur und das Leben in Deutschland, sollen endlich wieder brav sein. Ich meine auch diese Mutproblematik, Pflicht zum zivilen Ungehorsam, von dem eine demokratische Gesellschaft auch lebt. Diese Geschichten sind eher wieder verschüttet, vielleicht weiter als das in der DDR-Diktatur und vorher der Fall war. An dieser Schlinge ziehen übrigens die Interessen aller politischen Richtungen und deren Parteien. Das Publikum habe ich in den vorhin genannten Städten als angenehm empfunden. Das muß ich noch einmal ausdrücklich sagen: Ich fühle mich nicht mehr so negativ und fremd in dieser Welt. In der westlichen Welt war ich das Negativbild und habe mich deswegen auch fremd gefühlt. Ich mußte sehr weit gehen – in die portugiesische Kultur –, um wieder so etwas wie Sicherheit zu fühlen und mich ein wenig in die Welt einpassen zu können.

J. B.: Zum Schluß zu einer Art Fazit: Du hast in dem Text Die alte Stadt[8] *die Fragwürdigkeit der Begriffe Rückkehr, Heimkehr und Wiederkehr lapidar behandelt: »Kehre nie zu einem Ort deiner Vergangenheit zurück«. Der Grund dafür ist – so liest man aus dem Text heraus –, daß die Kontinuität immer stärker ist als der Wandel.*

U. R.: Genau. Dieser Satz ist eine wunderbare Definition. Der ist nämlich nicht von mir, den habe ich irgendwo im Fernsehen einmal gehört. Das war 1978. Ich schrieb ihn live mit. Der kann auch nicht ganz richtig sein. Es ist für mich eine wunderbare Definition

[8] Rachowski, Die alte Stadt (wie Anm. 1).

für Heimat – weil wir das vorhin hatten – »dorthin, wo Vater und Mutter noch jung sind«. Eine wunderschöne Geschichte. »Kehre nie zu einem Ort Deiner Vergangenheit zurück.« ist der letzte Satz dieses Textes *Die alte Stadt*. Schrieb es und kehrte zurück. Das habe ich gemacht. Ich denke, der Satz ist richtig.

3.3.2000

»DIE FREIHEIT IST DAS RECHT, NICHT ZU LÜGEN«
Eine literarische Predigt zum Reformationstag 2002

Für den heutigen Sonntagmorgen bin ich gebeten, Ihnen vorzutragen zum Thema *Von der Freiheit eines Christenmenschen*, – und da dies bereits der Titel eines Traktates von Martin Luther ist, finde ich die Thematik vom Veranstalter für das heutige Reformationsfest hervorragend und trefflich gewählt. Gleiches gilt auch für den Ort, hier in diesen besonderen Räumen, sagen wir ruhig: heiligen Hallen, der schönen Melanchthon-Kirche zu Fellbach, entsprechen, denke ich mir, die zu bearbeitenden Begriffe und ihre Verknüpfungen miteinander sowohl ganz der Atmosphäre des Raumes als auch dem Anlaß des Tages. Lassen Sie mich deshalb auch beginnen mit einem Wort aus einer Meditation von Friedrich Karl Barth und Peter Horst zum Psalm 126: »Wenn Freiheit wahr wird, wenn Zwänge und Terror zerbrechen«, – als stünde dies gerade für unsere Zeit geschrieben, denken Sie ruhig an die Toten von New York, Djerba und Bali, und was da noch kommen wird, ich tue das auch, als stünde dies gerade für jetzt, für uns, in diesem wohlbekannten Buch seit nahezu 2000 Jahren, wenn Freiheit wahr wird also und der Terror zerbricht, »wird es sein, als ob wir träumen. Dann werden wir lachen und einen Tanz anfangen. *Unsere Geschichte* werden wir allen erzählen. Auch die Skeptiker werden dann staunen und zugeben müssen: Sie sind frei. Ja, wir sind frei. Das verdanken wir Gott. Wir freuen uns nicht umsonst. Bring die Unterdrückten ans Licht, die nichts zu lachen haben; die Ausgebeuteten, die im Schatten der Erde vergehen. Frei sollen sie werden wie wir und mit uns tanzen und lachen.«

Unsere Geschichte werden wir allen erzählen, lese ich, und dieses Wort trifft mich natürlich, als Leser, besonders aber als Schriftsteller. Erinnern Sie sich nicht auch noch an die Bilder dieser Geschichte: Tanzen und Lachen im November. Vom Kurfürstendamm bis unter die Linden, vom Wannsee bis zum Alexanderplatz in jenem November 1989. Selbst die Skeptiker staunten von London bis Paris. Etwas war geschehen vor aller Augen, etwas, was ich mich nicht scheue, »ein Wunder der Freiheit« zu nennen; der Befreiung, der Selbstbefreiung sogar, die ja vielleicht am schwersten zu machen und deshalb als Freiheitsstufe am meisten zu würdigen ist. Dieses Wunder kam unter die Deutschen mit Gottes Hilfe und der Gorbatschows, wie ich denke, und unter unsäglichen Mühen, auch Opfern der Menschen, die für dieses Ziel eines wiedervereinten Deutschland kämpften. Ich hatte viele Freunde unter ihnen, viele davon sind tot, gestern abend im Rathaus, in meinem kleinen Text, den ich zu Fellbach geschrieben habe, nannte ich einige Namen.

Viele dieser Ostdeutschen, die einen hohen Preis für ihre Befreiung *aus sich selbst* heraus bezahlten, waren angetreten gegen die sinnlos, erfolglos und lieblos waltende Macht der Obrigkeit im östlichen Deutschland, die sofort zu Grausamkeiten überging, wenn man sich gegen sie aufrichtete, ihr also mit geradem Rückgrat begegnete; viele dieser Menschen, von denen nicht wenige Opfer wurden, waren mit einem Satz, einer von Rosa Luxemburg erstellten Berechtigung für ihren Kampf, angetreten: »Freiheit ist immer auch die Freiheit der Andersdenkenden«. Das war die erste Parole in den Köpfen, der die aus dem Munde bald folgen sollte: »Wir sind das Volk. Wir bleiben hier!« Die Verteidigung ihrer Heimat also war gemeint, wunderbar, in einem völlig neuen und ganz anderen Sinne, wunderbar verwandelt gegenüber dem militaristischen Sinn der Staatsdoktrin von »Verteidigung der Heimat«, in der zu jeder Zeit die aktive Aggression mitschwang.

Denken wir nur an Leipzig. Wie unter dem Dach der Kirchen die Menschen sich in kleinen, dann größeren Gruppen versammelten, bis dann die Türen aufschwangen und sie friedlich hinauszogen, es hunderttausend wurden, die die Gewehre und Panzerkanonen, die sie in Divisionsstärke umstanden, zum Sinken brachten, und dazu noch die beschämten, die hinter den Gewehren saßen. Dieses Wunder vollbrachten Gläubige und Ungläubige, die in diesen Tagen zumindest den Menschenglauben an die Möglichkeit von Freiheit wiedergefunden hatten. Darunter Leute, auf beiden Seiten, die ihr Leben lang zum Haß, zur Verachtung gegenüber dem Christentum erzogen worden waren, dessen Werte diesem Staat von damals nur Dornen im Auge waren.

Denke ich an Leipzig, denke ich auch an Goethe, der zwar seine ganz besonderen Erfahrungen mit Leipzig machte, als Student, ein Jahr lang, von dem, von den Mädchen und vom Wein, er sich dann zwei Jahre in Hessen wieder erholen mußte, – so anstrengend ist es für einen »Wessi« im Osten zu leben – aber davon wollen wir heute und am Sonntag lieber nicht sprechen.

Thomas Mann schreibt über Goethes Christentum und leitet dabei auch durchaus Freiheitliches bei dem großen Dichter ab:

»Und doch ist das Christentum die Demokratie als Religion, – wie man sagen kann, daß die Demokratie der politische Ausdruck des Christentums ist. Den revolutionären Sinn des Christentums erfaßt Goethe mit dem Wort: ›Die christliche Religion ist eine intentionierte politische Revolution, die, verfehlt, nachher moralisch geworden ist.‹ Das ist objektiv bemerkt; über sein [Goethes, U.R.] persönliches Verhältnis zum Christentum sagt es nichts aus. Man muß aber insistieren: Wie stand er dazu? Wie stand er zum Glauben, zur Frömmigkeit überhaupt? Ich möchte da einen Spruch anführen, der mir unendlich zum Herzen spricht, unendliche Sympathie erregt. Er sagt:

Ich habe nichts gegen die Frömmigkeit,
Sie ist zugleich Bequemlichkeit,
Wer ohne Frömmigkeit will leben,
Muß großer Mühe sich ergeben:
Auf seine eigne Hand zu wandern,
Sich selbst genügen und den andern
Und freilich auch dabei vertraun,
Gott werde wohl auf ihn niederschaun.

Er vertraut auf das obere Wohlwollen, auch wenn, oder gerade wenn er's sich nicht im bergenden Hafen eines Glaubens bequem macht, sondern in schutzloser Freiheit, auf eigene Hand, sein Bestes tut. Der Spruch mutet protestantisch an, und man könnte auf den Gedanken kommen, daß es heute eine protestantische Anlage und Erziehung sein mag, die einen Geist abhält, beim kommunistischen Glauben sichernde Unterkunft zu finden. Dabei ist es merkwürdig genug, wie Goethe gelegentlich den Protestantismus als eine Art von Versöhnung urgermanischen Heiden- und Herrentums mit dem Chistentum darstellt. [Goethe, U.R.]:

Den deutschen Mannen gereicht´s zum Ruhm,
Daß sie gehaßt das Christentum,
Bis Herrn Carolus´ leidigem Degen
Die edlen Sachsen unterlegen.
Doch haben sie lange genug gerungen,
Bis endlich die Pfaffen sie bezwungen
Und sie sich unters Joch geduckt.
Sie lagen nur in halbem Schlaf,
Als Luther die Bibel verdeutscht so brav
...
Freiheit erwacht in jeder Brust,
Wir protestieren all mit Lust.«

[Thomas Mann über Goethe]

Natürlich sind mit den »edlen Sachsen« hier nicht die geographisch heute dort lebenden gemeint, aber Luther ist genannt und damit Wittenberg angesprochen, die Reformation, der Protestantismus. Luther schreibt in der schon eingangs erwähnten Schrift, seinem Traktat *Von der Freiheit eines Christenmenschen*: »Aus dem allen folgt der Beschluß: ein Christenmensch lebt nicht in sich selbst, sondern in Christus und seinen Nächsten, in Christus durch den Glauben, im Nächsten durch die Liebe. Durch den Glauben fähret er über sich in Gott:, aus Gott fähret er wieder unter sich durch die Liebe und bleibt doch immer in Gott und göttlicher Liebe, gleich wie Christus (Johannes 1,51) sagt: ›Ihr werdet den Himmel offen sehen und die Engel Gottes hinauf und herab fahren auf des Menschen Sohn.‹ Siehe, das ist die rechte, geistliche, christliche Freiheit, die das Herz frei macht von allen Sünden, Gesetzen und Geboten, welche alle andere Freiheit übertrifft wie der Himmel die Erde. Gott gebe uns, das recht zu verstehen und zu behalten…« Ich denke, die Menschen von Leipzig, die Demonstranten, hatten dies gut verstanden, ohne es vielleicht je gelesen oder gehört zu haben. Und Dietrich Bonhoeffer, der selbst Opfer einer deutschen Diktatur wurde, umgibt den zentralen Begriff der Freiheit noch mit anderen, erweitert das Wirkungsverhältnis: »Jesus steht vor Gott als der Gehorsame und als der Freie. Als der Gehorsame tut er den Willen des Vaters in blinder Befolgung des ihm befohlenen Gesetzes. Als der Freie bejaht er den Willen aus eigenster Erkenntnis mit offenen Augen und freudigem Herzen, schafft er ihn gleichsam aus sich selbst heraus aufs neue. Gehorsam ohne Freiheit ist Sklaverei, Freiheit ohne Gehorsam ist Willkür. Der Gehorsam bindet die Freiheit, die Freiheit adelt den Gehorsam. Der Gehorsam bindet das Geschöpf an den Schöpfer, die Freiheit stellt das Geschöpf in seiner Ebenbildlichkeit dem Schöpfer gegenüber… Gehorsam weiß, was gut ist, und tut es, die Freiheit wagt zu handeln und stellt das Urteil über Gut und Böse anheim. Gehorsam folgt blind, Freiheit hat offene Augen. Gehorsam handelt ohne zu fragen, Freiheit fragt nach dem Sinn. Gehorsam hat gebundene Hände, Freiheit ist schöpferisch… In der *Verantwortung* realisiert sich beides, Gehorsam und Freiheit. *Sie* trägt diese Spannung in sich. Jede Verselbständigung des einen gegen das andere wäre das Ende der Verantwortung. Verantwortliches Handeln ist gebunden und doch schöpferisch. Der Mensch der Verantwortung, der zwischen Bindung und Freiheit zu handeln wagen muß, findet seine Rechtfertigung weder in seiner Bindung noch in seiner Freiheit, sondern allein in dem, der ihn in diese – menschlich unmögliche – Situation gestellt hat und die Tat von ihm fordert. Der Verantwortliche liefert sich selbst und seine Tat Gott aus.« – Soweit Dietrich Bonhoeffer, – und was in dieser Weise vielleicht theoretisch und für das Begreifen sehr stark komprimiert klingt, einst habe ich das selbst so erfahren. Als ich im Alter von 25 Jahren den Gehorsam verweigerte meinem Staat, das Gesetz, den Buchstaben, den ich genau kannte und der mich mit bis zu zwölf Jahren Gefängnis bedrohte, dieses Gesetz einfach über Bord warf auf meiner Lebensfahrt, es links liegen ließ, den Paragraphen der »staatsfeindlichen Hetze«, meine Gedichte und Texte doch schrieb und weitergab, auch die von befreundeten und verbotenen Autoren, da sagte ich mir, als sie kamen und mich verhafteten: Schicksal nimm deinen Lauf. Und dachte auch, und in Vertrauen, ob dieser, der eine, der von oben, der Höhere, mich würde beschützen können. Voll Zweifel auch, mit Zuversicht doch immer. Denn ich hatte mein verantwortliches Handeln unter das Gesetz dieses Höheren gestellt und die Taten begangen, in einer »menschlich unmöglichen Situation«, mich ihm und dieses Tun ausgeliefert.

In diesem »System«, und ich gebrauche diesen Begriff jetzt rein moralisch und gar nicht politisch, war mein Platz im Gefängnis, ich traf die Wahl, gelangte zur Freiheit, indem ich, ganz im Angesicht aller Möglichkeiten und allein dazu ohnehin, Identität stiftete zuerst für mich selbst, den ersten Schritt auf der Brücke ins Unbekannte hinging, entgegenging, dann erst kam die Freiheit, und ich habe im Gefängnis vor allem Momente einer Freiheit erlebt, beinahe möchte ich von einer Verzückung reden, wenn ich Ihnen dadurch nicht langsam verdächtig werde, eine Freiheit also, wie vorher und im späteren Leben nie mehr, so sehr, so genau hatte ich meinen Platz auf dieser Welt gefunden, in ihr.

Aber diese Welt hat sich weiter gedreht, dem Wunder von 1989 ist der Alltag übergestülpt und macht es unkenntlich, in Ost und in West, muß ich sagen, und indem ich es so benenne, erkenne ich an, daß die Teilung unseres Landes, auf mystische Weise, ich sage teuflisch lange, weiterbesteht. Wir hatten alle nicht gedacht, Sie und ich, wie 40 Jahre, zwei Generationen, die Gewohnheiten von Menschen gegeneinander aushärten könnten. Heinrich Böll, Schriftsteller und von einigen bundesdeutschen Politikern unter die Nestbeschmutzer, »Ratten und Schmeißfliegen« gezählt, sprach von einer »befohlenen Demokratie« nach 1945 im westlichen Deutschland; kann man in Übertragung von einer »befohlenen Freiheit« für die Ostdeutschen sprechen, nach 1989, für die Mehrheit von ihnen? Andrzej Stasiuk, Schriftsteller, polnisch, der am Fuße der Beskiden lebt, einige Jahre jünger als ich, warnte jüngst in Sigrid Löfflers *Literaturen* vor einer zu großen Hoffnung für Osteuropa in Bezug auf Freiheit, die Leute dort bräuchten zuerst einmal Gleichheit. Er sagte es auch in Bezug auf die EU-Erweiterung in wenigen Jahren. Ich bin anderer Meinung. Sollte man nicht darüber nachdenken, gemeinsam, auch heute mit Ihnen, zum Reformationsfest, über die Reformen, die heute anstehen und die Rolle des einzelnen Menschen darin, wieviel ist ihm zuzumuten, wäre solch eine Frage. Und ich frage gleich weiter, braucht er keine Brüderlichkeit mehr (oder noch nicht), wenn er Gleichheit und Freiheit mit einem Mal, mit einem Hieb sozusagen aufs Auge bekommen hat? – Ich denke doch und vor allem!

Der französische Schriftsteller und Philosoph Albert Camus hat sich dazu in den 50er Jahren schon geäußert, als Ost und West scheinbar *für die Ewigkeit* sich gegenüberstanden. Er schreibt in Hinsicht auf Freiheit und ihre Möglichkeiten:

»Bei uns in Westeuropa, zum Beispiel, steht die Freiheit offiziell hoch im Kurs. Nur gemahnt sie mich unwillkürlich an jene arme Verwandte, der wir in gewissen bürgerlichen Familien begegnen. Die Verwandte ist verwitwet, sie hat ihren naturgegebenen Beschützer verloren. Also hat man sie aufgenommen, ihr ein Dachstübchen zugewiesen und ihr Zutritt zur Küche gewährt. Zuweilen zeigt man sie sonntags in Gesellschaft vor, um zu beweisen, daß man der Tugendhaftigkeit nicht entbehrt und kein Unmensch ist. Aber im übrigen, und insbesondere bei feierlichen Gelegenheiten, ist sie gebeten, die Klappe zu halten. Und wenn ein zerstreuter Polizist sie auch ein bißchen in dunklen Ecken vergewaltigt, macht man kein Aufheben davon; sie ist noch ganz andere Dinge gewöhnt, vor allem vom Hausherrn, und schließlich lohnt es sich nicht, deswegen Scherereien mit der Obrigkeit zu kriegen. Im Osten ist man da allerdings offener vorgegangen. Man hat ein für allemal mit der armen Verwandten abgerechnet und sie in einen Wandschrank hinter Schloß und Riegel gesetzt. Es heißt, in ungefähr einem halben Jahrhundert werde man sie wieder hervorholen, sobald die ideale Gesellschaft endgültig eingerichtet sei. Dann sollen ihr zu Ehren Feste gefeiert werden. Aber meiner Ansicht nach wird sie dann ein bißchen von Motten zerfressen sein, und ich fürchte sehr, daß man sie nicht mehr wird verwenden können. Wenn wir noch hinzufügen, daß diese beiden Auffassungen der Freiheit – Wandschrank und Küche – beschlossen haben, sich gegeneinander durchzusetzen, so daß sie gezwungen sind, in all dem Trubel die arme Verwandte noch straffer an der Kandare zu halten, dann verstehen wir mühelos, warum unsere Geschichte viel eher die Geschichte der Sklaverei ist als die der Freiheit und warum die Welt, in der wir leben, so aussieht, wie sie uns dargestellt wurde, wie sie uns jeden Morgen aus der Zeitung in die Augen springt...«

Und Camus bleibt jetzt nicht stehen bei seiner Analyse, das unterscheidet ihn von anderen Denkern, sondern versucht den Ansatz einer Lösung und schreibt:

»Wie soll man diesen Höllenkreis durchbrechen? Es ist klar, daß dies nur geschehen kann, indem wir von dieser Stunde an, in uns und rings um uns, den Wert der Freiheit erneuern und nie wieder darein einwilligen, daß sie – und wäre es vorübergehend – geopfert oder von unserer Forderung nach Gerechtigkeit getrennt wird. Für uns alle kann heute nur eine einzige Parole gelten: in nichts nachgeben, was die Gerechtigkeit betrifft und auf nichts verzichten, was die Freiheit angeht. Insbesondere sind die paar demokratischen Freiheiten, deren wir noch teilhaftig bleiben, keine leeren Illusionen, die wir uns widerspruchslos rauben lassen dürfen. Sie stellen genau das dar, was uns von den großen revolutionären Eroberungen der letzten zwei Jahrhunderte verbleibt. Sie sind keineswegs die Verneinung der echten Freiheit, wie so viele listige Demagogen uns dies aufschwatzen wollen. Es gibt keine Idealfreiheit, die uns eines Tages mit einem Schlag geschenkt würde, so wie man am Ende seines Lebens seine Rente bezieht. Die Freiheiten müssen erkämpft werden, eine nach der anderen, und die uns verbleibenden sind Etappen, unzureichende, gewiß, aber doch Etappen auf dem Weg zu einer greifbaren Befreiung ... Und wenn dieses unerbittliche Jahrhundert uns etwas gelehrt hat, dann die Tatsache daß die wirtschaftliche Revolution entweder frei oder aber nicht sein wird, so wie auch die Befreiung entweder wirtschaftlich oder überhaupt nicht sein wird.«

Und in einem anderen Text sagt er: »Die Freiheit ist das Recht, nicht zu lügen.«

Soweit und so lange, weil so wichtig, wie ich finde, diese Gedanken Albert Camus'.

Ich will jetzt auch zum Schluß kommen, nicht ohne zu versäumen, noch einmal, ein letztes Mal, neben den Lösungen für Freiheit in Gleichheit und Freiheit in Gerechtigkeit, an eine verantwortliche Freiheit zu gemahnen, die der Brüderlichkeit zur Seite steht, also auf den anderen Menschen, den Nachbarn, das Gegenüber im Menschen abzielt und gerichtet ist, auf ein Du, auf das Miteinander. Im Römerbrief, Kapitel 12, steht: »Und stellt euch nicht dieser Welt gleich, sondern ändert euch durch Erneuerung eures Sinnes, damit ihr prüfen könnt, was Gottes Wille ist, nämlich das Gute und Wohlgefällige und Vollkommene.« Stimmen Sie mit mir darüber ein, an diesem Reformations-Sonntag, daß dies ein Ziel sein kann im Täglichen – für uns alle?! Ich danke Ihnen.

»DIE WENIGEN UND DIE VIELEN« – IST ALTER MUT ÜBERTRAGBAR?
(Eine Rede vor ehemaligen Bautzen-Häftlingen)

Die Betroffenen unter Ihnen kennen die Geschichten: Es klingelt in der Nacht oder am Morgen oder am frühen Abend, zwei oder vier oder zehn Männer stehen vor der Wohnungstür; oder man steigt aus einem Bus oder kommt aus der Schule oder schließt gerade die Tür der Universität hinter sich, und sie stehen da. Und sie verhaften einen Menschen. Und du bist es. Und ein Leben wird vorerst beendet. Und es ist dein Leben.

Es folgen Jahre, eine Zeit wie Blei, die, kommt man lebendigen Leibes oder Geistes davon, niemand wird jemals adäquat wiedergeben können, erzählen können. Immer werden es verkürzte Anekdoten, verkürzte Hinweise auf Gefühle, auch wenn es gelingt, treffende Beschreibungen der Dinge, der Gegenstände zu geben, des gesamt Gesehenen und Erfahrenen bleiben. Ich weiß, wovon ich rede, ich wurde verhaftet, saß im Gefängnis, nicht in Bautzen, aber auf dem Kassberg in Karl-Marx-Stadt und im Zuchthaus Cottbus und habe versucht, das Thema in mehreren Büchern zu gestalten, mein Schicksal und das vieler anderer gültig zu beschreiben. Die Resonanz beim Publikum, bei den Lesern, blieb durchaus zurückhaltend. Ein Zögern, eine Fremdheit, schlich sich ein, etwas, was ich gerade nicht erreichen wollte, als ich beim Schreiben eigene Erfahrung an möglichst viele Menschen weitervermitteln wollte, ihnen Einblick in Räume zu geben versuchte, die sie nicht kannten, kennenlernen konnten, wollten oder mußten. Immer blieb da ein Abstand, und Worte wie »unvorstellbar«, »nicht nachvollziehbar«, »kaum zu glauben« hörte ich nach Lesungen, meinen eigenen oder auch denen anderer Autoren, die ähnliche Erfahrungen wie ich machen mußten.

Ich nenne hier nur als Beispiele meine Freunde Jürgen Fuchs, Siegmar Faust, Siegfried Heinrichs und Ulrich Schacht. Vielleicht kennen Sie ja den einen oder anderen Namen von diesen »Knastlern« unter den deutschen Literaten meiner Generation. Das Wort »Knastler« in Anführungszeichen bitte. Unversehens und durch dieses oben bereits angedeutete Ereignis der eigenen »Verhaftung« sah diese Gruppe von Autoren sich plötzlich den gar nicht glanzvollen, sondern ewigen, aber schmutzigen Themen wie Gefängnis, Kasernierung, physische und psychische Folter, Einzelzelle, Freigang usw. gegenübergestellt. Und wir nahmen das Thema an, wie wir dieses unser persönliches Schicksal gezwungen waren anzunehmen; und ich bitte Sie zu bedenken, alle hatten wir als junge Schriftsteller begonnen mit Liebesgedichten, oder Landschaftsgedichten, oder vielleicht mit einer psychologischen Studie über die Einsamkeit. Vorübungen, die allerdings nicht nur vergebens und bemüht waren, projizierten wir sie später doch auf eben jenen gewaltigen Hintergrund, den das Leben selbst aufgestellt hatte.

Ich bleibe noch für einen Moment bei der eigenen Geschichte. Aufmüpfiger Schüler war ich, mit 17 Jahren aus der Oberschule geworfen. Schon keine Illusionen mehr über das System, in dem ich lebte. Ein Jahr vorher kam der Staatssicherheitsdienst in die Schule. Erste Verhöre. Ich schrieb Gedichte und stellte im Unterricht unpassende Fragen. Mit 21 den ersten »Operativen Vorgang« am Hals, die Stasi beschließt, mich noch nicht zu verhaften. Ich bin mit Jürgen Fuchs und Reiner Kunze befreundet, zu Hause, im vogtländischen Reichenbach haben wir eine kleine Druckmaschine, die wir auf dem Müllplatz gefunden hatten und wieder flottmachten. Wir drucken die verbotenen Lieder von Wolf Biermann und Texte anderer verfemter Schriftsteller in ziemlich hoher Auflage. Unser Freundeskreis ist »dicht«. Es gelingt keine Zersetzung oder »das Anschleusen« von Spitzeln von außen her, lange Zeit, wichtige Jahre für mich, arbeiten wir so weiter. Genau in dieser Zeit sprach übrigens eine Autorin namens Monika Maron das Manuskript ihres im Westen hoch gepriesenen Romans mit Leuten der Stasi-Zentrale in Berlin ab. Dann flogen wir doch auf, Verhaftungen, die Angst kroch in unsere Gruppe, Spaltungen, Zersetzungen, auch Verrat begannen zu funktionieren. Dann Gefängnis, dann zehn Jahre Westberlin, dann der Mauerfall. Wie gesagt, Sie kennen die Geschichten... Im Jahre 1992 bin ich nach Sachsen zurückgekehrt, aus persönlichen Gründen zuerst, und hatte das Gefühl, gebraucht zu werden. Das Staatsministerium für Wissenschaft und Kunst bot mir die Mitgründung einer Literaturzeitschrift an, die zu einer demokratischen Kultur hier in den Neuen Ländern beitragen sollte. Ich nahm die Herausforderung an, die Zeitschrift heißt *Ostragehege*, und soeben erscheint Heft 8. Dies soweit zu mir, zu meiner Biographie, damit Sie wissen, woher einer kommt.

Eine Biographie übrigens, die in den Diktaturjahren vielfach gelebt wurde, sich nur in den Details von den Lebensläufen anderer Betroffener unterscheidet. Ich sage, wenn Ihnen das auffallen sollte, stets »Betroffener« und niemals »Opfer«, das letztere Wort ist mir etwas zu billig für eine Haltung, für die wir so teuer bezahlen mußten. Ich bin kein Opfer, ich habe mich gewehrt, auch wenn die Angst, unsere und die meine, oft sehr groß war.

Als ich 1992, wie gesagt, wieder nach Hause kam, dort wieder leben wollte, war eine der ersten Meinungen, die ich über mich hörte, ich sei ja schön blöd, früher schon und jetzt noch mehr, jetzt, wo alle in den Westen gingen, kehrte ich in den Osten zurück, und früher hätte ich nicht warten können mit dem Rebellieren, ich hätte gefälligst den Zeitpunkt einhalten und auf die Straße gehen sollen, als im Herbst '89 alle gingen. Natürlich waren das Worte von Leuten, die auch 1989 nirgends anders gesehen wurden als in ihren Kleingärten und beim Häusle-Bau. Aber, ich gebe es zu, so was verletzt schon.

Über die »Wenigen und die Vielen« also will ich sprechen und über alten, zurückliegenden Mut, ob er bei denen, die ihn einst unter Beweis stellten, noch vorhanden, noch verfügbar und auf neue, andere Verhältnisse übertragbar ist, und auch, ob in diesem Land Mut gefragt, vonnöten und wünschbar wäre. *Die Wenigen und die Vielen*, das ist keine Metapher, die ich mir ausgedacht habe für den heutigen Tag, sondern das ist der Titel eines Romans, den der 1994 verstorbene Autor Hans Sahl geschrieben hat. Kurz vorher erhielt er die höchste literarische Auszeichnung des Freistaates Sachsen, den erstmals vergebenen Lessingpreis. Hans Sahl, 1902 in Dresden geboren, mußte 1933 vor den Nazis aus Berlin fliehen und gelangte über die Stationen Prag und Paris 1941 nach New York, wo er als Schriftsteller und Übersetzer wirkte. 1989 kehrte er nach Deutschland zurück und lebte bis zu seinem Tode in Tübingen. Andere Bücher von ihm heißen *Memoiren eines Moralisten* und *Das Exil im Exil*. Der letztere Titel deutet an, warum ich mich in der Überschrift meines kleinen Vortrages auf ihn bezogen habe. Im Exil nämlich, unter vermeintlich gleichgesinnten Kollegen, geriet Hans Sahl wiederum in Konflikt mit scheinbar festgefügten Überzeugungen. Nach dem Hitler-Stalin-Pakt weigerte er sich im Gegensatz zu seinen kommunistischen Freunden, weiterhin das Heil dieser Welt in der real existierenden Sowjetunion zu sehen. Er verlor alle seine Freunde, darunter auch Anna Seghers und Bertolt Brecht, der ihn aus seiner Wohnung verwies, weil Hans Sahl sich äußerst kritisch über den von Brecht vergötterten Stalin geäußert hatte. Er büßte auch alle materiellen Vergünstigungen ein, die eine Emigrantenorganisation zu vergeben hatte, also wichtige Kleinigkeiten für das tägliche Überleben wie kurzfristige Jobs und Lebensmittel aus Spendengeldern.

Warum weise ich Sie besonders auf diesen Mann, auf dessen Schicksal hin? Die Antwort, meine Antwort, lautet: Weil die Zeiten fließend sind, Verkrustungen uns befallen, wir geneigt sind, unsere alten Meinungen beizubehalten, auch wenn diese vielleicht längst relativiert sind. Es ist immer sehr schwer, sich gegenüber dem Neuen offenzuhalten, es an sich herankommen zu lassen, auch die Ansichten anderer Generationen, besonders der jungen. Und so freue ich mich, daß hier auch Schüler unter den Anwesenden sind und hoffentlich nicht irgendwie herbefohlen, sondern aus eigenem Interesse an den Geschichten betroffener Menschen, die ja die Geschichte selbst ausmachen. Und ich erinnere mich sogleich und warne davor, solche Strukturen zu übernehmen, an etwas, was ich als Schüler in meiner Jugend erfuhr, etwas, was der Schriftsteller und Publizist Ralph Giordano »verordneten Antifaschismus« nannte. Ich weiß noch genau, wie das aussah im Deutsch- oder Geschichtsunterricht, als die Themen verkündet wurden. Die Reaktionen bei uns waren Langeweile, Müdigkeit, Gegenwehr durch Passivität. Und es gab auch die Furcht, etwas Falsches zu sagen, wenn etwa ein Opfer des Nationalsozialismus, natürlich ein Kommunist, im Unterricht vorn auf dem Podium saß, unglaubliche, fremde Geschichten erzählte, von oben herab, und sich seiner Sache im Übermaß gewiß war, dann stieg auch bei uns die Gewißheit, mit der ganzen Sache nichts zu tun zu haben, daß es uns nichts anginge. Meine Damen und Herren, ich will Sie bitten, seien Sie nicht diese Art von Zeitzeugen, wie wir sie aus der ersten deutschen Diktatur nur zu oft erlebt haben, die Verbitterten, die Machtvollen.

Natürlich bleibt ein Rest beim Versuch, Verständnis für das Schicksal von uns Betroffenen zu finden, ich sprach am Anfang schon darüber, es ist leider ein Rest von Fremdheit, der uns bis zum Ende unseres Lebens begleiten wird, der gerade darin besteht, daß wir uns nicht bis zum letzten verständlich werden machen können. Aber das ist bei allen Menschen so, die Extremsituationen erlitten und bestanden haben. So ist auch mir ein Gespräch näher mit einem Menschen, der ähnliche Gewaltsituationen erlebte wie z. B. Flucht, Terror, Hungersnot, Unfälle, Isolation in der Kindheit. Wir erkennen uns dann immer ganz leicht, die Themen kommen wie von selbst, die Gespräche, das wirkliche »Reden-Können« darüber. Ich denke jetzt an eine ältere Freundin, eine Journalistin aus Lissabon, die zwei Jahre unter dem portugiesischen Diktator Salazar im Gefängnis saß. Unser Dialog entstand eigentlich aus dem Schweigen, einer besonderen Art, sich ruhig zu geben, dann ein Anflug von Ironie auf beiden Gesichtern, und schließlich redeten wir, keiner des anderen Sprache mächtig, in Bruchstücken, einem befreienden Geholper aus vier Sprachen und vielem wissenden Schweigen dazwischen. Ich gebe zu, mit solchen Menschen kann ich mich besser unterhalten, sie stehen mir näher als, sagen wir, ein Ingenieur aus Chemnitz mit einschlägigem Lebenslauf. Erst führt er sich als Widerständler auf, der '89 auf der Straße Heldentaten vollbrachte, am zweiten Abend erzählt er, daß er in der DDR als Hobby Schäferhunde züchtete, die unter anderem an die Grenztruppen verkauft wurden, am dritten Tag räumt er ein, »ein bißchen rot war ich ja auch«, nämlich Mitglied in allen Vorständen seines Vereins und Parteisekretär. Dann reicht's mir regelmäßig, und ich beschließe am vierten Abend, wieder in mein schönes anarchisch-individualistisches Kreuzberg, nach Westberlin zurückzuziehen und diese Sachsen ihre Suppe, braun oder rot, feige oder entschlossen, allein auslöffeln zu lassen. Aber dann höre ich doch noch zu, wenn der Ingenieur sagt, die Selbstmordrate unter den arbeitslosen Chemnitzer Ingenieuren sei die höchste unter der »technischen Intelligenz« in Deutschland. Dann rührt es mich an. Vielleicht ist es mein Interesse am Kreatürlichen im Menschen überhaupt. Dann interessiert mich auch dieser Ingenieur aus Chemnitz, und ich versuche, in seine Welt einzudringen, ihn und seine Rolle darin zu begreifen, seine Geschichte zu verstehen, Abgründe zu überwinden. Was ich damit sagen wollte, mit den Geschichten des Emigranten Hans Sahl, der der portugiesischen Journalistin und des Chemnitzer Ingenieurs: Es heißt, gegenüber dem anderen Menschen weich zu bleiben, den Verbitterungen, die sich wie eine Kruste um uns legen wollen, zu widerstehen, so schwer es auch fällt. *Die Wenigen und die Vielen*, das gibt es immer nur bezogen auf einen bestimmten historischen Abschnitt, vielleicht nur auf eine jeweilige Situation, die Übergänge sind fließend, die uns gegebenen Teilmengen an Mut sind austauschbar; was aber nicht heißt, beliebig, oder Opfer und Täter seien gleichzusetzen. Alter Mut bleibt nur mutig, wenn er lebendig gehalten wird, lebendig gelebt wird, dem Neuen gegenübertritt und es annimmt. Und indem er ein Beispiel gibt, kann er vielleicht übertragen werden auf andere Menschen, vielleicht auf andere Generationen.

Ich mache jetzt noch etwas ganz anderes, ich lese Ihnen ein Gedicht vor, das ich kürzlich schrieb. Ich bin im übrigen als Autor nicht der Typ, dem es liegt, lange Reden zu halten. Eigentlich wollte ich Ihnen noch erzählen, was ich vor ein paar Wochen von einem Mitarbeiter der Gauck-Behörde, bei der Außenstelle in Schwerin ist er angestellt, erfuhr. Er berichtete mir, daß die ehemaligen Stasi-Leute sich jetzt wieder zusammenschließen in ganzen Konzern-, Betriebs- und Werkverbänden, in die auch nur Menschen eingestellt werden, die mit dem Verein des MfS früher irgendwas zu tun hatten. Also eine Frau, die dort Aussicht hat, Arbeit zu finden, muß mindestens einen Vater oder Bruder bei der »Firma Horch und Guck« gehabt haben. Ich fragte den Mitarbeiter der Schweriner Gauck-Behörde, in welchem Umfang, in welcher Größenordnung sich das bewege. 30.000 Leute, sagte er.

Eigentlich, wie gesagt, wollte ich dazu, zu diesem Thema, noch ein wenig klug einherreden, aber ich habe schnell gemerkt, daß ich da selbst der Dumme bin. Das steht für mich in engstem Zusammenhang mit einer Frage, die heute schon aufgeworfen wurde, ob nämlich die juristische Aufarbeitung der zweiten deutschen Diktatur gerade am Scheitern ist. Ich persönlich kann die Ergebnisse, die Urteile nur so bewerten, und ich weiß, daß viele der ehemaligen Betroffenen dieser Meinung sind: Die Urteile sind Ermutigungen für die zukünftigen Mörder wie Erich Mielke, für die künftigen Kidnapper vom Schlage eines Markus Wolf, für die Prügler von morgen, wie Hubert Schulze, genannt »Roter Terror«, der mir selbst im Zuchthaus Cottbus mit blutunterlaufenen Augen und gezücktem Gummiknüppel gegenüberstand. Daß er jetzt eine Strafe für seine schweren Körperverletzungen erhielt, die ebenso hoch bemessen wurde, wie ich sie einst für fünf meiner Gedichte und das Verbreiten verbotener Bücher erhielt, kann ich nur als Hohn empfinden und schon lange nicht mehr als ein Mißverständnis. Was kommt dagegen an? Wie kann man sich retten? Ich lese Ihnen ein Gedicht vor.

Einmal doch

Wirklich –
einmal war
es doch Glück
als ein Morgen
uns Tau
von den Lippen
wischte und
die Quellen
die wilden Säfte
des Frühlings
tranken –

einmal hast Du
nach Harz gerochen
und meine Augen
waren wie Zukunft –
das eine Mal
als wir
erwachten und
das Schweigen verlernt
hatten für Sekunden
voll waren von leisen
Schreien aus Leben
einmal lagen wir
beieinander und
standen doch aufrecht
einmal wie
die Bäume
dieses Waldes
wuchsen wir
mit uns und am Himmel
waren wir groß wie

ein Vogelschrei –
einmal als morgens
der Wald
aufstand gegen den Tod
und es Glück war
was da war

Das ist ja ein Liebesgedicht, werden Sie sagen, was soll das jetzt hier? Was hat das mit dem Thema, was hat das mit uns zu tun, meine Damen und Herren, werden Sie mich fragen. Sehr viel. Nach einer internationalen Studie über Folteropfer und die Verheerungen von Diktaturen auf Individuen ergaben Forschungen bei der Aufarbeitung der blutigen Diktatur in Argentinien, es sei das einzige Mittel, der einzige Weg für betroffene Menschen, die erlittenen Qualen und Verstümmelungen aufzuwiegen, sie zu neutralisieren, ihnen zu entkommen: die Liebe. Deshalb habe ich Ihnen ein Liebesgedicht vorgelesen. In diesem Sinne wünsche ich Ihnen also Liebe als Kraft, als Rettung.

Mai 1997

Jörg Bernig

LEISE SCHREIE AUS LEBEN
Nachwort

Es sind vor allem die Großmütter, die als Trägerinnen eines archaischen Wissens in den Erzählungen dieses Bandes agieren. Doch sie sind mehr als Akteure, sie sind Erscheinungen, jemand schon immer Gewesenes, der etwa hinter einer Ladentheke steht, dort zum Sammelpunkt für Erzählungen wird und darum weiß, wann vom »Brot des Bösen« (*Brotnacht*) gegessen wurde. Für die oftmals kindlichen Figuren in Utz Rachowskis Texten, die sich anschicken, die Welt zu erkunden, sind die Häuser der Großmütter die Ausgangspunkte. Von diesen Erkundungen kehren sie zurück, um sich noch ein wenig zu erholen, bevor die Welt sie vollends in all ihre Wirrnis hineinzieht. Oder aber sie kehren mit Schmerz unter die Obhut der Hüterinnen der Überlieferung zurück, mit einem Schmerz, der vielleicht das Ende der Kindheit markiert oder aus einer abgebrochenen Freundschaft resultiert. Diesen Verlust der Unschuld thematisiert Utz Rachowski bereits in der 1986 erschienenen Erzählung *Der letzte Tag der Kindheit*, in welcher die sowjetischen Okkupationspanzer auf ihrem Weg in die Tschechoslowakei im Sommer 1968 die sächsische Kleinstadtkinderwelt mit der Realität kurzschließen.

Die Kindheit ist die zentrale Metapher in Rachowskis Texten. Sie steht für das Verheißungsvolle, für Zuneigung, Freundschaft und für Möglichkeiten, wie sie verschroben-melancholisch in der Erzählung *Das Ende der großen Ferien* aufscheinen, oder wie sie dem märchenhaften Text *Das Licht aus den Gärten* eingeschrieben sind, in dem ein Kind gleichsam als der Prophet, dem man nicht glaubt, ruft: »Habt keine Angst mehr, ich habe den Rubin, das Rücklicht vom Anhänger meines Vaters, eine Lampe voll Wunder, ich habe gerettet das letzte Licht aus den Gärten, es brennt in meinen Händen...!« Doch das Paradies geht immer wieder verloren – daran läßt Utz Rachowski keinen Zweifel –, so auch in der Erzählung *Auf Verlangen vorzeigen!*. In diesem Text zeigt sich die Schwäche, die Sünde, darin, nicht zu einer Freundschaft zu stehen, sie nicht öffentlich vorzuzeigen. Dennoch beginnt bereits vor dem sich schließenden Tor des Gartens Eden die Suche nach dem Verlorenen. Auch daran läßt Utz Rachowski keinen Zweifel. Und nicht daran, daß sich die Suche lohnt.

Die Kindheit endet allerdings in Rachowskis Erzählungen nicht, indem die Figuren ihr entwachsen. Es ist die Zeit der deutschen Zweistaatlichkeit, und so münden die ostdeutschen Kinderjahre nicht selten in der Erfahrung von Gewalt und Verfolgung. Die aus dieserart Verletzung resultierenden Wunden schließen sich für die Protagonisten der Texte nicht. So stehen etwa die Kinder von einst in der Erzählung *Red' mir nicht von Minnigerode* als – wirkliche – literarisierte Personen in der thüringischen Stadt Gera angetreten, um einen deutschen Erinnerungsort vor Abriß und Warenhausüberbauung zu bewahren. »Da sind diese dagegen«, heißt es lapidar in Johnsonschem Stil. Was sich hinter diesem Lapidaren verbirgt ist – wie bei Uwe Johnson – das Bestehen auf Erinnerung, ist das Festhalten von Erfahrung, auch wenn diese Erfahrung eine traumatische ist, denn bei dem Geraer Erinnerungsort dieser Erzählung handelt es sich um ein Gefängnis, das als Symbol für die Totalitarismen des 20. Jahrhunderts steht: »Hier wüteten Gestapo und Stasi, der Geheimdienst der Russen.« Den Gedächtnis-Verlust, das planvolle Zerstören von Erinnerungsorten zeigt Utz Rachowski als Eingriff in die Erinnerung selbst und damit als Angriff auf die Einzelnen. Als Gegenprinzip dazu erscheint die Welt und Weisheit der Großmütter, so daß in der Erzählung *Die einzige Fahne* das blaue Kleid der Großmutter zur singulären und allein beschwörenswürdigen Flagge gerät.

Mit diesem Schwur auf eine Autorität, die sich aus quasi-matriarchalischen Verhältnissen herleitet, verweist Utz Rachowski in seiner Literatur auf eine Instanz, die über das Augenblickliche hinausreicht. Dieses den Augenblick Transzendierende und auf eine Wahrheit hinter dem Offensichtlichen Abzielende ist der Grundton nicht nur der Erzählungen, sondern auch der essayistischen Arbeiten, in denen Utz

Rachowski die generationenübergreifenden Auswirkungen zweier deutscher Diktaturen analysiert.

Die Essays und Betrachtungen legen Zeugnis ab vom *Versuch, in der Wahrheit zu leben* (Václav Havel), und ihre Traditionslinie reicht dabei bis in das 18. Jahrhundert, bis zu Imanuel Kants Definition von ›Aufklärung‹ als dem Ausgang des Menschen aus seiner selbstverschuldeten Unmündigkeit und dem Mut, sich des *eigenen* Verstandes ohne Leitung eines anderen zu bedienen. (*Was ist Aufklärung?* 1784) Die essayistischen Schriften sprechen von den Verletzungen, welche der Einzelne sich im selbstaufklärerischen Prozeß zuzieht. So sind die ererbte Last des Dritten Reiches und die Verknüpfungen mit der eigenen Biographie Gegenstand des Essays *Der Vater*. Gleichwohl geht dieser Text über einen familiären Rahmen hinaus, er zielt auf das Symptomatische ab, denn Vergangenheiten verlieren sich nicht spurlos, genausowenig wie sie mit den an ihnen beteiligten Generationen verschwinden. Diese Vergangenheiten sind nicht nur die Geschichte von anderen, sondern auch Teil der eigenen Geschichte. Darüber hinaus werden Kontinuitäten der zwei totalitären Systeme in Deutschland deutlich, die wiederum ein Licht auf die Gründungsmythen der beiden Teilstaaten, auf Entnazifizierung und Antifaschismus, werfen. Die individuellen Seiten dieser Metaebenen arbeiten Utz Rachowskis Texte heraus, sie folgen den einstmals Involvierten und legen neue Karrieren offen, die auf dem Beschweigen alter Werdegänge fußen.

Utz Rachowskis Schreiben ist ein erfahrungsgesättigtes, und so sind *My Huckleberry Friend* und *Mein Gefängnis* autobiographisch inspirierte und gestützte Texte über den versiegelten Raum im geschlossenen Raum namens DDR, sie sind Gefängnis-Texte, in welchen die Themen »politische Verfolgung«, »Eingesperrtsein«, »Beistand« und »Verrat« umkreist werden. Die Traditionslinie dieser Literatur reicht über Walter Kempowskis *Der Block*, Albrecht Haushofers *Moabiter Sonette*, Ernst Tollers *Gedichte der Gefangenen*, Oscar Wildes *De profundis* und Fjodor Dostojewskis *Aufzeichnungen aus einem Totenhaus* zurück bis zu Christian Friedrich Daniel Schubarts *Der Gefangene*.

In der zeitgenössischen deutschen Literatur stellen sich neben Utz Rachowski Autoren wie Siegfried Heinrichs, Siegmar Faust, Jürgen

Fuchs oder Ulrich Schacht der Erfahrung von Verfolgung und Gefängnis, ihre Texte sind Texte von der Schattenseite der Gesellschaft und profitieren nicht von der sensationalistisch inspirierten Aufmerksamkeit, wie sie der »Knastliteratur« galt und gilt. Die Lust am Skandal sicherte etwa den Texten eines in Österreich verurteilten Mörders Anfang der 90er Jahre größte Medienpräsenz, eine voyeristische Gesellschaft erhielt Einblick in das Leben der Unterschicht und konnte sich dabei der eigenen – vermeintlich erfolgreichen – Erziehungsleistung versichern. Das Interesse jedoch, welches fast gleichzeitig Jürgen Fuchs' *Magdalena* für die Themen Verfolgung und Inhaftierung erwecken konnte, blieb dagegen nur von kurzer Dauer. Fuchs' Roman war bald vergriffen, eine Nach- oder Neuauflage ist nicht erschienen.

Anfang der 80er Jahre und während Utz Rachowski als politischer Häftling in einem DDR-Gefängnis einsaß, erschien in Westdeutschland Sigrid Weigels Studie *»Und selbst im Kerker frei...!« Schreiben im Gefängnis*, in der die politischen Gefangenen in der DDR jedoch nicht existieren. Lediglich Jürgen Fuchs' *Vernehmungsprotokolle* und *Gedächtnisprotokolle* werden unter der Überschrift »Titel für den Zeitraum nach 1933 und Literatur aus dem Ausland« aufgelistet. Gegenstand der Untersuchung sind sie nicht. Wie heikel aus westdeutscher Perspektive für manche die politische Verfolgung in der DDR war, deutet der einzige in diese Richtung gehende Kommentar Weigels an: »Die *Gefängnisliteratur nach 1945* wäre [!] einzuteilen in die der DDR und die der BRD und zu betrachten im Rahmen der politischen Entwicklung beider deutscher Staaten.« So ist es nicht verwunderlich, daß auch nach dem Zusammenbruch des Sozialismus dieses Thema meist ein Thema der einstmals Betroffenen blieb, und daß darüber hinaus die Literatur der im Westen teils politisch Hofierten und Instrumentalisierten, teils heftig abgelehnten dissidenten und oppositionellen Autoren aus dem Osten Deutschlands wie von heute auf morgen hinter dem Wahrnehmungshorizont versank.

Bei der Betrachtung der Texte von Utz Rachowski, Siegmar Faust, Jürgen Fuchs, Siegfried Heinrichs oder Ulrich Schacht werden intertextuelle Bezüge evident, was nicht überrascht, denn bei diesen Autoren handelt es sich um Angehörige derselben Generation, sie beschreiben die Erfahrung dieser Generation. Mehr noch, in *Die Farben des frühen Fuchs*, *Die zwölf Stühle des Siegfried Heinrichs* und *Ich will Roger Loewig nicht vergessen* erstellt Rachowski zum einen Porträts dieser Autoren und des Maler-Autors Loewig, zum anderen aber werden die geistigen Werdegänge sowie literarisch-intellektuellen Prägungen dieser Künstler nachvollziehbar.

Um Prägungen anderer Art, die jedoch mit intellektuellen und auch moralischen Selbstverortungen zu tun haben, geht es in dem kleinen, memoirenhaften Text *Was ich von Greiz weiß*, der Anfang der 1990er Jahre und nach überstandenen Repressalien in eine vor langem verlassene Stadt zurückführt. Doch der Text führt auch wieder nicht zurück, denn die Rückkehr ist nur an der Oberfläche, ist nur physisch möglich. Sie kann nicht gelingen nach dem, was war, nicht nach Verfolgung und Inhaftierung: »ich komme […] ins Gefängnis und werde in ein anderes Land verkauft«, heißt es in *Der Vater*, eine Rückkehr kann es nach diesem Menschenhandel nicht mehr geben, dem Kollaps des DDR-Sozialismus im Jahr 1989 folgt bestenfalls eine körperliche Anwesenheit. Diesen Gedanken greift Utz Rachowski in einem Gespräch aus dem Jahr 2000 (*»Kehr nie zu einem Ort deiner Vergangenheit zurück!«*) wieder auf, indem er dort die Zeit in Westberlin einerseits als das rettende Exil, andererseits aber als eine »tiefe Furche, die einen von anderen Menschen trennt«, rekapituliert. In bizarrer Dialektik ist das Exil Rettung und stigmatisierende Wunde in einem, eine Diagnose, wie sie spätestens seit Georg Büchner und Heinrich Heine in der deutschen Literatur anzutreffen ist, und an deren Richtigkeit sich für Utz Rachowski nichts verändert hat, auch wenn die Meinungen der einstmals von Deutschland (Ost) nach Deutschland (West) Vertriebenen, Ausgebürgerten oder Übergesiedelten darüber entschieden auseinandergingen und anläßlich des Marburger Literaturtages vom 5. Oktober 1982 in die prinzipielle Frage »DDR-Autoren in der Bundesrepublik: im Exil oder zu Hause?« (DIE ZEIT, 15. 10. 1982) mündeten.

Welche Prägungsmacht das Exil auf Utz Rachowskis Schreiben ausübt, läßt sich anhand der poetologischen Texte im dritten Teil des Bandes nachvollziehen. Die Einführungsrede zu Jiří Grušas Dresdner Poetikdozentur im Jahr 1999 legt den Blick eines Autors auf Literatur und Schreiben dar, ebenso wie der Text *Das Wiederfinden der Erdbeben*, in dem Rachowski bekennt: »Um es gleich zu sagen, vorweg und etwas vorlaut, mein Begriff der ›Poesie‹ kommt aus dem 19. Jahrhundert, dazu von deutschen Prosa-Autoren, Kleist, Büchner, der Heine in Prosa.« Es ist jedoch nicht nur das 19., sondern auch das 20. Jahrhundert und davon das Konzept der *Literature engagèe*, das tief in die Literatur Utz Rachowskis hineinreicht, wo es sich als eine verantwortliche Freiheit offenbart. Unter diesen Prämissen und Selbstzuordnungen erfüllt Utz Rachowski nichts weiter als einen an sich selbst gerichteten Anspruch. Nämlich zu erzählen, zu betrachten und zu analysieren, damit das Gewesene nicht vergessen wird, damit die Menschen nicht vergessen werden, deren Spuren im Gewesenen beseitigt werden sollten. So gesehen tut Utz Rachoski in diesem Buch nichts anderes als der Junge in der Erzählung *Das Licht aus den Gärten*. Auch er ruft: »Habt keine Angst mehr, [...] der böse Nebelgeist fängt uns nie!« Und auf die Frage »Wie kann man sich retten?« antwortet Rachowski im Schlußtext des Bandes mit einem Liebesgedicht, denn: »Wirklich – / einmal war / es doch Glück /... /als wir / erwachten und / ... / voll waren von leisen / Schreien aus Leben«.

NACHWEISE

Bauer, geschlagen vom Feld. Zuerst erschienen in: OSTRAGEHEGE. Zeitschrift für Literatur und Kunst, 4. Jahrgang, Heft 1/1997.

Nachtfalter. Zuerst erschienen in: *Vater, mein Vater! Prosa aus Deutschland, Österreich und der Schweiz,* Freiberg (Sachs.): Peter Segler Verlag 1996.

Brotnacht. Zuerst erschienen in: *Der heimliche Grund. 69 Stimmen aus Sachsen,* Leipzig: Gustav Kiepenheuer Verlag 1996.

Die Eroberung des Objekts. Zuerst erschienen in: *Landschaft mit Leuchtspuren. Neue Texte aus Sachsen,* Leipzig: Reclam 1999.

Red' mir nicht von Minnigerode. Zuerst erschienen in: *Nikita und andere Erzählungen,* Leipzig: Faber&Faber 2002.

Der Vater. Zuerst erschienen in: Utz Rachowski: *Erinnerungen an eine Jugend. Essays/Akten/Tagebuch,* Chemnitz: Chemnitzer Verlag 1995.

In abgelegener Provinz. Zuerst erschienen in: Fritz Pleitgen (Hg.): *Wolf Biermann. Die Ausbürgerung. Anfang vom Ende der DDR,* München: Ullstein 2001.

Die Farben des frühen Fuchs. Zuerst erschienen unter dem Titel *Rot doch wohl nicht. Die Farben des jungen Fuchs* in: *Gerbergasse 18.* Sonderheft zum Fuchs-Symposion »Einmischung in eigene Angelegenheiten«, 5. Jg., 2001. (Geschichtswerkstatt Jena)

My Huckleberry friend. Zuerst erschienen in: Utz Rachowski: *Erinnerungen an eine Jugend. Essays/Akten/Tagebuch,* Chemnitz: Chemnitzer Verlag 1995.

Mein Gefängnis. Zuerst erschienen in: Utz Rachowski: *Erzählungen, so traurig wie Sie*, Berlin/London: europäische ideen 1983; Teilabdruck in: *Deutschunterricht. 2. Sonderheft »Dissidenten«*, 44. Jahrgang, Heft 1/1991.

Nach Fellbach reisen. Zuerst erschienen in: Christa Linsenmaier-Wolf (Hg.): *Fellbacher Magie. Literarische Gänge*: Fellbach 2002.

»ich bin der herrscher des tagsterns«. Zuerst erschienen unter dem Titel *Einführung zur Poetikdozentur* in: Jiří Gruša: *Das Gesicht – der Schriftsteller – der Fall*, Dresden: Thelem 2000.

Das Wiederfinden der Erdbeben. Zuerst erschienen in: *Ästhetik und Kommunikation*, 32. Jahrgang, Heft 113/2001.

Kehr nie zu einem Ort deiner Vergangenheit zurück! Zuerst erschienen in gekürzter Form unter dem Titel *Gespräch mit Utz Rachowski* in: Jörg Bernig/Walter Schmitz (Hg.): *Literaturlandschaft im Wandel. Zur literarischen Kultur in Ostdeutschland*, Dresden: Thelem 2006.

Die wenigen und die vielen. Ist alter Mut übertragbar? Zuerst erschienen in: *Zivilcourage und Demokratie. Dokumentation zum VIII. Bautzen-Forum 30./31. Mai 1997*: Leipzig 1997.

Alle anderen in diesem Band enthaltenen Texte erscheinen zum ersten Mal.